鋼将軍の銀色花嫁

小桜けい

Kei Kozakura

Regina

RB

レジーナ文庫

登場人物紹介
ハロルド・28歳
フロッケンベルク国の軍人。
その勇猛さから
「鋼《はがね》将軍《しょうぐん》」と呼ばれる。
極度の恋愛嫌いと
言われているが……
シルヴィア・18歳
シシリーナ国の伯爵令嬢。
異《い》形《ぎょう》の手を持ち、
生まれてすぐに
塔に幽閉されて育つ。

ばあや
塔の中でシルヴィアを
愛情込めて育てた乳母。
アルブレーヌ伯爵
シルヴィアの父。
異形の娘を
忌《い》み嫌っている。
軍師
フロッケンベルクの軍師。
ハロルドに政略結婚を
させた張本人。
チェスター
バーグレイ商会という
隊商の首領息子。
敏捷《びんしょう》で有能な少年。
シャルロッティ
幼いながら
超一流の錬金術《れんきんじゅつ》師《し》。
我が道を突き進む
風変わりな少女。

目次

鋼将軍の銀色花嫁

プロローグ

『ばあや、みて！　シルヴィアのおてて、みて！』

嬉しくて楽しくて、暖炉の前にしゃがみこんだまま、ばあやを大声で呼んだ。

あの時はまだ幼く、塔の外に広い世界があることも、自分の手が異形《いぎょう》ということも知らなかった。無知だったからこそ、それを綺麗だと思い、ただ喜んだ。

振り向いたばあやが悲鳴をあげ、持っていた皿が床に落ちて粉々になる。

『シルヴィア様!!　なんということ……っ!!』

駆け寄ってきたばあやに抱き上げられ、暖炉から引き剥《は》がされてしまう。

――あれ？　シルヴィアのおてて、すごくきれいだったのに、もどっちゃった。つまんないの。ねぇ、もういっかい……………ばあや？　どうして、ないてるの？

――ねぇ、ばあや。どうしてシルヴィアのおてては、みんなとちがうの？

――シルヴィア・フローレンス・アルブレーヌ伯爵令嬢など、今夜限りで消え去ってしまおう。

1　出会い

初秋の月は明るく、夜風が城の喧騒《けんそう》を運んでくる。

背の高い雑草の合間を、一人の少女が必死に隠れ進んでいた。長い銀髪はショールで包んでいるが、絹の手袋やほっそりした身体を包む若草色のドレスは、汚れてビリビリに裂けている。透けるように白い頬も、今は様々な感情で紅潮していた。

早く早く。一刻も早く。一歩でも遠くに逃げなければ。今頃父の命を受けて、召使や兵達が城内を捜し回っているはずだ。城外に捜索の手が伸びるのも、時間の問題だろう。

ドレスの裾《すそ》がまた小枝に引っ掛かった。かさ張るパニエは脱いでいたが、塔に住んでいた時に着ていた質素な服ほど軽快には動けない。苛立ちを込めて絹のスカートを引っ張ると、繊細《せんさい》なレース糸がぶつりと切れて、だらしなくぶら下がった。

このドレスを含め、父からご機嫌取りに寄越された衣装は、どれもこれも上等な品だった。レースや刺繍《ししゅう》で華やかに飾られたドレスの美しさに息を呑み、初めて触れる絹の手触りを心地良いと思ってしまった。

——でも、こんな服、もういらない。

シルヴィアは唇を噛み締め、肩越しに小さく振り返った。薄い水色の瞳に、父の居館が映る。

その周りには尖塔の細いシルエットがいくつも月明かりに浮かんでいた。目を凝《こ》らせば離れたところに一つだけ、ポツンと細長い塔がある。

十八年間、あんな小さな場所で暮らしていたのか。あそこを出て父の住む居館に移ったのは、たった三ヶ月前のことなのに、もう何年も経っているような気がする。

退屈な塔からずっと外に出たいと願っていたけれど、今はあの暮らしが懐《なつ》かしい。シルヴィアをいつも慰《なぐさ》めてくれた、優しいばあやに会いたい。

ばあやは亡き母が伯爵家に嫁《とつ》いでくる際、一緒についてきた侍女だった。元々は母の乳母で、シルヴィアとは祖母と孫ほど年が離れている。母はシルヴィアを産んだ数日のちに亡くなり、それからずっと、ばあやが我が子同然に育ててくれたのだ。

赤子のシルヴィアのために、乳の出る女の人が城に呼ばれたそうだが、器《うつわ》に絞った乳をシルヴィアに飲ませたのは、ばあやらしい。

だからシルヴィアにとっての「乳母」は、ばあやだった。

しかし、ばあやは三ヶ月前に突然、シルヴィアの唯一の肉親である父、アルブレーヌ伯爵の命で、強制的に故郷へ送り返されてしまった。

そして呆然としているシルヴィアには、有無を言わさず結婚が命じられた。この結婚は、伯爵家の一人娘であるお前の義務だと言われた時は、唖然としたものだ。

──生まれてから十八年間ずっと、私を化物として離れの一塔に閉じ込めて、父と呼ぶことすら許さなかったのに？

その言葉を既《すんで》のところで呑み込んだのは、まだ自分がほんの少し、父親に甘い期待を抱いていたせいだろう。自分のことを娘だと思ってくれているのだと──

そして塔から城の居館へと住居を移され、伯爵令嬢としてあるべき礼儀作法を叩き込まれる生活が始まった。以来、シルヴィアを取り巻く環境は何もかも変わってしまった。

結婚相手について父からは北国フロッケンベルクの将軍であることと、名はハロルド・グランツであるということしか告げられなかったが、城の召使達は話好きで、色々な噂が自然と耳に入ってきた。

結婚とは言っても、父が投資に失敗して作った借金を相手側が清算することが条件となっている。つまりシルヴィアは売り飛ばされるも同然に嫁《とつ》ぐのだった。結納金《ゆいのうきん》として提示された額は、借金を全て返しても余りあるほどらしい。

その話を耳にした時、シルヴィアはショックを受けるより、むしろ深く納得してしまった。よほどの事情がなければ、父が自分を嫁がせるなどあり得ない。

ともかくハロルド・グランツ将軍は、かなり有能な男らしかった。

平民出身の一兵卒でありながら、数々の武勇をたてて、若くして実力で将軍職に就いた猛者《もさ》だと言う。『鋼将軍《はがねしょうぐん》』というのが通り名で、戦場において鋼の刃《やいば》のように敵を斬り裂くことからついた名らしい。数年前までは自軍を率いて各地の戦場を駆け回っていたが、今はフロッケンベルクの王から王領地の一部を任され、代理領主となっている。

結婚後はシルヴィアもその地に住むことになるのだろう。

塔の外の広い世界に憧れていたとは言っても、遠い北国へたった一人で嫁ぐのは不安でたまらなかったし、何よりシルヴィアはこの結婚に欠片《かけら》も夢を抱けなかった。

ハロルドのように平民階級から成功した野心家が、莫大な結納金と引き換えに貧窮《ひんきゅう》した貴族の娘を娶《めと》るといった、いわば金で爵位を買うような真似をするのは、よくある話だそうだ。しかしそれなら、自国で妻を探してほしい。外国の田舎貴族を娶ったところで、大した恩恵はあるまい。

それとも召使達が笑いながら予想していたように、自国の貴族や他国の名家からは相手にされないほどのひどい男で、妻も余りどころを買うしかなかったのだろうか？

（きっとそうよね……そうでなければ、私を選ぶはずがないもの……）

何しろシルヴィアは年頃になっても、肖像画の一枚も描かれなかった。急ごしらえで肖像画が描かれたのは、結婚を申し込まれた後だ。

つまり彼は、シルヴィアの性格どころか容姿も何も知らないまま、大金を払って結婚を申し込んだということになる。貴族でさえあれば、妻がどんな女性でも構わないのだろうか。

そう思うとシルヴィアの胸は痛んだが、それでも一度は受け入れようとしたのだ。

この三ヶ月間、自分に結婚を承諾させるためだけだとしても、あの父が、時折は優しい素振りを見せてくれていたから。美しいドレスや美味しいお菓子を貰うより、はるかに嬉しかった。

ああ、だから、ほんの少しだけ……信じかけてしまったのだ。これから金と引き換えに嫁がせるのだとしても、自分を娘と思い直してくれたと。

――つい先ほど、家畜以下の化物としか見られていないと、改めて思い知らされるまでは。

（ハロルド様には、申し訳ないと思うけれど……）

顔も知らぬ北の将軍は、明日の朝には城へ花嫁を迎えに来る予定となっていた。その時、シルヴィアが逃げたと知ればきっと激怒するだろう。父が勝手にした約束とはいえ、遠い北国からはるばるやってくるのに、無駄足にさせてしまうのは心が痛む。

しかし彼とて、娶《めと》った後でシルヴィアの秘密を知れば、ひどく後悔するはずだ。

（それとも、お父様のように命じるのかしら？）

――この、おぞましい化物の手を斬り落とせ。どうせ家柄目当ての結婚だ。子を産む部分の他は必要ない……と。

手袋を嵌《は》めた両手を固く握り合わせ、シルヴィアは身を震わせる。

（……さようなら、お父様。私は遠い場所で、身よりのないただの娘として、ひっそりと生きていきます）

わずかに見える塔の尖端を睨み、胸中で別れを告げた。

どのみち自分が、まともな結婚など出来る身体でないことは、生まれた時から明白だった。これからもずっと人目を避け、隠れ住むのがお似合いだ。

どれほど歩いただろう。煙の臭いがし、話し声と馬のいななきが聞こえた。

草むらが途切れ、シルヴィアはいつの間にか、小さな丘の上に立っているのに気づく。なだらかな傾斜の下には木立に囲まれた草地があり、何台かの幌馬車《ほろばしゃ》が止まっている。

野営の焚き火を囲んでいるのは、マントを羽織った旅装束の男達だ。

（きっと、隊商の人達だわ……）

幸運の女神が微笑む気配に、シルヴィアは胸を高鳴らせた。

アルブレーヌ伯爵領は大陸の主街道から外れているため、旅人も単独ではあまり通らない。遠い地からの品物や情報を運ぶのは、幌馬車で隊列を組み、行商をする旅商人達だ。塔の一番高い窓からは、よく街道を旅する隊商の列が見えたものだ。

それに、外に出られないシルヴィアのためにと、ばあやは城の図書室からよく本を持ってきてくれたのだが、その中には気の利いた隊商が主人公達を助けるという話もあった。シルヴィアは、広い世界を生き生きと描いたその挿絵や物語にいつも夢中になっていたのだ。

間近に見る本物の隊商は、こんな状況でなければもっと感動的に見えただろう。それでも塔からは小さな虫のようにしか見えなかった幌馬車は、こうして近くで見るとずっと大きくて頑丈そうで、世界のどこにでも行けそうに思えた。

（あの人達に頼めば、ばあやのところまで連れて行ってもらえるかしら……）

城から逃げた時はそれこそ死に物狂いだったし、自分自身もすごく怒っていたから、これからは何でも一人でやってみせると意気込んでいた。

しかし、このアルブレーヌ領が属するシシリーナ国はとても広い。その上ばあやの故郷は、ミヨン地方という遠い場所らしいのだ。シルヴィアは旅どころか、城の敷地から出たのも今夜が初めてだ。正直言って、どの道がミヨンに続いているのかも分からない。

あの隊商に頼んで、近くまで一緒に連れて行ってもらった方が確実だろう。もし断られても、道だけなら教えてくれるかもしれない。

（……上手に頼めると良いけれど）

焚き火を囲む男達を眺め、シルヴィアは緊張に身を硬くする。この三ヶ月で、どうにか他人との会話にも慣れてきたが、まだ初対面の人と話をするのは怖くてたまらなかった。

「あっ」

勇気を出して茂みから身を乗り出した時、木の根につまずいた。

動きづらいドレスを纏《まと》った上に、疲労と緊張で強張っていた身体は姿勢を立て直すことが出来ず、そのまま視界が横に回転する。枯葉が舞い散り、シルヴィアは短い悲鳴をあげ、丘の斜面を転がり落ちた。

「誰だ⁉」

　焚き火を囲んでいた男達が跳ね起き、枯葉にまみれて転がり落ちてきたシルヴィアに険しい視線を向ける。

「お、驚かせて、ごめんなさい……」

　シルヴィアはほどけかかったショールを直して謝った。グラグラ回っていた目が落ち着いてくると、こちらを向いて剣を構えている男達の姿が、はっきり見えた。そこそこ若い者から中年にさしかかった者まで、七、八人ほどいる。皆一様に目つきが悪く、薄汚れた身なりに無精ひげを生やしており、あまり近づきたいと思えるような者達ではなかった。

「なんだ、マヌケな小娘が落っこちてきただけだ」

　一人が息を吐き、剣を鞘《さや》に収める。残りもそれに従い、遠慮のない笑い声をあげた。

「……失礼しました」

　シルヴィアは、恥ずかしいのとあちこち痛いのを我慢して立ち上がった。

　人を見た目で決めつけるのは良くないということは身をもって知っているが、この男達の無遠慮な視線は非常に居心地が悪い。それに、転げ落ちた相手を笑いものにするなんて、実際良い人達ではなさそうだ。

道を尋ねるのは他の人にしようと決めて歩き出したが、草地の外れまで行ったところで、男の一人が追いかけてきて唐突にシルヴィアの手首を掴んだ。

「きゃあっ!?」

「まぁ、待ちなよ。こんな時間に、娘さんが一人でどこへ行くんだ？　家出か？　寝床を探してるなら、良いところを紹介してやるぜ」

ニヤつきながら話しかける中年男の息があまりにも臭くて、思わず顔をしかめてしまった。手を振りほどこうとしたが、放してもらえない。男はシルヴィアの泥だらけになったドレスを眺め、口笛を吹いた。

「ボロ服かと思ったら、ご大層なドレスを着てるじゃねぇか。アンタ何者だ？　この手袋も絹だろうが。どれ、よく見せて……」

手袋を外されそうになり、シルヴィアの全身が総毛立《そうけだ》つ。

「いやあっ!!」

とっさに金切り声をあげて、握られていない方の手を振り回した。

「ぐっ!?」

本当に偶然だし、男も油断していたのだろう。シルヴィアの振り上げた手は、男の眼球をまともに引っ掻いてしまった。

うめき声とともに男が手を放し、両手で顔を覆う。男の仲間達は一瞬、あっけに取られたようだったが、すぐに笑い声をあげてはやし立てた。

「あ、あ……ごめんなさい……その……」

しどろもどろに謝りながらシルヴィアは後ずさるが、許してもらえそうにないことは、雰囲気ですぐに感じ取った。男が片手で顔を押さえたまま、憤怒《ふんぬ》の形相で腰に手をやる。

そこには剣と鞭《むち》がくくりつけてあり、男はその長く太い革鞭を手に取った。

「行儀の悪い姫さんだ。そんな女にうってつけの場所に連れてってやるが、その前に俺が、たっぷり礼儀を仕込んでやるよ」

ひゅっと唸《うな》りを立てて鞭が振り上げられ、シルヴィアは悲鳴すらあげられずしゃがみ込んで目を瞑《つむ》る。

しかし、素早く駆け抜ける空気の揺らぎを感じた瞬間、痛みの代わりに男の絶叫がシルヴィアの耳を打った。

「……？」

恐る恐る目を明けると、目の前には信じられない光景が広がっていた。

鞭を手にしていた男は、血塗《ちまみ》れで地面に転がり息絶えていた。そして若い長身の男が、男達からシルヴィアを守るように、こちらに背を向けて立ちはだかっている。

目を瞑っている一瞬の間に、どこから飛び出したのだろうか。旅人らしく軽装に地味な灰色のマントを羽織り、大きな幅広の剣を油断なく構えている。

殺された男の仲間達が一斉に腰の剣を抜き放ち、突然の乱入者を睨みつけた。

「後ろの茂みに飛び込め」

長身の男は、振り返りもせずにシルヴィアへ命じた。シルヴィアは声も出せず、ただ頷く。そして男の頑丈そうなブーツが地面を蹴ると同時に、死に物狂いですぐ後ろにあった茂みに飛び込んだ。

顔や手足にチクチクと小枝が刺さったが、背後で鳴り響く怒号と剣撃の恐ろしさに比べれば、そんな痛みは取るに足らない。

(だ、誰か助けを呼ばなくちゃ……あんなに大勢いるのに……)

茂みの中で縮こまりながらシルヴィアはうろたえたが、小枝の隙間から後ろの様子を覗き見て、すぐにそれが杞憂《きゆう》であったことを知った。

長身の男は大剣を凄まじい速度で操り、取り囲む数人の敵を瞬《また》く間に斬り裂いていく。まるで剣と男が、一つの強力な武器のようだった。生まれて初めて見る本物の戦いは恐ろしく、シルヴィアは何度か目を瞑ったが、長身の男が気になってまたすぐ開いてしまう。

やがて最後の悲鳴と血飛沫《ちしぶき》があがり、立っているのは長身の男だけになった。彼は息を整えて剣を収めると、シルヴィアが隠れる茂みに大股で近づいてくる。

「……嫌なものを見せたな。大丈夫か？」

茂みをかき分けて覗き込まれ、息が止まりそうになった。

「は……はい」

ガクガクと震える足で立ち上がると、その足に茂みの枝が絡まってよろめいてしまい、男に抱き止められた。長身とは思っていたが、改めて並ぶとシルヴィアの背は男の胸元までしかない。彼の大きな手はゴツゴツと硬く、日焼けした腕も太く逞《たくま》しい。

「ありがとうございます……あなたは、大丈夫ですか？」

「ああ。怪我はない」

見上げると、わずかに届く焚き火の赤い光が、男の精悍《せいかん》な顔を照らしている。まだ三十路《みそじ》は迎えていないだろう。濃い鉄色の髪は短く刈られ、意思の強そうな彫りの深い顔立ちは、やや強面《こわもて》に見える。だが、同色の瞳は優しそうな煌《きら》めきをたたえ、腕の中のシルヴィアを見つめていた。

とく、とく……と、麻の簡素なシャツ越しに男の鼓動が伝わる。どちらかと言えば無骨な部類で、シルヴィアが夢見ていたような絵本の王子様の姿とはかけ離れているのに、とても素敵に見えた。胸が締めつけられるような、もどかしい感覚に襲われる。

先ほどまで強張り血の気の引いていた頬が熱くなる。きっと恥ずかしさのあまり、顔は真っ赤になっているはずだ。髪を包んだショールで、顔もほとんど隠れていたのは幸いだった。

「それより……どうしてこんな時間に、一人で出歩いている？　ああいう奴らに目を付けてほしいと言っているようなものだぞ」

シルヴィアの心境も知らず、男が今度は少しばかり咎《とが》めるように言った。

「あいつらはこの付近の数ヶ国で、指名手配になっている連中だ。この国の警備に連絡をするから、近くの村までついでに送ろう」

「えっ⁉」

思わぬ申し出に、シルヴィアはギクリと身を震わせて男から離れる。

「い、いえ、私は、その……」

慌《あわ》てふためいて言い訳を探していると、不意に猟犬を駆り立てるラッパの音が風に乗って鋭く響いてきた。あれを吹くのは父の城を警護する兵達で、彼らは今、必死にシルヴィアを捜しているはずだ。

オロオロと周囲を見回し、薄暗い木立の中をどこに向かって逃げれば良いものかと決めかねていると、男が声を潜《ひそ》めて尋ねた。

「あれはアルブレーヌ伯爵の兵達だが……見つかるとまずいのか？」

「あの、私は、ただ……」

焦りで舌が乾き、口内に張りついて上手くしゃべれない。男はうろたえるシルヴィアを見下ろし、髪を包むショールを大きな手でそっと撫《な》でた。

「訳を話してみろよ。事情によっては庇《かば》うかもしれないぞ」

低い穏やかな声に、心臓が大きく鼓動した。胸を締めつけられるような感覚が、再びシルヴィアを襲う。一瞬、この見知らぬ人に何もかもを訴え、泣きながら縋《すが》りついてしまいたい衝動に駆られた。

たった一人きりの味方だったばあやがいなくなり、不安で寂しくてたまらなかった。名前も知らない会ったばかりの相手に、心を取り込まれてしまいそうになる。

しかしシルヴィアは、張り詰めた糸が切れる寸前で耐えた。

「ごめんなさい。どうしても話せないの」

打ち明ける代わりに、シルヴィアはドレスの隠しから美しい真珠の指輪を取り出して、その旅人とおぼしき男に見せた。

「お願いです。この指輪をあげますから、ミヨン地方に私を連れて行ってください。どうしても会いたい人がいるのです！」

「ミヨンに？　おいおい、いきなりそう言われても……」

目を丸くして困惑する男に、必死で頼んだ。

古いが高価なこの指輪は、ばあやが亡き母から預かったらしい。くれぐれも形見ではないと、母は言っていたそうだ。

『形見としてしまえば、娘はどれほど困窮《こんきゅう》しようと売るのを躊躇《ためら》うでしょう。だからこれは、この先困難な人生を歩むシルヴィアが必要な時に使うための、ただの指輪です』

ばあやは涙まじりにその言葉を告げ、指輪を大切にするように……しかし本当に必要な時には躊躇わず使うようにと教えてくれた。

「これは、母が私に残してくれたもので……他にお金は持っていないのです」

居館の部屋には、将軍から花嫁宛に贈られた宝飾品がいくらでもあったが、結婚を放棄して逃げる以上、それらに手をつけるわけにはいかない。シルヴィアが代価として渡せるのは本当にこれだけだった。

指輪を差し出す手が震える。引っ込めてしまいたいと、どれほど思ったことか。

けれど今こそが、本当に必要な時だ。こんなに強い人なら、どんな危険な道のりでも平気だろう。何よりもシルヴィアは、自分でも気づかないうちに、彼ともっと一緒にいたいと思い始めていたのだ。

「お願いです！　途中まででも構いませんから……」

指輪を再度突き出した時、強い風が吹いた。緩んでいたショールがほどけ、飛び出した銀髪《シルバーブロンド》が風になびき、月光を受けて燦然《さんぜん》と輝く。

「あっ」

飛んでいきそうになったショールを慌《あわ》てて掴んで振り向けば、男は唖然とした顔でシルヴィアを凝視《ぎょうし》していた。そして何度か口を開け閉めしたかと思うと、唇を固く引き結び、軽く顔をしかめてフイと背けてしまった。

「あの……？」

何か怒らせてしまったのかとおろおろしていると、男は深く息を吐いてシルヴィアに向き直った。はるか高い位置から投げかけられる視線が、今度はやけに鋭く突き刺さる。

「道理で兵から身を隠したがるわけだ……アルブレーヌ伯爵令嬢、でしたか」

知るはずもない名を男に呼ばれ、シルヴィアの全身が凍りつく。

男の声がわずかに上ずっていたような気がしたが、今のシルヴィアに気にする余裕はなかった。

男は地面に片膝をつき、握った拳《こぶし》を胸の中央に押し当てる。確かこれは、フロッケンベルクの騎士が行う貴人への礼だ。

「申し遅れました。ハロルド・グランツと申します。シルヴィア・フローレンス・アルブレーヌ伯爵令嬢……貴女《あなた》に結婚を申し込んだ者です」

慇懃《いんぎん》な言葉と硬い声で、シルヴィアを娶《めと》る北国の将軍はそう名乗った。

「そんな……」

――なんという、最悪の初対面だろう。

陸に揚げられた魚のように喘《あえ》ぐシルヴィアを、立ち上がった将軍――ハロルドが険しい顔で見下ろす。

城の猟犬達の吠《ほ》える声と馬の蹄《ひづめ》の音が、徐々に近づいてくる。

「い、いやっ！」

もつれそうになる足を動かして逃げようとしたが、あえなく手首を掴まれ捕らえられた。

知らない男に手首を掴まれたのはこれで二回目だが、最初の男とは比べ物にならない力だった。ハロルドの手は鋼《はがね》で出来ているのかと思うほど硬く、手袋の上からでも指の痕《あと》がつきそうだ。

「貴女が逃げるのも無理はない。平民あがりの一将軍が、爵位目当てに求婚……こんな男を軽蔑するのは当然だ」

深い溜め息交じりの声音に胸が痛み、思わず抵抗をやめてシルヴィアは男の長身を振り仰いだ。

一方的な縁談を嫌悪したのは事実だが、シルヴィアが逃亡するに至ったのは、そんな理由からではない。

「ハロルド様を、軽蔑してはおりません」

怖かったが勇気を出して告げると、ハロルドはシルヴィアの手首を放し、片眉を軽く吊り上げた。

「大切な形見を見知らぬ男に差し出してまで、逃げようとしたのに？」

「それは……」

言い訳をしようとしたが、すげなく手を振って遮《さえぎ》られた。

「貴女がどれほど嫌がろうと、もう決まったことだ。気の毒だが、諦めてくれ」

感情の篭《こも》らない冷淡な言葉に、震える足が崩れ落ちそうになる。

見知らぬ娘には優しそうに見えたこの将軍もやはり、妻にする貴族娘には意思や感情など求めていないのか。

全身から気力が失われていく。ついにその場に倒れそうになったシルヴィアを、ハロルドの逞《たくま》しい腕が支える。もう振り払う気にもなれなかった。

その時、丘の上から松明《たいまつ》を持った騎馬の一団が駆け下りてきて、シルヴィア達を取り囲んだ。父の城を警護する騎兵達だ。

騎兵達は転がっている死体に驚き、警戒も露《あらわ》にハロルドへ槍の先を向ける。

「この方は伯爵家の姫君だ！　失礼などしていないだろうな！」

馬上で怒鳴る年配の騎士隊長を、ハロルドが煩《わずら》わしそうに見上げた。

「自分の婚約者を保護しただけだ」

彼はシルヴィアを兵の一人に託《たく》し、腰に下げていた剣を見せる。剣の柄《つか》には、鮮やかな青地に黒い蛇と白い鳥を配置した、フロッケンベルクの国章が刻みこまれていた。それは北国において将軍の地位を表す剣だと、シルヴィアも聞いたことがあった。

不審者扱いした相手が、姫を娶《めと》りに来た将軍と知った隊長は蒼白になり、兵達も顔を見合わせる。

「グランツ将軍でございましたか、大変な失礼を。シルヴィア様は、散歩で道に迷い……伯爵様も大変心配しておりまして……」

馬から飛び降りた隊長が、言い訳を始めた。

「分かった、分かった。姫が無事で何よりだ」

ハロルドが呆れたように頷き手を振ると、騎士達は恐縮した様子で礼をした。そのうちの一人がそそくさと馬を降り、シルヴィアを引き受けるために近づいてくる。

シルヴィアは俯《うつむ》いたまま、精一杯声を絞り出した。

「お願いです、ハロルド様。どうかこの結婚は、考え直してください」

「シルヴィア様!?　何をおっしゃるのですか！」

隊長の叱責《しっせき》に、シルヴィアの身体がビクンと震える。

『鋼将軍』の噂だけを聞いていた時は、どんなに怖そうな人かと思っていた。噂の中には敵兵を無残に斬り殺すとか、女子どもにも容赦しないなどといった恐ろしげな話も多数含まれていて、どれもシルヴィアを震え上がらせた。

たった今も、シルヴィアが婚礼を嫌がっているのを知りながら、冷酷にシルヴィアを捕らえて逃がそうとはしなかった。

けれど……その前に抱き止められた感触が、まだ身体に残っている。たった数分だけれど、あんなに安心させてくれた人は、塔から出て初めてだ。それもまた、紛れもない事実だった。

だから、彼がシルヴィアの秘密を知って失望し、父のように罵《ののし》ってくる姿は見たくない。

怖くて未だハロルドを見上げることは出来なかったが、それでも俯いたまま告げた。

「私は貴方《あなた》の妻に、なりたくありません」

今ならまだ間に合う。結婚前夜に逃げ出した上に、こんな無礼なことを言う女など、いらないと言ってくれれば……

固唾《かたず》を呑んで兵達が見守る中、ハロルドは無言だった。俯いたままでも、彼の鋭い視線を痛いほど感じる。

やがて静かに、だがきっぱりと告げられる。

「……明日、お迎えに上がります」

そして二本の逞《たくま》しい腕がシルヴィアを軽々と抱きかかえ、騎士の馬へと乗せた。

伯爵家の騎士達は二手に別れ、一方はシルヴィアを護衛して城に戻り、残った騎士達は地面に転がる死体の片付けに取りかかった。ハロルドは騎士達からのいくつかの質問に答えた後、さっさとその場を退散すべく、木立の奥に隠してあった馬の綱を解き、鞍《くら》に飛び乗った。

両脇にプラタナスの木が行儀よく植えられた田舎道で、ゆっくりと馬を歩かせる。ハロルドは今夜、部下達と一緒に近くの宿に滞在することになっている。そこに戻るまでに少し頭を冷やしたい。

秋の星座が煌《きら》めく夜空を見上げ、溜め息をつく。

――運命とやらはひどい悪戯《いたずら》好きだ。

シルヴィアを襲おうとしていたのは、各国で罪を犯したあげく、今は魔獣組織《まじゅうそしき》という犯罪組織に与《くみ》する者達だ。ハロルドの祖国は、件《くだん》の組織から盗難などの被害をたびたび受けている。今夜ハロルドは、その組織の馬車を偶然に見つけ、密かに後をつけたところ、シルヴィアが襲われている光景に出くわしたというわけだ。

シルヴィアの身体こそ守れたが、心境的には互いにこの上なく気まずい結果を残した。

彼女の名を呼んだ時は、驚きのあまりもう少しで声が裏返るところだった。

（まさか、あそこまで嫌われているとはな……）

何しろ貴族令嬢を金で身請けするような結婚だ。周囲からはもちろん、本人からの非難も覚悟はしていた。

しかし、母親の形見を投げ打ってまで逃げたいと言われ、その後も面と向かって婚約破棄を要求されれば、さすがにこたえる。

この結婚は、きっかけが不純だからこそ、相手の伯爵令嬢には誠意を込めて接したいと思っていた。少しずつでも分かり合っていければと願っていたが、考えが甘すぎたようだ。

泣きそうな震え声で、婚姻の破棄を訴えたシルヴィアは、まるで猟犬に追い詰められた小動物のようだった。いっそ怒ってひっぱたかれた方が、まだ気楽だったかもしれない。

(気の進まない求婚者と実際に会ったら、意外と好ましかった……など、所詮は夢物語、か)

憔悴《しょうすい》し切ったシルヴィアの顔が脳裏に蘇《よみがえ》り、胸が痛む。

ふと、手綱《たづな》を握る自分の手を見た。剣を握り続けた皮膚は厚く硬化し、北国の寒さでひび割れた痕《あと》も数え切れないほどついている。絹の手袋に大切に包まれ、折れそうなほど華奢《きゃしゃ》だったシルヴィアの手とは大違いだ。

彼女は顔も知らなかった求婚者を間近に見て、兵士あがりの野蛮そうな男だとさらに絶望したのだろう。

ハロルドは馬をゆるやかに歩かせながら、片手でポケットから一枚の折りたたんだ紙を取り出した。広げると、鉛筆だけで描かれたスケッチ画が現れる。少しの間、その画《え》をじっと見つめてから、ハロルドはまた折りたたんで大切にしまいこんだ。

遠くに視線を移すと、月明かりに伯爵の古城が浮かび上がっていた。シルヴィア達は、もう城に到着した頃だろう。

(変に思いつめたりしなきゃいいが……)

しきりに恐縮していた騎士隊長には、逃亡した彼女を咎《とが》めないでやってくれと、伯爵宛の伝言を頼んでおいたから、せいぜい小言くらいで済むと思う。

それに、親心か良心、どちらかが少しでもある人間なら、結婚を嫌がり死人のような顔色をしている娘を責めることなど出来まい。

そこまで考えて、ようやく気持ちに整理をつけたハロルドは、馬の脇腹を軽く蹴り、田舎道を軽快に走らせ始めた。


シルヴィアが兵達に両脇を抱えられ、ほとんど引きずられるようにして父の執務室に入ると、アルブレーヌ伯爵は荒々しい足音を立てながら、足早に近づいてきた。

執務室は、何代も前から受け継がれた重厚な調度品で調《ととの》えられ、壁には代々のアルブレーヌ伯爵を描いた肖像画が並ぶ。最も古い肖像画の下には、家宝の剣が飾られていた。

その前で一番新しい肖像画の主である父は、小太りの丸い顔に血を昇らせ、茹《ゆ》で上げたような色をさせていた。

拘束されて戻った娘を目にし、伯爵の顔がさらに憤怒《ふんぬ》で歪《ゆが》む。

「愚か者！」

頬に痛烈な平手打ちを喰らい、焼けつくような痛みにシルヴィアは呻《うめ》く。一足先に執務室へ入っていた騎士隊長が、痛ましそうな表情を浮かべるのが一瞬だけ見えた。

「伯爵様……僭越《せんえつ》ですが、ハロルド様からのご伝言を……」

「黙って全員外で待機していろ！　警備不行届で解雇しないだけでも、ありがたく思え！」

気まずそうに言いかけた隊長の言葉を、伯爵は怒鳴りつけて遮《さえぎ》った。

兵達はシルヴィアを放し、慌《あわ》てふためいて退室していく。最後に隊長が沈痛な面持ちで分厚い扉を閉めるのを、シルヴィアは申し訳ない気分で見送った。

騎士隊長は、この城に仕える古参の兵で父の腹心でもあるが、父よりよほど親切なおじさんだ。大っぴらに父を非難したりはしないが、ばあやと引き離された件ではシルヴィアに随分と同情してくれ、ばあやはミヨンの生家で幸せに暮らしているはずだと慰《なぐさ》めてくれた。

だというのに今夜シルヴィアが抜け出したことで、警備責任者の彼は随分と迷惑をこうむったに違いない。

（ハロルド様から、伝言……？）

騎士隊長の言いかけた言葉に、シルヴィアは胸中で首を傾げた。

ハロルドが別れ際に、彼へ何か話しかけていたのは見えたが、よく聞こえなかったのだ。

だが、考え込んでいる暇はなかった。父娘《おやこ》二人きりになった室内で、小柄ながら声の大きい父が、雷のような怒声を発したのだ。

「この私を騙《だま》して逃げ出すなど……！　私がこの三ヶ月、お前をどれほど厚遇《こうぐう》してやったと思っている！　恩知らずの化物が!!」

父に突き飛ばされ、身も心も疲れ切っていたシルヴィアは、色あせたカーペットに倒れ込んだ。怒りに顔を歪《ゆが》めた父はさらに詰め寄り、シルヴィアの右手の手袋をむしり取る。

「なぜ、お前のような化物が、私の娘に生まれてきたのだ!!」

露《あらわ》になった白い手は、指も五本あり、爪もきちんとそろっている。ただし手の甲だけは、普通と違っていた。

そこは、まるで蛇のような銀色の鱗《うろこ》で、ビッシリと覆われていたのだ。父がもう片方の手袋もひきむしると、同様に鱗を持つ左手が現れた。

「お父様……っ！」

声をあげかけたシルヴィアの片手を、父は容赦なく踏みつけた。銀鱗をこそぎ取ろうとするように、体重をかけて靴底で踏みにじる。

「う……」

シルヴィアは眉をひそめて呻《うめ》いた。

ただ、押し潰される手の骨は痛んだが、靴底に痛めつけられる鱗の部分は、何も感じない。不思議なことにその部分だけは、あらゆる痛みを感じないのだ。

足を離した父は、銀鱗に変化がないのを見ると、今度は暖炉から真っ赤に焼けた火かき棒を持ってくる。

「……無駄です」

シルヴィアは小声で呟《つぶや》いた。

火や刃物での除去は出来ないと、城医師がこの三ヶ月で散々試したというのに、何度繰り返せば気が済むのだろう。

「今度こそ、神のご加護があるかもしれんだろうが」

父が顔を歪《ゆが》めてそう吐き捨て、灼熱《しゃくねつ》の鉄棒を娘の手を覆う銀鱗に押しつけた。思わずシルヴィアは顔を背けたが、シュウシュウと音が鳴るだけで、やはり痛みも熱も感じない。熱が周囲の皮膚を焼こうとすると、そこにも銀色の鱗が広がっていく。

あの幼い日と、まったく同じだった。

ばあやと暮らしていた塔で、綺麗な暖炉の炎を触ってみたくて両手を突き入れたのだ。すると、火が触れた部分が銀鱗に覆われていった。

両肘まですっかり銀色になったシルヴィアを、ばあやが悲鳴をあげて暖炉から引き剥《は》がしたのを、今でもはっきり覚えている。

父は、しばらく無言で娘の手に火かき棒を押しつけていたが、やがて断念したかのようにそれを暖炉に戻し、血走った目でまた銀鱗を凝視《ぎょうし》する。

カーペットの上に力なく置かれた手から熱が引くにつれて、徐々に銀鱗も消えていった。ただし消えたのは新たに増えた鱗《うろこ》だけで、最初から存在している銀鱗は頑固に残り、暖炉とランプの灯りを受けて光っている。

「フン……やはり化物に、救いなどあろうはずもないか」

皮肉げに呟《つぶや》かれた声が、シルヴィアの胸を残酷に突き刺した。

(どうして私は、普通の手を持って生まれなかったのかしら……)

もう数え切れないほど繰り返しては、嘆《なげ》き続けた疑問だ。

こんな手を持って生まれたがゆえに、父から化物と罵《ののし》られ、表向きには精神を患《わずら》っている娘として塔に幽閉されていた。退屈な塔の窓から広い世界を眺め、いつか魔法のようにこの鱗が取れる日を夢見てきた。

さすがに十八歳にもなって現実が見えるようになった今、ようやく諦めかけていたところだったのに。

「……たった今、ハロルド様にお会いしました。私が結婚を嫌がり逃亡しようとしたのも、あの方は知っております」

　無駄とは思いつつも訴えたが、やはり余計に父を怒らせる結果になった。

「聞いたとも。婚約破棄を願うなど、とんでもない！　我が家を破産させる気か！」

　父の手が壁に飾られた剣を掴むのを見て、シルヴィアはカーペットに座り込んだまま、ジリジリと後ずさる。

　逃げ出したいのに、足に力が入らず立つことも出来ない。冷や汗が全身から噴き出て、喉が引きつり悲鳴も出なかった。

　父はこの婚約が決まった時、城のお抱え医師へ厳重に口止めしつつシルヴィアの秘密を明かし、ハロルドが迎えに来るまでに銀鱗を何としても除去しろと厳命した。

　だが、削《そ》いでも焼いても消えない銀鱗に、医師はどうすることも出来なかった。彼がしたのは、ひたすら神に祈りをささげながら、シルヴィアの手に何度も刃や炎を押し当てることだけ。

　痛みや熱さを感じなくても、恐ろしくてたまらなかった。シルヴィアはいつも気絶しそうになりながらその行為に耐えていた。普通の手となり、それで父に認めてもらえるのならと、その想いだけが心の支えだった。

　しかし、ついに今日、痺《しび》れを切らした父が、

『このおぞましい化物の手を斬り落とせ。どうせ爵位目当ての結婚だ。子を産む部分の

他は必要ない』

と、城医師に吐き捨てたのだ。身じろぎ一つ出来ないでいるシルヴィアの前で、父は怒りと焦りの混じった、奇妙な笑い声をたてた。

『もっと早くこうするべきだった。お前の手を斬ったところで、呪われなどしない……』

――呪い？

その呟《つぶや》きを聞いて湧いた小さな疑問は、続くけたたましい笑い声にかき消された。

『そうだとも！　ありがたく思うのだな、シルヴィア！　私は、お前を虐《しいた》げるのではない。化物と知られずに済むよう、情けをかけてやるのだから！』

あの時、何かが心の中で、音もなく壊れてしまった。シルヴィアは涙を流すどころか、微笑さえ浮かべて頷いたのだ。

『……はい。おとうさまの、おっしゃるとおりですわ』

自分があんなにスラスラと嘘をつけるなど初めて知った。ひたすら感心したように頷いてみせて油断させ、父と城医師の隙をついて、必死で逃げ出したのだ。

だが、それも今は無駄になってしまった。

「お、お願いです……許して……」

尻餅をついたまま懇願《こんがん》するシルヴィアを、父は荒い呼吸を繰り返しながら睨んでいたが、やがて忌々《いまいま》しげに呻《うめ》いた。

「今からお前の手を斬り落とせば、逆に不審がられる……」

ようやく父の手が剣から離れたのを見て、シルヴィアは大きく安堵の息を吐いた。床に打ち捨てられクシャクシャに丸まっていた手袋を取り、大急ぎで嵌《は》める。

そんな娘の姿を、父はおぞましい虫でも見るように顔をしかめながら吐き捨てた。

「フロッケンベルクか……錬金術《れんきんじゅつ》など、悪魔の技を使うおぞましい国の将軍なら、お前とさぞ似合いの夫婦となるだろう」

その軽蔑に満ちた声には、家の窮地《きゅうち》を救ってくれたハロルドに対する感謝など欠片《かけら》もなかった。

昔、このシシリーナ国では、魔物の出現や疫病《えきびょう》は、全て魔法使いや錬金術師の悪事だと信じられていたそうだ。よって錬金術の盛んな北国フロッケンベルクは、悪魔の国も同然とばかりに悪し様《あざま》に言われていたらしい。

だが時代が下るにつれ、魔法や錬金術で便利な品物が作られるという話が広まり、その品物が実際に流通するようになると、シシリーナ国の人々の意識も寛容になってきた――とばあやから聞かされていた。

ばあやと母が生まれ育った街でも、隊商達が北国から運んでくる錬金術ギルドの製品を日常的に使い、富裕層も積極的に魔法使いを雇っていたと言う。

しかし、このアルブレーヌ領のような田舎ではまだ彼らを敬遠する者も多く、特に父はその極端な例だった。錬金術や魔法の類《たぐい》をひどく嫌悪し、領内で錬金術ギルドの品を売ることさえ禁じている。シルヴィアも、魔法や錬金術を実際に見たことはなかった。

「もう私は、お前の手のことなど何も知らないで通す。たとえ化物とばれて離縁されようと、ここに戻ることは許さん。そのまま北で野垂《のた》れ死ね」

黙りこくったシルヴィアに、父の言葉が吐きかけられた。返事をする気にもなれず、シルヴィアが項垂《うなだ》れていると、重々しい咳払いが発せられた。

「そうだ。グランツ将軍からの伝言を聞いた。お前の振る舞いには我慢ならないとかでな。今後、少しでも自分に背くことがあれば、地下牢に一生閉じ込めるそうだ」

「っ⁉」

『地下牢』の単語に、シルヴィアは弾かれたように顔を上げた。

大きく見開いた両目に、父の薄笑いが映った。

「あの男は、それでもお前を妻にしたいそうだ。相当爵位に固執しているのだな」

「あ……あ……」

酸欠の魚のように口をパクパクさせるシルヴィアの耳に、父の声が毒液のごとく染み込んでいく。

「良かったではないか、これなら正体がばれても斬り殺されるとは限らんぞ。だが、地下でネズミと床《とこ》を共にしたくないのならば、せいぜいその手を隠し、夫のご機嫌取りに精を出すのだな」

嘲笑交じりの声が頭の中でワンワンと響き、思考力を奪う。

ぐったりと人形のように身動きできなくなったシルヴィアは、父が呼んだ兵達にそのまま自室へと運ばれた。


――シルヴィアが六歳の頃だ。

よく晴れた春の日、どうしても我慢できなくなって、塔からこっそり抜け出した。

ばあやから絶対に出てはいけませんと言われていたし、それが父の命令だとも聞いた。

なぜならシルヴィアの手が、皆と違うからだそうだ。

『……伯爵様は、シルヴィア様を心配して、塔に匿《かくま》っておられるのです。世の中には、他人と違う者に心無い言葉を浴びせる者が多くいますから』

だから窓から外を覗く時もなるべく他の召使に見られないように注意したし、窓辺に近づく時は絶対に手袋をするようにという約束も守った。

小部屋がいくつかある塔は、それなりに居心地がよかった。今なら分かる。あれは全部、ばあやのおかげだった。部屋に季節の花を絶やさず、綺麗に飾って清潔に保ち、ほの暗い幽閉塔でもシルヴィアが楽しく暮らせるように、あらゆる努力をしてくれていた。

それに、暇を見つけてはシルヴィアに文字や裁縫を教え、狭い台所で一緒にマドレーヌを焼いた。もしばあやが一緒にいられなくなっても困らないように、身の周りのことは自分で出来るようになってくださいというのが、彼女の口癖だった。

そのばあやも塔で寝泊まりはしていたが、シルヴィアと違い、食料や生活用品を調達するため自由に外へ出ることが出来た。

『では、シルヴィア様。すぐに戻りますからね』

その日もショールを肩に羽織ったばあやは、そう言って柳《やなぎ》で出来た大きなバスケットを持ち、塔を出て行った。

シルヴィアはいつものように急いで手袋を嵌《は》めると、螺旋階段《らせんかいだん》を一気に駆け上がり、一番上の窓から顔を突き出した。ばあやが芝生《しばふ》を歩き、城の居館へ向かう後ろ姿が見える。

空は青く澄み渡り、外の世界はどこまでも広く見えた。庭の芝生も周囲の森も、遠くに見える湖も、全てが春の柔らかな陽光を浴びて美しく輝いている。

あの中に入っていけたら、どんなに気持ちいいだろう。

でも、塔の前にはいつも見張りの兵がいたし、彼らに話しかけるのも駄目だと言われていた。

しょんぼりと項垂《うなだ》れ、真下を見た時、戸口前に兵士がいないことに気がついた。精一杯顔を突き出して眺めても、ついさっきまで見張りをしていた兵はどこにもいない。辺りの芝生にも、誰もいない。

いけないと思っても、むくむくと好奇心が湧き上がった。

手袋さえしていれば大丈夫、すぐに戻れば誰にも見つからないよ……心の中で、そう囁《ささや》く声が聞こえた。

階段を駆け下り、戸口の扉を思い切って押す。扉はとても重かったが、身体ごと押すと何とか開き、シルヴィアは細い隙間から身体を滑り込ませた。

『……………』

声も出なかった。

塔の窓からも外の空気は入ってきたが、全身で感じるそよ風と日光は全く違う。シルヴィアは呆然と立ち尽くした。

高い窓からいつも見下ろしていた森や城は、なんて大きかったのだろう。自分がとても小さな虫にでもなった気がして、急に不安がこみ上げてきた。

一瞬、塔に戻ってしまおうかと思ったが、目の前に広がる光景の素晴らしさがそれに勝った。

笑い声をあげ、両手を広げて芝生を駆け回った。十数歩で石壁に突き当たる塔では、考えられない。くるくる回ると、木綿のスカートが大きく広がって輪になる。楽しい！　楽しい！

あまりにもはしゃぎすぎ、周りがまるで見えていなかった。芝生に寝転び、息を切らせて青空を見上げていると、不意に大きな影が顔にかかった。

金糸刺繍《ししゅう》の立派な服を着た男の人が、怖い顔でシルヴィアを見下ろしている。

『シルヴィアか？　なぜ、お前がここにいる』

『あ……あ……ごめんなさい……』

芝生から急いで起き上がり逃げようとしたが、手袋の上から腕を捕まれた。

『乳母は何をしている！　お前を外に決して出すなと、命じたはずだ！』

怒鳴り声に、シルヴィアはビクンと全身を硬直させた。もしかして、この人が……

『わたしの……おとうさま……ですか？』

恐る恐る尋ねると、シルヴィアと同じ薄い水色の目に、ギロリと睨まれた。

『化物が、そのように私を呼ぶな！』

嫌悪と侮蔑《ぶべつ》の篭った怒声は、見えない棒となってシルヴィアを叩きのめす。

そして呆然としたまま引きずられるように城の方へと連れて行かれた。途中、何人かとすれ違ったが、父が睨むと慌《あわ》てて道を空けて顔を背ける。やがて居館にたどり着き、石の回廊を少し進んでから、湿っぽい階段を降り始めた。

『ご、ごめんなさい……ごめんなさい……』

怖くてたまらず泣きながら震え声で訴えたが、父は答えずシルヴィアを引きずったま、階段の先にある重そうな扉を開けた。

中は真っ暗で、篭《こも》っていたかび臭い空気が流れ出してくる。

『ごめんなさ……きゃあっ！』

強く突き飛ばされ、石部屋に倒れ込むと、そのまま扉が閉められた。直後、かんぬきをかける重い音が響く。

部屋には一筋の光も入らず、扉の位置も分からない。真の暗闇というものを初めて体感した。

『おねがいっ！　出して！　だして!!　ばあやぁ!!!　たすけて!!!』

壁か扉かも分からない場所を闇雲《やみくも》に叩き、泣き叫んだ。暗闇が四方から押し寄せ、押し潰されそうだ。

一体、どれほど閉じ込められていたのか。もしかしたら、たった数時間だったのかもしれない。

ひらすら泣き叫ぶうちに何も分からなくなり、気がついたら塔の寝室で寝かされていた。

ベッドの横の椅子に腰掛けたばあやが、シルヴィアの手をしっかり握ってくれていた。銀鱗に覆われた素手を、躊躇《ためら》いもせずに。

他の人と違う手でも、ばあやはシルヴィアを化物だなんて言わない。この手はちょっと変わっているけれど、綺麗で好きだと言ってくれた。

『……ごめんなさい』

小さく呟《つぶや》くと、ばあやは黙って頷いた。少し皺《しわ》のある頬は、涙で濡れていた。悪いことをしたのはシルヴィアで、罰を受けたのもシルヴィアなのに……

その日から、シルヴィアはもう絶対に黙って抜け出そうとは思わなくなった。

石部屋――地下牢の恐ろしさを知ってしまったからだ。

ばあやが嘘をついていたことを、知ってしまったからだ。

父が自分を塔に閉じ込めたのは、守るためではなく、化物と言って嫌っているからだと……

（――ハロルド様が、私を地下牢に……）

寝かされた自室の寝台で、シルヴィアは呆然と父の言葉を反芻《はんすう》していた。

泥だらけの服がいつ着替えさせられたのかも分からない。意識はあるけれど、気力が空っぽで指一本動かせない。もし身体を動かせたとしても、どのみち扉の外では兵が厳重に見張っているはずだ。

この居館でシルヴィアに与えられた居室は、日当たりの良い広々とした部屋で、調度品も豪華なものばかりだ。でも……ここでは、ひとりぼっち。

視線だけ動かすと、ランプの黄色い炎がガラスの中でチラチラ揺れていた。その炎を見ているうちに視界がぼやけ、涙が溢れ出してくる。

ハロルドに嫌われようと思って暴言を吐き、本当に嫌われてしまったのだから、自業自得だ。

それでも悲しくてたまらず、嗚咽《おえつ》すら出せずに無言で泣き続けた。

2　スケッチ画

なだらかな丘の合間から太陽が顔を覗かせ、金色の朝日を投げかけ始めた頃。

伯爵の城から程近い宿屋の裏庭で、ハロルドはポケットから取り出した例のスケッチ画を熱心に眺めていた。今日は伯爵家の令嬢を娶《めと》りに行くため、彼は昨夜の旅装と違い、黒マントに青い軍服という、フロッケンベルク騎士の正装をしている。

ハロルドの持つ白黒のスケッチ画には、小窓から顔を出して、うっとりと遠くを見つめているシルヴィアが描かれていた。薬品で保護された鉛筆画は、さんざんに折りたたみを繰り返しても擦《す》れてしまうことはなく、細部の描写まで鮮明に残している。

ただしそこに浮かんでいる夢見るような微笑は、昨夜のやつれきった絶望の表情とは雲泥の差だ。

（やはり肖像画より、こっちの方が正確だな……）

明るい朝日の下で改めてスケッチ画を眺め、ハロルドは確信する。

領地を出立する直前にも、伯爵家から油絵で描かれたシルヴィアの肖像画が届いたのだが、そこにはごてごてと着飾り、なんとも薄気味悪い半笑いを浮かべた、陰気そうな少女が描かれていたのだ。

「なにを熱心に眺めてるのさ、ハロルド兄《にい》」

唐突に、ハロルドの頭上から陽気な声が降り注ぐ。

「チェスター!?」

いつの間にか赤毛の少年が、近くにある薪小屋《たきぎごや》の屋根の上で腹ばいになって頬杖をつき、ニヤニヤとハロルドを見下ろしていた。癖の強い赤毛にターバンを緩く巻き、細身の敏捷《びんしょう》そうな身体には草木染めのチュニックを重ね着するなど、典型的な隊商の人間の装いをしている。

一体、いつからそこにいたんだとハロルドが聞く前に、チェスターは音一つたてずに地面へ飛び降りた。

兄とは言っても、彼とハロルドは実の兄弟ではない。愛嬌《あいきょう》が服を着ているようなチェスターには、兄さん姉さんと呼ぶ知り合いが大陸中にいるだけだ。

彼は、バーグレイ商会という隊商の首領息子である。そしてバーグレイ商会の真の顔は、フロッケンベルク王家御用達《ごようたし》の密偵機関だった。彼らは幌馬車《ほろばしゃ》で商売をしながら大陸各地を巡り、難しい秘密裏の任務も確実に成功させてくる。もちろんこの事実を知っているのは、ハロルドをはじめフロッケンベルクでも一握りの者達だけだ。

「早かったな」

ハロルドはやや上擦《うわず》った声で返し、とっさにスケッチ画を後ろに隠した。確かに彼とはここで落ち合う予定になっていたが、全く気配を感じなかった。あいかわらず神出鬼没《しんしゅつきぼつ》な少年だ。

「うん。まさかこれから一年も兄さんの従者になるなんて思ってもいなかったから、緊張しちゃってさ。早く着きすぎちゃったよ」

チェスターはそう言ったものの、こげ茶色の瞳は陽気そのもので、緊張など微塵《みじん》も感じさせない。

彼は来年の夏まで隊商を離れて、ハロルドの従者として働くことになっていた。チェスターも十五歳になったので、そろそろ次期首領として見聞を深めさせたいと、現首領である彼の母親から預かったのだ。

「チェスター・バーグレイ。本日より、グランツ将軍の従者としてお仕えいたします！」

チェスターは片膝をつき、完璧な礼をした。普段の彼は自由奔放に振る舞いながらも、やろうと思えば宮廷作法から上品な食事マナー、そして社交ダンスまで見事にこなしてみせる。今さら従者生活で何を学ぶ必要があるのかと不思議に思うほどだ。

「分かった。だが、公的な場以外はいつもの呼び方と振る舞いでいい」

ハロルドは手を振って、彼を立たせた。チェスターに他人行儀に振る舞われると、なぜか寂しくなる。そう言いつつ、ついでにスケッチ画をさりげなく懐《ふところ》にしまおうとした。

しかし亀のように首を伸ばしたチェスターが、素早くハロルドの手元を覗き込む。

「あ、この人がハロルド兄のお嫁さん？　フーン、すっごく可愛いじゃん」

「……そうだ」

手の中のスケッチ画へ、ハロルドは改めて視線をやった。大きな瞳と形のいい唇が具合良く収まった、やや幼さの残る顔立ち。言い表すとしたら、確かに美しいというより可愛らしいという方が合っている。

チェスターは感心したようにスケッチ画を眺めていたが、不意にハロルドを見上げて、複雑そうな顔をした。

「……大丈夫？　この人、ハロルド兄の好みにピッタリだと思うけど……」

その言葉に、ハロルドは思い切り顔をひきつらせた。

——そもそもこの縁談が舞い込んできたのは、今年の初夏。ハロルドが自国フロッケンベルクの王都へ召還されたことから始まった。

フロッケンベルク国は、とても変わった地形をしている。王都の周囲を広大な森が取り囲み、一年の半分はそこが氷雪に覆われて通行不可能となる。森より外側の領地管理は、貴族の領主や、ハロルドのように王家から委任された代理領主の務めだ。いずれも年に一度、夏の間に王都を訪れて、その年の管理状況について報告するよう義務づけられている。もっとも、初夏のうちは他国からの使者が王都に殺到するので、領主の大半は夏の終わる間際に訪問するのが常だった。

ところが今年はハロルドのもとに、『森の通行が可能になり次第、大至急王都へ来るように』との緊急召還状が届いたのだ。

雪の森の上を飛んで手紙を運んできたのは、金属で作られた小さな鳥で、錬金術《れんきんじゅつ》ギルドの特別空輪便だ。この空輪便は便利で機密性にも優れているのだが、一羽につき一度しか使えないために非常に高価で、緊急の場合しか使われない。逆に言えば、これで伝える用件はそれほど重要なのだという意思表示にもなる。

何事かと驚いたが、さらに意外だったのは、差出人がこの国の軍師だったことだ。

フロッケンベルクの軍師は、稀代《きだい》の策略家として大陸中にその名をとどろかせていたが、その本名や姿は自国の将軍達にさえ知られていない。軍師と直接言葉を交わせるのは国王のみで、老人か若者か、男か女かも含め、一切の素性が明かされていない謎の人物だ。

当然ながらそんな軍師への不審を訴える家臣も多かったが、極力表に出ないことだけが、軍師が唯一国王に要求する報酬だというのだから、それらの訴えが取り上げられることはなかった。

そんな軍師からの呼び出しを受け、例年よりも随分と早く王都へ向かったハロルドは、国王との謁見を済ませた後、城の奥まった位置にある小部屋に案内された。

存在自体を隠されているかのようなその小部屋は、青いカーテンと瀟洒《しょうしゃ》な調度品で調《ととの》えられていた。

そこでハロルドは、初めて自国の軍師と対面を果たしたのだ。

長椅子に腰掛けたハロルドは、テーブルを挟んで向かいに座る細身の青年を、まじまじと見つめた。

年齢は二十代半ばといったところだろうか。グレーの髪と、氷河を思わせるアイスブルーの瞳を持ち、顔立ちは女性でも滅多に見ないほど美しい。身なりも仕立てのいいシャツにタイをきちんと巻いており、華美ではないが品の良さが滲《にじ》み出ている。

国王直筆の紹介状を差し出した彼は、自分が軍師で、無礼は承知だが名は明かせないと言った。

この若い青年が歴戦の軍師とは信じがたいが、実のところフロッケンベルク王家が奇妙な軍師を抱え始めてから、優に二百年は経っている。当然、普通の人間が生きられる年月ではない。つまり『フロッケンベルクの軍師』は、代替わりしつつその地位を継承し、この青年もごく最近軍師の任に就いたのだろう。

その辺りの事情はともかく、問題は軍師が唐突にハロルドを呼び出した理由だった。

『……結婚？』

ハロルドは耳を疑い、聞き返した。

『ええ。我が国の将来のために、ぜひともグランツ将軍には、シシリーナ国のアルブレーヌ伯爵令嬢と婚姻し、彼女と良好な関係を築いていただきたいのです』

軍師はにこやかな笑みを浮かべて頷いた。

……どうやら、気を引き締めすぎて幻聴を聞いたわけではないらしい。

唐突な政略結婚の話に、ハロルドは混乱しかけた頭を必死で整理する。

この数年で、世の中は大きく変わり始めた。数百年にわたり血なまぐさい乱世が続いていたが、それが終焉《しゅうえん》の兆《きざ》しを見せ始めたのだ。

まず大陸の主な列強国の間で、いくつかの和平条約が結ばれた。ハロルドの預かる領地でも、以前は国境の警備に力を入れていたが、今は森を開墾《かいこん》をし、フロッケンベルク王都と外部が冬でも行き来できるような、広い街道を作ることが主な仕事となっている。

これは実質上、王都を守る冬の天然城壁を壊すに等しい。

似たような動きは各国にも広がっていた。街道を整備し、港を整え、戦《いくさ》の代わりに婚姻政策が盛んになった。王族から没落貴族まで、こぞって他国との縁組を求める今、一介の将軍にもそのお鉢が回ってきたというのだろうか。

――しかし、よりによってこの俺に持ちかけるなど、無茶な人だ。

この『軍師』はやはり新任らしいと、ハロルドは内心で溜め息をつく。

ハロルドは勇猛な将軍として知られていたが、極度の恋愛嫌いとしても有名だった。

だが実際には、恋愛が嫌いなのではなく、致命的に不得手なだけである。

自分でも困った欠点とは思っているのだが、好意を持った女性を前にすると、極端に緊張してしまい、非常に無愛想な態度で接してしまうのだ。厳《いか》つい外見がまた悪い相乗効果を生み、怯《おび》えられて泣かれたり、感じが悪いと怒らせてしまったりしたことも珍しくない。今までの人生で抱いた淡い恋心は、この欠点がことごとく叩き潰してきた。

『軍師殿は、ご存じないのでしょうが、俺……いや、私は女性に関して……』

言いかけたハロルドに、軍師は笑みを崩さずにまた頷いた。

『苦手意識を持っておられる……貴方《あなた》の欠点は存じた上で、お願いしております』

……知った上で言うのか。余計にタチが悪い。

『しかし……なぜアルブレーヌ伯爵令嬢との結婚が、国のためになるのですか？』

どうにも納得しかねて、ハロルドは尋ねる。

貿易大国シシリーナは戦《いくさ》の際、フロッケンベルクの傭兵団をよく雇う。かの国には、ハロルドも何度か団を率いて加勢した。シシリーナ語も話せるし、大まかな国情も頭に入っている。

確かアルブレーヌ伯爵家といえば、広い領地と古い歴史を持つ貴族だ。しかし、その領地は荒地ばかりで、大陸の主街道からも離れている。過去にあそこが一度も戦場にならなかったのは、戦略的にまったく価値がないからだろう。

するとジ軍師は、机に並べた紙の束から、一枚の書類を取り出してハロルドに示した。

『これはまだ極秘ですが、錬金術《れんきんじゅつ》ギルドの調査により、アルブレーヌ領の荒地は希少金属《レアメタル》の宝庫だと判明しました』

書類には何種類かの金属名が記されており、それを見てハロルドは目を見張った。錬金術師でない彼にも、一目で貴重と分かるものばかりだ。

『かの地はシシリーナ国内にあるとはいえ、アルブレーヌ家の個人所有地。他国に土地を貸し出すことも認められており、我が国の今後を考えると、ぜひとも伯爵家と友好を深め、採掘権を入手したいのです』

『はぁ、なるほど……』

『ご存じでしょうが、傭兵団はすでに不要となりつつあります』

流麗な声で事実を突きつけられ、ハロルドは黙って頷いた。

極寒のフロッケンベルク国は、農耕や畜産には向かず、外貨を得るために錬金術が発達した。だが、錬金術師にはそれ相応の頭脳と才能が必要とされ、誰でもなれるわけではない。

そこでもう一つの稼ぎ頭《がしら》が、国営の派遣傭兵団だった。その名の通り、他国に派遣されて戦闘を請け負うフロッケンベルク傭兵団の勇猛さは、大陸中で重宝された。

だが、戦乱の時代が終われば、傭兵団も自然とその役目を終える。つまり、これからフロッケンベルクが頼れるのは、錬金術とそこから発展した工業技術ということだ。そしてそれらの分野において必要となるのが、ここに挙がっているレアメタルである。

表情からハロルドが理解したと察したらしく、軍師は次の事実を明かした。

『もう一つ、今回の調査ついでに判明しましたが、アルブレーヌは最近、魔獣組織にとっても重要地帯となっていました』

『魔獣組織の!?』

思わぬ名を挙げられて、ハロルドは目を見開いた。

兵器用の魔獣を人工的に作り出し売買する組織はいくつかあるが、いずれも組織員のほとんどが各国から逃れた犯罪者である。そのせいか彼らにとって資金や資材は盗みで得るのが常套《じょうとう》だ。フロッケンベルクでも深刻な被害が出ており、ハロルドも魔獣を使って領地を荒らす魔獣使い達を多数逮捕した。小さな組織もいくつか潰したが、手ごわい連中はまだまだ残っている。

『アルブレーヌの荒地にのみ生える植物の一種が、魔獣の調教用の餌《えさ》として理想的だったようで、各魔獣組織がこぞって採取をしております。もちろん、伯爵家には無断で』

軍師の冷たいアイスブルーの瞳に見据えられ、ハロルドの背中を汗が伝う。相手に絡みついてじりじりと凍らせる、毒と氷の蛇を前にした気分だ。

『つまり、採掘権によって荒地を管理することが出来れば、こちらは新たな資源を得て、同時に魔獣組織の資源を断てるのです』

『分かりました……が、シシリーナも魔獣組織には多少なりとも被害をこうむっているはず。アルブレーヌ伯爵も、我々が魔獣組織の無断採取を封じるために動きたい、と言えば協力してくれるのではないでしょうか？　そこから友好を深めれば、採掘権だって入手することも可能では？』

何も政略結婚までしなくても……という言葉を呑み込みつつハロルドが指摘すると、軍師は軽く首を振った。

『現伯爵は迷信深く、錬金術や魔法を非常に嫌うのですよ。その上強欲で信頼の置けない人物でしてね。策無くして我が国への協力や、公平な取引きなどはとても期待できません』

容赦のない評価を下した軍師は、アルブレーヌ伯爵家の状況を説明し始めた。

現在、アルブレーヌ伯爵家は事業の失敗により多額の借金を抱えていること。

だがシシリーナ国にとってかの家は重要な存在ではないので、王家も投資家達も積極的に手を貸そうとはしないこと。

もちろんシシリーナ王の家臣である以上、伯爵には王に泣きつき、領地を買い取ってもらうという道もあった。だがそれは家名を地に落とし、貴族社会において抹殺されるも同然の行為なので、伯爵としては避けたかったことなど……

『――そこで、採掘権の話は一旦後に回し、伯爵とは別の交渉をしてまいりました』

軍師は次の書類を差し出す。

ハロルドが伯爵の一人娘シルヴィアを娶《めと》り、次期伯爵位はシルヴィアか、彼女とハロルドの間に生まれた子へ譲るという条件で、フロッケンベルク国が伯爵家に多額の結納《ゆいのう》金《きん》を支払う旨が記載されていた。署名欄には、すでにアルブレーヌ伯爵のサインがされている。

書類を凝視《ぎょうし》しているハロルドに、軍師はニコリと微笑みかけた。

『世間的には、フロッケンベルクがアルブレーヌ領というお荷物を引き受けることで、シシリーナ国に貸しを作り、なおかつ貴方《あなた》にはその将来性に期待して貴族との縁を与えたとなります』

そしてシルヴィアはこの結婚で一時的にフロッケンベルクの人間となるが、父親亡き後彼女が爵位を継げば、シシリーナ国の女伯爵となる。しかし、婚姻の事実はそのまま残るので、領地は代理人に任せて、グランツ夫人として夫とフロッケンベルクで暮らし続けるもよし、自分で直接管理するもよし……と、両国の法律も詳しく説明された。

そこでアイスブルーの瞳が、ハロルドをひたと見据える。

『そういう事情です、グランツ将軍。採掘権を得るために、次期伯爵となるシルヴィア嬢と、ぜひ友好関係を築いてください』

『っ！　しかし……』

流暢《りゅうちょう》な説明にうっかり聞き入ってしまったが、我に返ったハロルドは、さすがに非難の声をあげた。

『それでは伯爵令嬢は、父親に金で売られて結婚するのですか！』

『珍しくもないでしょう？　確かに彼女は貴方の顔も知りませんし、結婚についても彼女抜きで伯爵が承諾しましたが、そもそも貴族に生まれた時点で政略結婚はつきものですよ』

しれっと言い返され、ハロルドは返す言葉を失う。

確かにこれほど婚姻政策が盛んになる以前から、貴族は政略結婚が一般的だ。彼らは幼いうちから、それが当然だと教育される。夫婦となる相手とは、愛ではなく経済や国情など、利害関係で繋がるものだと……。

『ちなみにシルヴィア嬢は、少々世間知らずな面こそありますが、性格には特に難のない、健康的な十八歳の女性です。いかがでしょうか？』

そう打診する軍師は、あくまでにこやかで丁重な態度を崩さない。だが、断らせる気がないのは明らかだった。だいたい、国費まで使ってズンズン話を進めているあたり、もう確定も同然ではないか。

『そういう問題ではなく……』

ハロルドは困惑して、言いよどむ。そもそも平民出の無骨な自分と、生まれながらの貴族の姫が、一体どうすれば仲むつまじい夫婦になれるのか想像もつかない。

シルヴィアにとっても、この結婚は押しつけられた以外の何物でもないし、その相手であるハロルドを愛せるとも思えなかった。彼女がこの理不尽な政略結婚を甘受したとしても、仮面夫婦になることは目に見えている。

この結婚が十分に意味のあるものだということは理解したが、彼女との仲が上手くいかなくては元も子もないではないか。

（……いや、待てよ。恋愛感情を挟まなければ、かえって上手くやれるかもしれないな）

渡された書類を眺めるうちに、ふとそんな考えが浮かんだ。そしてそれは瞬《また》く間にハロルドの中に広がっていく。

よく考えれば、互いに恋愛感情が一切無しというのは、逆に好都合ではないか。

ハロルドが女性にひどい態度を取ってしまうのは好意からくる緊張ゆえで、女性全般が苦手だからではない。

その証拠に、領内のご婦人方や一緒に住む使用人の女性達とは、仲良くやっている。

この婚姻の要《かなめ》は、シルヴィアがハロルドと友好的な関係を築き、将来的に快《こころよ》くアルブレーヌ領におけるレアメタル採掘の契約を交わしてくれることだ。

——つまり無理にシルヴィアと恋愛をする必要など、どこにもない。妻という名の取引相手として適度な距離を保ちつつ丁重に接して、友好関係を築きさえすれば良いのか！

そんな結論に行き着いたハロルドの脳裏には、続いて国王夫妻の顔が浮かんでいた。

ハロルドの両親は王宮の衛兵と侍女で、息子が十歳になる前に事故でこの世を去った。しかし両親亡き後も国王夫妻の厚意により、孤児院ではなく、住み慣れた王宮の使用人棟で暮らすことが許され、士官学校にも通わせてもらった。

国王夫妻はハロルドにとって敬愛する君主であると同時に、どれほど感謝しても足りないほどの恩人だった。今の『鋼将軍』があるのも、国王夫妻の恩に報いるために立派な騎士になろうと、ハロルドが必死に腕を磨いた結果だ。だが――

努力を評価されるのは光栄だけれど、爵位が欲しいとまでは思わない。それよりも亡き両親や、仲むつまじいことで評判の国王夫妻のように、伴侶《はんりょ》と愛し合い、幸せな家庭を築く方がハロルドにとっては魅力的だ。

とはいえ、自分の欠点とそれによる今までの失敗から考えれば、それは見果てぬ夢だろう。

いっそ個人的な望みなど捨てて、国益となる政略結婚をする方が、はるかに合理的であり、国王夫妻への恩返しにもなるではないだろうか……

考えにふけるハロルドに、軍師が声をかけた。

『シルヴィア嬢の肖像画は用意できませんでしたが、簡単な似顔絵を持参しました。お見せしましょうか？』

机の書類束ではなく、鞄《かばん》から何かを取り出そうとした軍師に、ハロルドは首を振った。

『いいえ。向こうもこちらの顔を知らないのでしたら、それは公平ではないでしょう』

覚悟を決めて腹をくくり、深く息を吐いた。そうして拳《こぶし》を胸にあてて礼をする。

『このお話を、謹《つつし》んでお受けいたします。また、シルヴィア嬢には誠意を持って接することを誓います』

『ああ……これで安心しました。不躾《ぶしつけ》なお願いをご了承いただき、ありがとうございます』

にこやかに微笑んだ軍師が白々しくそう言い、先ほど取り出しかけた紙を見せる。

『しかし、念のためにシルヴィア嬢のお顔は知っておいてください。もう婚約は決まったのですから、不公平でもないでしょう』

『はぁ……』

小さく折りたたまれた厚手の紙をハロルドは受け取った。確かに、こんな戦略的な婚姻を決めた以上は、相手の情報を早く知っておくに越したことはないだろう。

そう思い、紙を丁寧に開き……あやうく長椅子ごとひっくり返りそうになった。

……失敗した!!　先にこれを見ていれば……っ！　誰の命令だろうと、この政略結婚は絶対に無理だと、すっぱり言い切ったのに!!

スケッチ画に描かれた美しい少女は、どこかの窓辺で頬杖をつき、うっとりとした眼差しで、はるか遠くを見つめていた。可愛らしい口元は小さく自然に微笑み、夢見るような瞳にはほんの少しだけ、寂しげな陰が浮かんでいるような気がする。

どこか儚《はかな》げな雰囲気を漂《ただよ》わせる可憐な美少女を凝視《ぎょうし》し、ハロルドは無言で全身をブルブル震わせた。

――まずい。この美少女に、愛想よく話しかけられる自信が、微塵《みじん》もない!!

まだ実際に会ったこともないのに、すでに一目惚れしてしまった。スケッチ画の中の伯爵令嬢は、それほど強烈にハロルドを惹きつけたのだ。

『ぐ、軍師殿……やはり俺に、この結婚は無理です』

盛大に冷や汗をかき、ハロルドは震える手でスケッチ画を返そうとした。しかし、軍師は受け取ろうとせず、笑顔のままで首を傾げる。

『おや。このタイプの女性は、貴方《あなた》の好みだと思いましたが』

『ええ、その通りです！　だから困るんです！』

今まで冷静であるように努めてきたが、もう限界だった。動揺のあまり、ハロルドは立ち上がって悲痛な声で訴える。

『俺の欠点を知っているのでしょう⁉　こんな美人を前にしたら、確実に怒らせてしまいます！』

いきり立つ屈強なハロルドを前にしても、いかにも文弱《ぶんじゃく》そうな軍師はまるで動じなかった。

『すみませんが、一度引き受けたからには、無理にでもこなしていただきますよ』

すっかり冷めてしまった茶を優雅に一口すすり、軍師は口端《こうたん》に狡猾《こうかつ》な笑みを浮かべる。

『こちらとしては、採掘権をもぎ取ることさえ出来れば良いのです。正攻法でも邪道な方法でも……その手段は、彼女の夫となる貴方にお任せいたします』

（……嵌《は》められた！）

軍師とのやり取りを回想し、ハロルドはギリギリと唇を噛みしめる。自分で決断した以上、仕方ないとは思うが、まんまと手の上で転がされた感があるのは否めない。

「ハロルド兄？」

「っ！　あ、ああ……。なんでもない」

不思議そうにチェスターに声をかけられ、我に返ったハロルドは、急いでスケッチ画を内ポケットにしまい込んだ。

必死で冷静さを保ってきたが、今日改めてスケッチ画を見ているうちに、ハロルドはまたもや限界を迎えていた。

昨夜会った本物のシルヴィアは、紛れもなくスケッチ画から受けた印象そのまま……むしろそれ以上の可憐さだった。画《え》からは知ることの出来なかった可愛らしい声も、思い出しただけで胸が締めつけられ、身悶《みもだ》えしたくなる。

しかし……おかげでまともに話しかけられる自信は、一切なくなった。

あと数時間のちには、伯爵の城へシルヴィアを迎えに行かなければならないのに、恐らく……いや確実に彼女を前にしたら、緊張のあまり睨みつけてしまうだろう。

言うことを聞かない、己《おのれ》の表情筋が憎い!!

「……それより、実は昨夜……」

内心で涙を堪《こら》えつつ、ハロルドはチェスターに昨夜の詳細を話し始めた。

――そして数時間後。

ハロルド達の馬車が城に着くと、美しい水色のドレスを着たシルヴィアが、荷物を詰めたいくつかの木箱とともに、すでに門前で待っていた。

伯爵は挨拶もそこそこに、召使達に命じて馬車の屋根へ木箱を積み込ませる。彼のフロッケンベルク嫌いは相当らしく、ハロルドが手を差し出すも、気づかないふりをして握手を避けた。軍師が彼と土地についての交渉を避けたのは当然だと、ハロルドは密かに納得した。

荷物を積み終え、最後にシルヴィアがおずおずと馬車の座席に乗り込むと、伯爵は素早く踵《きびす》を返し、そのまま振り返りもしないで居館への小道を歩き去ってしまった。

あまりに無礼な伯爵の態度に、メイド達や騎士隊長が恐縮した様子で頭を下げる。ハロルド達は怒りを通りこして唖然としていたから、肩をすくめただけで済ませた。

ハロルドは馬車でシルヴィアと向かい合わせに座り、五人の部下達は騎馬で周囲を護衛する。

準備が整ったところで御者台《ぎょしゃだい》のチェスターが軽く鞭《むち》を鳴らすと、逞《たくま》しい六頭の馬が馬車を引き始めた。部下達は馬を走らせながら、気まずい空気から逃げ出せたとほっと顔を見合わせる。

しかし、シルヴィアと同乗するハロルドは、とても肩の力を抜くことなど出来ない。

何しろシルヴィアには侍女の一人もつけられず、馬車の中は二人きりなのだ。

錬金術《れんきんじゅつ》ギルド製の馬車は振動も少なく、内部も広々として快適だ。カーテンや柔らかいクッションも用意され、馬車旅に不慣れな者でも酔わないようにとの細やかな配慮が為されている。

それでも立ち込める重苦しい空気だけは、どうしようもない。

非常に居心地悪い気分で、ハロルドは顔を逸らしたまま、視線だけでそっとシルヴィアの様子を窺《うかが》う。

今朝の彼女は、まるでこれから夜会にでも行くのかと思うほど華やかに飾り立てられていた。身体にピッタリと沿った細身のドレスに、真珠のアクセサリーを合わせ、舞踏靴を履き、銀髪は凝《こ》った形に結われていくつもの髪飾りが煌《きら》めいている。とても美しいが、その濃すぎるほどの化粧でもやつれた様子は隠し切れない。涙こそ浮かべていないものの、城を出る前から一言も口をきかず、顔を強張らせて、座席の片隅で身を縮ませている。

ハロルドはふと、わずかに身じろぎした。それだけで剥《む》き出しの細い肩が弾かれたように震える。顔は青ざめるのを通りこし、完全に血の気が引いている。

「コホン、その……」

「はっ、はいっ!?」

ハロルドが口を開くと、ぷるぷると震えっぱなしの彼女から、気の毒なほど裏返った声が返ってくる。

たとえばそう……臆病《おくびょう》な子ウサギが、獰猛《どうもう》な狼と一緒に檻《おり》に放り込まれたら、きっとこんな反応をするのではなかろうか。

自分と対角線の位置にあたる角部分に座り、背もたれと馬車の壁にめり込みそうなほど身体を押しつけているのは、少しでも自分から離れようとしているから……などと思うのは気のせいだ……ろうか？

なぜか急に、背もたれのクッションを顔の前に抱えて隠れたのは、狼の視線から逃れようとしているから……など、思い過ごしだよな⁉

昨夜、シルヴィアの中で自分への好感度は限りなく地に落ちた。それは認める。ここまで落ちれば、もはや失うものはない！　重要なのはこれから、いかに挽回《ばんかい》するかだ‼　……と、先ほどは思っていた。

しかし、なぜか……好感度が地下層へめり込んでいるというか……昨日より格段に怯《おび》えられているのだが⁉

ハロルドの背中を、冷や汗が滝のように伝い落ちる。

（な、何か……話題を……）

耐え難《がた》い沈黙を打ち破ろうと、ハロルドは緊張で麻痺した思考を必死に巡らせる。

（っ……そうだ！　旅の日程だ‼）

昨夜の顛末《てんまつ》を聞いたチェスターから、ハロルドが旅の日程や道中の見所などを教えてあげれば、きっと安心して信頼も生まれるだろうと提案されたのだ。

ようやく言うべきことを思い出し、拳《こぶし》を握り締めて気合を入れる。

ハロルドの管理するバルシュミーデ領は、フロッケンベルクの南端に位置するが、現在地からは随分と北上せねばならず、順調にいっても七日間はかかる長旅だ。

今日の夕方にはアルブレーヌ領を出て、そこから他の領地をいくつか通行し、二日後にはシシリーナの北の国境に到達する予定である。

シシリーナ国とフロッケンベルク国との合間には、小さな自治国家が多数存在し、それらの城塞都市を通過しながら四日ほど進む。

最後に大きな山の麓《ふもと》を迂回《うかい》して北側に出れば、もうそこがフロッケンベルクの領土であり、ハロルドの治めるバルシュミーデ領だ。

……それらの道筋を、頭の中でよくおさらいして、ハロルドは深呼吸した。

向かいの席でクッションの陰から、水色の瞳が不安そうにチラリと覗く。落ち着けと自分を諌《いさ》めながら、ハロルドは慎重に口を開いた。

「…………聞け!!!!　本日の日暮れまでにアルブレーヌ領から撤退！　明後日にはシシリーナ北の国境を通過！　さらに四日で自治都市群を抜け、翌日の昼にはバルシュミーデ領に帰還する！　以上!!!」

腹の底から出た大声は、馬車の中に響き渡り、空気をビリビリと振動させた。

「はっ!!」

窓の外を走る部下達が、手綱《たづな》を取る手を片方離して一斉に敬礼をした。

——すまん。今のは、お前達に言ったんじゃない。

ハロルドは座席でがっくりと項垂《うなだ》れ、両手で顔を覆った。緊張から張り上げてしまった大声は、部下達に日程の確認をさせるものだと見事に勘違いされたらしい。

旅の日程を口にしたには違いないが、なぜ行軍指揮になってしまったのだ……

しかし、勘違いされたのはまだ良かったのだろう。シルヴィアは今の大声に驚き、クッションを抱え込んでガタガタ震えている。あれが騎士達でなく自分に向けられたものだと知ったら、気絶されるか、馬車から飛び降りられるかしてしまったかもしれない。

ハロルドは指の合間からそんな彼女の姿を眺め、好感度がもう一段階深く地下にめり込んだのを感じ取った。

秋晴れの空の下、シルヴィアとハロルドを乗せた馬車は、両脇にプラタナスの連なる道を軽快な音をたてて進む。

放牧された羊や小麦畑など、田舎の日常風景が窓の外を次々と流れていくが、シルヴィアにしてみれば、今は景色を楽しむ余裕など到底なかった。

（どうしよう、どうしよう……）

ハロルドと二人きりの馬車内で、頭の中はさっきからグルグルとそればかりだ。

馬車の周囲には屈強な騎士達がおり、シルヴィアが彼らを出し抜いて逃げられるなどとは到底思えない。

先ほどハロルドが彼らに告げていた旅の日程によると、これから馬車の中で七日間も二人きりで過ごすらしい。果たして自分はその間、ハロルドを怒らせずに過ごせるのだろうか？

地下牢の押し潰されるような暗さを思い出すと、今でも全身が震え出し、何かに掴まらなくては居ても立ってもいられなくなる。

背もたれと壁に挟まれるように身体を強く押しつけ、クッションをしっかり抱える。

やがて視線を感じ、ふと目を上げれば、斜め向かいに座ったハロルドが険しい顔でシルヴィアを睨んでいた。

（な、何か、失敗したのかしら……）

ただ座っていればいいと思っていたが、何か馬車内のマナーでもあったのだろうか？

不安に、いっそう動悸が激しくなってくる。

塔から出された直後、シルヴィアに貴族の礼儀作法を早急に教え込むために、一人の女家庭教師が付けられた。三十代半ばの彼女は、冷たく尖った針をイメージさせる女性だった。痩身《そうしん》に襟《えり》の詰まったドレスを一分の隙もなく着込み、ピンと伸ばした姿勢を決して崩さず、まるで背中に鉄板でも入れているかのようだった。栗色の髪は後頭部できっちりと固くまとめられ、細い眼鏡が冷ややかな目つきをいっそう冷たく見せていた。

彼女はとても厳しく、常に短い鞭《むち》を携帯し、少しでも教え子が間違うと容赦なくぶった。普通は手をぶつそうなのだが、異形《いぎょう》の手は鞭《むち》の痛みを欠片《かけら》も感じない。彼女はシルヴィアの手袋の中こそ知らなかったが、シルヴィアが痛がらないのを見ると、腕や肩をぶつようになった。手以外の部分は、ぶたれるとちゃんと痛かった。鞭を使われまいと必死になるほどに。

そんなことを思い出し、シルヴィアはまた身体を硬くする。

ハロルドが少し手を動かした途端、鞭の痛みを教え込まれた身体が反射的にビクンと跳ねた。すると、彼は姿勢を変えただけで、難しい表情をして馬車の天井へ視線を逸らしてしまった。

抱きかかえたクッションで顔を隠しながら、こっそりとハロルドを眺める。

フロッケンベルク騎士の正装をした彼は、昨夜あれほど恐ろしい宣告をしてきたというのに、どこかまだ素敵に見えた。肩幅の広い逞《たくま》しい身体つきに、昨夜抱きとめられた時の体温を思い出して、頬が熱くなる。

優しい部分も確かにある人なのだ。ただ、シルヴィアが彼を決定的に怒らせたため、もう嫌われてしまっただけ。喉や胸に重いものが詰まっているようで、息苦しくてたまらない。

「……ミヨン地方に、知り合いが？」

しばらく沈黙が続いた後、唐突に声をかけられて、シルヴィアは座席から飛び上がりそうになった。

「はいっ!?　み、みよ……ん!?」

頭が真っ白になって、一瞬何のことかと思った。が、ばあやが送り返された地だとすぐに思い出す。緊張がせり上がり、ゴクリと唾を呑む。そういえばばあやに会いに行こうと、よりにもよって、この人に懇願してしまったのだ。

眉をひそめたハロルドが、厳しい視線でシルヴィアを見つめている。

「もし、どうしても行きたいなら……」

――即、地下牢行……き……!?

ざぁっと、自分の血の気が引いていく音が聞こえたような気がした。

「いっ！　いいえっ!!　行きたくありません!!」

シルヴィアはクッションを両手で強く抱え込み、必死で首を振った。ハロルドが何か言っているようだが、ジンジンとひどい耳鳴りがして、よく聞き取れない。

今朝ドレスを着せられた時からずっと息苦しかったのだが、どんどん辛くなっていく。

あの時父は、シルヴィアを出来る限り着飾らせるように、メイド達へ命じていた。ハロルドは旅の途中の着替えなどを含め、ドレスや衣服を何着も贈ってくれたが、その中でも一番美しいものを着せつけられ、髪もきつく結い上げられている。

自分の容姿が世間的にどう評価されるのかは知らないが、綺麗な服や宝飾品で飾れば、何とかまともな人間として誤魔化せるらしい。あの父親でさえそう言うのだから、きっとごく普通なのだろう。

『最悪でもこの領地を離れるまでは、絶対に化物と気づかれるな。もしも領内でばれたら、娘の皮を被った化物として、私の手で首をはねてやる』

城を出る間際、シルヴィアだけに聞こえるようにかけられた父の言葉は、それだった。

(ごめんなさい、ハロルド様。私……貴方《あなた》を騙《だま》して……)

クッションに顔を埋めて、シルヴィアは心の中で懺悔《ざんげ》した。

妻になる女は、ごく普通の手を持つ普通の人間だと、ハロルドを騙している。家や父のためではなく、シルヴィア自身のために彼を騙している。化物と知られ、幽閉されるのも殺されるのも嫌だから。

嗚咽《おえつ》を堪《こら》えると、さらに息が詰まった。大きく口を開けているのに、ちっとも呼吸が出来ない。

苦しい。目を閉じていても、ぐるぐる回る渦《うず》へ放り込まれたように眩暈《めまい》がして、意識が薄れていく……

「っ!! おいっ!? チェスター、馬車を止めろ!!」

意識を失って崩れ落ちたシルヴィアを抱え起こし、ハロルドは叫んだ。馬車はすぐに止まり、部下達が何事かと近寄ってくる。

「どうしました!?」

「シシシシルヴィアが!! 死……いやっ!! 気っ、絶、したあああああっ!!!!」

戦場で敵に囲まれても、これほどうろたえはしなかった。

血の気の引いたシルヴィアの口からは、笛のような細い音が漏れている。ほとんど呼吸が出来ていないようだ。

急いでシルヴィアを自分に寄りかからせ、腰の後ろできつく締められた帯をほどく。

肩やデコルテが剥《む》き出しのドレスは、背中の編み上げ紐をきつく締めることで留められていた。いちいちほどくのももどかしく、短剣で切る。ドレスの上部を腰元まで引き降ろすと、下からはさらにきつく締め上げられたコルセットが現れて、ハロルドは絶句した。

使用人の子とはいえ王宮で育ったために、ドレスや夜会は身近なものだった。細身に見せようとするあまりコルセットを締めすぎて具合を悪くする貴婦人を、侍女だった母がよく介抱したものだ。それにしても、この締め方はひどすぎる。見栄えで窒息させる気か。

ご丁寧に固結びされたコルセットの紐も切ると、シルヴィアが目を瞑《つむ》ったまま何度か咳《せ》き込み、ようやく荒い呼吸を始める。

抱きかかえて痩せた背中をさすり、自分まで知らず詰めていた息を吐いた。

「……少し休ませよう。疲労回復の薬湯を用意してくれ」

チェスターにそう命じ馬車を路肩に寄せると、部下達は火を起こして薬の準備に取りかかる。

ハロルドはまだ苦しそうなシルヴィアを座席に寝かせるべきか否か迷ったが、結局少しでも楽なようにと膝に抱えて上体を支えることにした。結い上げられた銀髪が少しほつれ、頬に貼りついているのをそっと払う。

衝撃が収まるにつれ、疑問と怒りが湧き上がってくる。

（だいたい馬車で旅に出るっていうのに、何でこんな窮屈そうなドレスなんだ!?　あの城の連中は何を考えてる！）

シシリーナ貴族の婚姻の風習に従い、ハロルドも訪問前にドレスや宝飾品をいくつか贈っていた。

ただドレスは相手の体型もあるから、普通は現地の仕立て屋に委託をする。だから、ハロルドが贈ったという形ではあるが、彼自身このドレスを見るのは今日が初めてだ。水色の絹に銀糸の刺繍《ししゅう》を施《ほどこ》した細身のドレスは、確かにシルヴィアに似合って美しいが、馬車旅に向くとは到底思えない。仕立て屋に注文したリストの中には、旅用の楽な衣服もあったはずだ。

伯爵父娘《おやこ》の仲について軍師は特に触れなかったが、肖像画を持ってきたアルブレーヌ家の使者は、伯爵は娘を溺愛《できあい》してあまり人目に触れさせていないと言った。そのため領民は、伯爵令嬢は化物で、塔に幽閉されているなどと勝手に噂している、とも。

シルヴィアを抱きかかえている今、化物という噂は根も葉もないものであることは確信できる。

しかし今朝、父娘《おやこ》は互いに言葉すら交わさなかった。それに娘を溺愛しているのなら、侍女の一人もつけずに単身で異国に送り出すだろうか？

ムカムカとした気分でいると、シルヴィアがかすかな呻《うめ》き声をあげた。

「……な……で……」

気づいたのかと思ったが、どうやらうなされているようだ。固く閉じた両目からは涙が零れ、白い頬を濡らしている。銀色の手袋に包まれた華奢《きゃしゃ》な手がハロルドの胸元に伸び、そのままぎゅっと服を握り締めた。

「いっ!?」

心臓を直に握り締められたような気がした。ドクドク鳴る自分の鼓動がうるさい。きゅうっと背中を丸めて縋《すが》りついてくる愛らしい姿に、今度は自分が卒倒するかと思った。反射的に思いきり抱き締めたくなった時、シルヴィアの唇がまた動いた。

「……かえっ……て……きて……」

「え？」

閉じた瞳から涙がまた溢れ、服を握る力が強くなる。

「ま……って……いかな……で……おねが……」

悲痛な声でシルヴィアは訴える。ハロルドを誰かと間違え、帰ってきてくれ、行かないでくれと必死で追い求めている。

呆然とその声を聞いていると、薄水色の瞳が細く開いた。

縋りついていたのがハロルドだと分かった瞬間、シルヴィアがギクリと身を強張らせる。

続いてその視線が彼女自身の身体へ移動し、驚愕に見開かれるのを見て、ハロルドもはっとした。

シルヴィアのドレスは無残に裂けて腰元で丸まり、スカートもぐしゃぐしゃに乱れている。紐が切れたコルセットは外れかかっていて、真っ白な乳房が半分近く露《あらわ》になり、呼吸に合わせ上下していた。

女の肌を見るのが生まれて初めてでもないのに、かあっとハロルドの顔に血が昇っていく。

「あの……わ、わたし……よく、覚えてなくて……」

「ちっ、違うっ!!　気絶したから……旅に、こんなドレスを着るのがどうかしている！」

しどろもどろに言うシルヴィアを思わず悲鳴交じりに怒鳴りつけ、しまった、と思った時には遅かった。シルヴィアは再び唇まで真っ青になり、小刻みに震え出す。

「……ご……ごめんなさい……ごめんなさい……」

顔を背けて蚊の鳴くような声で繰り返され、ハロルドはいたたまれずにシルヴィアを座席に横たわらせた。急いで自分のマントを外し、バサリとかける。

そうして無言で馬車から出ると、ちょうどチェスターが薬湯の入った椀《わん》を持ってくるところだった。

「付き添いを代わってくれ。出発後の馬車の手綱《たづな》は俺が取る」

「え？　でも……」

「命令だ。お前なら歳も近いし、少しは緊張もほぐれるだろう」

有無を言わさず、チェスターを馬車の中へと追いやる。

閉まったカーテンの内側から、明るく話しかける少年の声が聞こえてきた。シルヴィアも何か小さな声で返事をしているようだ。

「……っ」

御者台《ぎょしゃだい》に座り、眉根を寄せて奥歯を噛み締める。

落ち着いて考えてみれば、旅に縁のない伯爵やあの領地の者達が、旅装にまで気が回らないのは無理もない。少年時代から派遣傭兵団に加わり、旅慣れているハロルドとは認識が違うのだろう。せめて門出する娘を美しく着飾らせてやりたいという、親心だったのかもしれない。

それにシルヴィアは、父の経済事情で生じたこの結婚を相当に嫌がっている。それが良好だった父娘《おやこ》の仲に亀裂をいれ、余所余所《よそよそ》しさを感じさせていたのではなかろうか？

今さらながら納得できてしまう理由が浮かび、深い溜め息を吐き出した。

「将軍、どうぞ」

どんより項垂《うなだ》れていると、部下の一人がそっと温かい茶を渡してくれた。薬湯を作るついでに入れてくれたのだろう。

派遣傭兵団の頃から一緒にいる彼らは、ハロルドの性格もよく知っており、この結婚を聞いた時も最初は冗談だと信じなかったほどだ。

やがてようやく本当の話だと理解すると、剣や用兵はともかく、女の扱いについては下手すぎる将軍が、深層のご令嬢を娶《めと》るなど無理無理、嫁は何日で激怒するか……などと、失礼な賭けまでしていた。――ちなみに賭け用紙には最長で三日、最短で一時間と記されていた。それらは即座に破り捨ててやったが、結局一時間と賭けた奴が見事に当てたわけだ。

湯気の立つ茶を片手に、御者台のハロルドは遠くにかすむ南の山脈をぼんやりと眺めた。フロッケンベルクと正反対の地、ミヨン地方の方角だ。

（どうしても会いたい人がいる……か）

――すぐには難しいが、シルヴィアが行きたいなら、そのうち必ず行かせるし、知り合いがいるなら先に手紙を届けさせても良い。

そう告げようと思った。少しは気を良くしてくれるかと思ったのに……

チリチリと胸の奥で、黒い火が燃えているような気がする。

シルヴィアには、夢で縋《すが》りつくほど恋しい存在がいるのだ。

――ばあやが行ってしまった日の夢を見た。

シルヴィアはハロルドが出て行った馬車の扉を見つめながら、三ヶ月前のことを思い出していた。

いつものように食料籠を持って出たばあやは、なかなか戻らなかった。新しい本を選んでくれているのかもしれないと、塔の窓から外を眺めていたら、不意に城門の方から叫び声が聞こえてきた。

それはばあやの声に似ていた。

塔からは木立が邪魔をして城門がよく見えない。心臓が凍りつきそうで、必死に目を凝《こ》らしていたら、街道へ走り出た馬車の窓から、ばあやが身を乗り出して叫んでいた。

『シルヴィア様！　どうかお元気で！　貴女《あなた》は、貴女は、私の……！』

馬車は猛烈な勢いで走り去り、その言葉は最後まで聞こえなかった。螺旋階段《らせんかいだん》を駆け下り、もう絶対に開けようとは思わなかった恐ろしい外への扉を夢中で押し開けた。

昔あんなに重かった扉は、拍子抜けするほど簡単に開く。でも、その先には人影が立ち塞がっていた。

『必要のなくなった乳母は、故郷に帰らせた。娘よ、喜ぶがいい。今日からそなたは城で暮らせるのだ』

その人影が父で、その父に初めて『娘』と呼ばれたことにも気づかなかった。今起こっていることの何もかもが嘘のようで、これから何をどうすればいいのかも分からず、呆然と立ち尽くしていた……

（――ますます怒らせてしまった……）

シルヴィアは横たわったまま、力なく溜め息を吐く。身体にかけられたマントがやけに温かくて、無意識にそっと握り締める。

どうやらあのドレスは、旅に着てはいけないものだったようだ。ハロルドが馬車で難しい顔をしていたのは、いつになったら気づくのかとシルヴィアに対しイライラしていたからだろう。

ドレスやコルセットは無残な姿になっていたが、息苦しさは嘘のように消えていた。

不意に馬車の扉がノックされ、慌《あわ》ててマントを胸の前でかき合わせる。

「シルヴィア様、付き添いを代わります」

入ってきたのは、皆にチェスターと呼ばれていた赤毛の少年だった。シルヴィアと同い歳か、少し年下だろうか。ハロルドの部下達の中で彼だけ飛び抜けて若いし、服装なども違う。腰に下げた短剣の他は武装らしいものは身につけておらず、とても騎士には見えなかった。シルヴィアが彼をまじまじと見つめていると、チェスターはちょっと首を傾げ、子犬のような愛嬌《あいきょう》のある笑みを浮かべた。

「俺は従者だし、本当はシルヴィア様に敬語を使わなきゃいけないんだけど、普通に話してもいいかな?」

「え? ええ……」

ばあや以外からこんなに親しげに接せられたのは初めてで、シルヴィアは少々圧倒されながら頷く。

「せっかく美人なのに、死にそうな顔してるじゃん。ちょっと深呼吸して、落ち着きなよ」

向かいに腰掛けたチェスターに促《うなが》され、何度か大きく深呼吸をすると、また少し気分が楽になってきた。何よりこの少年は、相手を気楽にさせる雰囲気を持っているようだ。

「うん。あとはこれ飲んで、ちょっと休めば元気になれるさ」

差し出された木の椀《わん》には、なんとも形容しがたい濁った緑色の液体が湯気を立てている。漂《ただよ》う独特の臭いに顔を引きつらせると、チェスターがくっくと笑った。

「疲労回復の薬草湯だよ。味は臭いほどひどくないから、安心して」

「……全部飲むの？」

なみなみ入った臭い液体を眺め、せめて半分にしてほしいと思いながら尋ねると、チェスターはポケットから小さな紙包みを取り出した。

「そ、全部。ちゃんと飲めた良い子には、糖蜜キャンディーのご褒美つき」

それを聞いて思い切って椀に口をつけた。目を瞑《つむ》り、一息に薬湯を飲み干す。苦味はあったが、チェスターの言った通り臭いよりはひどくない味だ。

空《から》になった椀をチェスターに見せ、なぜかキョトンとしている彼におずおずと尋ねる。

「飲んだわ。キャンディーのご褒美、もらえる？」

「へ？　……あははは!!　どうぞ、良い子のお姫様」

大笑いしながら、キャンディーを渡された。

「……私、何か変なことをしたの？」

どうして笑われるのか分からず、少し不安になってまた尋ねた。チェスターがくっくと喉を鳴らしながら、首を振る。

「いや、シルヴィア様は俺より年上なのに、すごく可愛いって思っただけだよ」

糖蜜キャンディーは、ばあやがいつもくれたのと同じ味がした。

身体は丈夫で風邪をひいたこともなかったが、地下牢の悪夢にたびたびうなされると、ばあやはよく薬草を煎《せん》じて飲ませてくれた。薬湯は苦くて嫌いだったが、後でご褒美にこのキャンディーを貰えたから、いつも頑張って飲んだ。

懐《なつ》かしい味が口の中に広がると、ポロポロと勝手に涙が零れてきた。

「っく、ご、ごめんなさ……」

慌《あわ》ててハンカチで目元を押さえたが、止まらない。

「……窓を閉めとくから、一度思いっきり泣いちゃえよ。外には聞こえないし、聞こえても怒る奴はいないよ。俺は着替えを持ってくる」

チェスターがそう言い、馬車の天井に取り付けられていたガラスの半球を探る。カチリと小さな音がして、ガラス球が輝いた。ランプや蝋燭《ろうそく》とは違う、白くて柔らかい不思議な光だ。

「これ……何かしら？」

驚いて尋ねると、チェスターがニコリと笑う。

「そっか、ここらへんじゃ見かけないよね。錬金術《れんきんじゅつ》ギルドで作る魔法灯火《まほうとうか》だよ。危ないものじゃないから、安心して」

ばあやから話だけは聞いていた魔法灯火を、シルヴィアは興味津々《しんしん》に眺めた。しかし、窓の鎧戸《よろいど》を閉めてチェスターが出て行き、一人きりの静寂が訪れると、また勝手に涙が溢れて視界がぼやけてくる。

「う……っふ……あ……」

昨夜もずっと、声を殺してすすり泣いていたのに、後から後から感情の波が押し寄せる。いつの間にか子どもの頃のように、大きな声をあげて泣いていた。

「――シルヴィア様、もう入ってもいい？」

散々泣いて、グショグショになったハンカチで顔を拭いていると、扉を叩く音がした。

「どう……ぞ」

嗄《か》れた声で返事をすると、小さな木桶と服を持ったチェスターが入ってきた。

目は腫《は》れぼったいし、化粧もドロドロになってきっとひどい顔になっているはずなのに、不思議なくらいに気分がすっきりしている。木桶の湯に浸《ひた》した布を渡され、顔を拭くとさらにさっぱりした。

「さっきのドレスは綺麗だけどさ、あれじゃ締めつけすぎだよ。ハロルド兄が破かなきゃ、窒息死してたところだ」

「そうだったの……」

ドキリとした。ハロルドはシルヴィアを助けようと思ってくれたのか。さっきは怒られたことで頭がいっぱいになっていたけど――

「それに、馬車旅に夜会用ドレスなんて、俺の母さんなら死んでもご免《めん》だって言うだろうな。コルセットも外して、こっちに着替えた方がいい」

チェスターがゆったりした藍色《あいいろ》の簡素な服を差し出す。荷物の中にその服があったのは知っていたが、地味でみっともないからとメイドが衣裳箱の底に押し込んでしまったものだ。

「着替えは一人で出来る？　何しろシルヴィア様以外は男だけだからさ」

「ええ、大丈夫」

シルヴィアは頷き、服を受け取る。

着てみると、藍色の服は着心地も良いし、見た目も良かった。ふんわりした薄い長袖に、白いレースの襟飾《えりかざ》り。スカート布は二重になっていて、足首丈の裾《すそ》からほんの少しだけ内側の白い布が見える。服より少し薄い色の帯も、適度に締めればちっとも苦しくはなかった。手袋はそのままだったが、すっかり乱れてしまった髪はほどき、簡単にゆるく編んで片側に垂らす。

舞踏靴から柔らかな革靴に履き替えて、馬車から降りてみた。

馬車が停まっているのは、すでに人里からだいぶ離れた雑木林の傍らだった。道の脇で焚き火を囲んでいたチェスターと騎士達が、一斉にこっちを向く。

五人いる騎士達は年齢も容姿もまちまちだが、いずれも鎧兜《よろいかぶと》で武装している上に、シルヴィアなど片腕で一ひねりできそうな体格だ。

大男達の視線に足をすくませていると、彼らは突然、ガッハッハと豪快に大笑いして手を叩く。

「旅に慣れとらんのですから、具合が悪ければ、遠慮なく言ってくださいよ」

「そうそう、フロッケンベルクまで一週間もかかるんですからな」

「まったく、シルヴィア様が気絶なすった時の将軍の慌《あわ》てぶりときたら、まるでこの世の終わりかと思うくらいでしたわ」

「ハロルド様が……？」

信じられない気持ちで、シルヴィアは呟《つぶや》いた。

馬車旅に向かないドレスを着て、あげくに気絶して手間取らせたとひどく怒っていたようだったが……

焚き火の周りに、ハロルドの姿はなかった。たたんで腕に抱えていたマントを抱き締めるシルヴィアに、ひょいと立ち上がったチェスターが串焼き肉を差し出した。

「昼飯、どうぞ。ハロルド兄は近くにいるから、マントを返してくるよ」

やけに良い匂いがするのは、騎士達が肉やパンをあぶっているからだった。

チェスターは串焼き肉を差し出したまま、マントを受け取ろうともう片方の手を出す。

「あ……あの……」

キョロキョロと視線を動かすと、チェスターが手を引っ込めて、近くの大岩を指した。

「あの向こうにいるけど、自分で返す？　その方が絶対に喜ぶと思うけどな」

ニヤリと笑っている少年は、シルヴィアの心をすっかり読んでしまったのだろうか。

「……ええ。私が貸していただいたのだし」

ハロルドが、また自分を助けてくれたのなら、ちゃんとお礼を言いたい。

頬が赤くなるのを感じながら、岩の向こう側へと小走りした。薬湯のおかげですっかり気分はよくなったし、おずおずと歩いていたら、また怖くなってしまいそうだ。

岩陰に飛び込んだ途端、すぐそこにいたハロルドに勢いよくぶつかってしまった。

「うわっ⁉」

驚きの声をあげたハロルドが、よろめいたシルヴィアを逞《たくま》しい腕で支える。

「ごめんなさい……」

見上げると、ハロルドは慌てて手に持っていた紙をポケットに隠し、顔をしかめてそっぽを向いてしまった。そうして横目にシルヴィアをちらりと見る。

「ああ、着替えたのか」

「はい。窒息するところを、ハロルド様が助けてくださったとお聞きしました」

「……目の前で気絶されれば、誰だってそれくらいする」

顔を背けたまま、素っ気無い調子で返される。くじけそうになるのを必死に堪《こら》え、マントを差し出した。

「でも……とても嬉しかったです」

ハロルドはわずかに振り向いたかと思うと、そのまま無言でマントを奪い取った。

「あ……」

空《から》になった手を眺め、溜め息を堪えた。助けてはもらえても、やはり許してもらえたわけではないらしい。少し、調子に乗っていたようだ。

「……失礼いたしました」

踵《きびす》を返して戻りかけた時、不意に手首を掴まれた。そのまま鋼《はがね》のように強い腕に、後ろから抱き締められる。

「は……ろるど……さま？」

しかし抱き締められたのは一瞬で、すぐに腕は放された。

「……俺はもう少しここにいる。皆と昼食をとっていてくれ」

「は……はい」

さっと背中を向けてしまったハロルドからまた素っ気無く言われ、慌《あわ》てて焚き火の近くへ駆け戻る。

胸がうるさいほど高鳴り、頬がやけに熱かった。


(――くそっ！　誠意を尽くすと誓いながら、俺は……っ！)

シルヴィアが岩の向こうへ消えると、ハロルドは拳《こぶし》を岩に押しつけ、不甲斐《ふがい》ない己《おのれ》を罵倒した。

今しがたもスケッチ画を眺め、シルヴィアがハロルドへ向ける怯《おび》え切った表情と画《え》の中の表情があまりにかけ離れていると、落ち込んでいたところだった。

彼女をこれ以上怖がらせないためにも、しばらくは慎重に距離を取ろうと決心したばかりなのに……

ただでさえ嫌悪していた男に、目が覚めるなり怒鳴りつけられたならば、普通はどんな女でも愛想を尽かすだろう。まさか自分でマントを返しに来てくれるなど思いもしなかった。

チェスターが何かフォローしたのかもしれないが、それでもあの怯え切っていた少女が、どれほどの勇気を振り絞って来てくれたことか。

そう思った瞬間、ゾクリと、飢餓感《きがかん》にも似た感情に揺さぶられた。

あのまま抱き締めて、もう少しで無理やりにでも口付けてしまうところだった。昼日中の野外で、近くに部下がいなければ、もっと不埒《ふらち》な行為にまで及んだかもしれない。

政略結婚とはいえ、貴女《あなた》は自分の妻なのだと理屈を振りかざしてでも、他の存在を心に宿している彼女を奪い取ってやりたい――

そこまで思った時だった。

「きゃあああああ!!!」

突然、岩の向こうからシルヴィアの悲鳴が響いた。驚く馬達のいななきも聞こえる。

「っ!?」

ハロルドは即座に思考を切り替え、剣を抜き放った。

「あ……あ……」

シルヴィアはガクガクと全身を震わせ、異形《いぎょう》の生物を凝視《ぎょうし》する。

焚き火のもとへ行く途中、木立の奥から妙なざわめきが聞こえたかと思うと、熊のように大きな蚤《のみ》が五、六匹も姿を現したのだ。

「鬼蚤《おにのみ》か、久しぶりに見たな」

騎士達が一斉に剣を構え、チェスターも短剣を抜いた。さっきまで呑気に昼食をとっていた彼らの纏《まと》う空気が一変していた。

山林に住む鬼蚤は、旅人を襲っては血を吸うという恐ろしい魔獣だ。絵本にも多く載っていたから、シルヴィアもよく知っている。だが、初めて実物を目のあたりにした途端、彼女の足はガクガクと震えた。立っているのが精一杯だ。

岩陰からハロルドが飛び出し、張りのある声で素早く指示する。

「チェスターとフーゴは、シルヴィアを守れ！　カイとマルクスは左、ルッツとオラフは右を任せる！」

声だけで圧倒される迫力だった。きっとこれが『鋼将軍』の本領なのだろう。

キキキッと、鬼蚤達は奇妙な鳴き声をあげ、高く跳躍《ちょうやく》した。同時にハロルドの大剣が、閃光のように煌《きら》めく。何が起こったのかも分からぬうちに、一匹の蚤の身体が両断される。耳をつんざくような甲高い鳴き声があがり、赤黒い血の噴水が草地を汚す。左右に展開した騎士達も、次々に巨大な蚤を斬り裂いていく。

わずか数分で、全ての鬼蚤は死骸となった。引きかえ、北国の猛者《もさ》達は全員が無傷だ。

ハロルドも三匹を斬り殺しながら、息一つ乱していない。周囲を見渡し、もう他にいないことを確かめると、剣から血を振り落とし、鞘《さや》に戻す。

思わずじっと見つめていたら、気づかれたらしい。鉄色の鋭い瞳が、不意にこちらを向いた。

「怪我はないか？」

「あ、ありません……少し、驚いただけです……」

「近頃は戦《いくさ》も少ないが、盗賊や魔獣の類《たぐい》はまだまだ油断できない。出来るだけ安全な道をとるが、貴女《あなた》も野外では皆の傍にいてくれ」

「はい」

頷くと、ハロルドはすぐに騎士達の方へ行ってしまった。騎士達は焚き火を消し、手早く出発の準備を始める。

「鬼蚤の死体は、他の魔獣達の好物だからね。早く行かないと」

チェスターに後ろから声をかけられ、シルヴィアはビクッと肩をすくませた。

「鬼蚤くらいで、そんなに怖がらなくても……って、箱入りお姫様なら、しかたないか」

チェスターが笑い、パンを一切れ差し出す。

「昼メシ、食べそこねちゃったね。これくらいしかないけど」

「ありがとう……でも……食欲が……よかったら、貴方《あなた》が食べて」

喉に重苦しいものがせり上がり、一口も食べられそうにない。

出発が整い馬車に戻ると、なぜかハロルドが御者台《ぎょしゃだい》で手綱《たづな》を持ち、少し不満そうなチェスターが向かいの席に座った。

「ハロルド兄は剣を持たせれば無敵だけどさ、好きな女のご機嫌をとるのはド下手なんだ。大目に見てやってよ」

ひそひそ声で囁《ささや》かれ、面食らう。シルヴィアは買われたも同然の身なのに、どうして彼が機嫌をとったりする必要があるのか。それに『好きな女』なら、シルヴィアは当てはまらないのではないか。

「私はハロルド様に、嫌われているようですが……」

「そう見えちゃうのが、ハロルド兄の損なところなんだって」

笑いながら首を振るチェスターに、シルヴィアは首を傾げる。

「でも……」

逆らえば地下牢行きとまで言われたのに？　と聞こうかと迷い、結局止めた。ハロルドを悪《あ》し様《ざま》に言うようで気がひける。

チェスターには曖昧《あいまい》に頷いてみせ、シルヴィアは窓の外へと視線を移した。

秋の色合いが深まる景色の中、生まれ育った城はもう見えない。

あと数時間で、伯爵家の化物娘は領地から消える。少なくとも、父の手で首をはねられる心配はなさそうだ。さすがに実の父に殺されては天国の母が嘆《なげ》き悲しむだろうから、その点だけは良かったと思う。

馬車が動き出し、チェスターは窓の外に顔をつき出して、騎士の一人に何か話しかけていた。シルヴィアはそっと、膝に乗せた自分の両手へ視線を落とす。絹の上等な手袋に包まれた、異形《いぎょう》の手へ。

そして、魔獣の血に濡れたハロルドの剣を思い出し、身震いした。

鬼蚤《おにのみ》を殺したのを咎《とが》めるつもりは毛頭ない。彼らが戦ってくれなければ、シルヴィアはとうに食い殺されていた。

——けれど、とシルヴィアは思う。

人間の両親を持ち、限りなく人に近い外見をしていても……誰も害するつもりがなくとも、自分はあの鬼蚤と同じく、紛れもない『化物』なのだ。

（ハロルド様が、もしこの手を見たら……）

子どもの頃からずっと、塔の窓辺で外を眺めては、空想にふけっていた。

絵本では、悪い化物に塔や洞窟へ閉じ込められたお姫様は、いつだって素敵な王子様が救い出してくれた。

……でも、本当はそのお姫様が化物だったら？

そんな絵本は一冊もなかったから、分からない。化物はいつだって、最後は人間に騙《だま》されるか、退治されてしまうのだ。

鋼将軍の剣は、花嫁と思っていた化物の血で、赤く濡れるのだろうか。

3　嘘

——旅の四日目。

馬車は今日も順調に、北へと走り続けている。シシリーナの国境はすでにはるか後方で、ここは複数の自治国家が共同で管理する道だった。

広い野原に岩だらけの荒野、深い森、信じられないほど大きな湖など、毎日変わっていく景色はちっとも飽きない。

ひたすら北上していくため、一日ごとに気温が低くなっていく。荷馬車に積んだ嫁入りの衣装箱にたくさん入っていた厚手の衣服やショールは、すぐに役立った。

開いた窓から冷たい風が吹きつけて、シルヴィアはミント色の毛糸で編まれたショールを、しっかりとかき合わせる。

この辺りは旅人の往来も盛んだそうで、道はよく整備されていた。道の両側に広がるのは寂しい枯れ野だが、春には一面にライラックが咲くそうだ。

ちょうど、わらを山盛りに載せた荷馬車とすれ違い、シルヴィアは御者台《ぎょしゃだい》のお爺《じい》さんと小さな女の子に窓から手を振った。女の子は可愛い笑顔で手を振り返してくれ、お爺さんも少し驚いたような顔をしたものの、皺《しわ》だらけの顔をニコニコと緩ませて会釈《えしゃく》してくれる。シルヴィアは嬉しくて、荷馬車がずっと後ろに行くまで手を振り続けた。

背の高い糸杉の林を抜けると、灰色の巨大な城塞が遠くに見えて、シルヴィアは興奮の声をあげた。

「チェスター！　あれが次の城塞都市ね!?」

「うん。今日はあそこで宿を取るよ。あの都市は安全な方だけど、一人で宿から出歩かないようにね」

向かいに座るチェスターが頷き、ついでにしっかりと釘をさされた。

自治国家というのは、各地から集まった移住者によって作られた小さな国家で、崇《あが》める王家を持たず、選挙で代表者を決めるのだと言う。大陸中の文化が混ざり合い、その空気は逞《たくま》しい生命力に満ちているが、他国から逃げてきた犯罪者の溜まり場になっているのも確かだそうだ。

シルヴィアは北風に頬を赤くしながら、巨大な城塞を惚れ惚れと眺める。そして、御者台で手綱《たづな》を取っているハロルドの背中をこっそりと眺めた。

チェスターは楽しい少年だし、強面《こわもて》の大柄な五人の騎士も、話してみれば親切な人達だ。たった数日でシルヴィアは彼らとすっかり打ち解けた。

しかしハロルドだけは、必要最低限しかシルヴィアと会話してくれないし、態度も常に素っ気無い。

旅の初日から、彼はずっとチェスターにシルヴィアを任せて、馬車の御者台《ぎょしゃだい》にいる。てっきり顔も見たくないほど嫌われたと思ったが、皆はハロルドが照れているだけだと言うのだ。

そしてハロルドも直接声こそかけてこないが、皆を通して間接的にシルヴィアを気にかけてくれているようだ。しかしお礼を言っても、いつもきっぱり否定されるから、好かれているのか嫌われているのか、今一つ判断がつかない。

確かなのは、やはりハロルドは親切な部分もある人で、シルヴィア自身いつの間にか彼を前にしても、それほど身体が震えなくなったということ。それから、手の秘密がばれる心配さえ除けば、毎日が信じられないほど楽しいということだ。

気の触れた娘として幽閉されていたシルヴィアに対し、アルブレーヌ領の城の使用人達の目は冷たかった。

もっとも、全員が意地悪だったのではない。騎士隊長は優しかったし、仲間の前ではシルヴィアに冷ややかに接しても、時折内緒で親切にしてくれるメイドもいた。しかし、やはりどこか腫《は》れ物扱いされているような隔たりを感じていた。

だから今、何も知らない人達から、ごく普通の人間として接してもらえるのが嬉しくてたまらない。

シルヴィアが手袋を決して取らないのも、ハロルド達は不審がらなかった。

シシリーナ国の貴族女性の間では、手袋をつけるのが当然のたしなみとされている。

夜会はもちろん、ちょっとした外出時にも必ずつける。家族以外の男性には決して素手を晒《さら》さないという人もいるほどだ。

ハロルドをはじめ、護衛の騎士達はシシリーナ国へ派遣傭兵団として何度も訪れたことがあるそうで、皆シシリーナの言葉に堪能だったし、その風習にも明るかった。

それゆえシルヴィアも単に風習で手袋を取らないのだと好意的に解釈してくれたのである。

シルヴィアはそんな彼らを騙《だま》しているという罪悪感を抱えつつ、幸福感に酔いしれた。

「それじゃ、そろそろ行ってくる」

シルヴィアが景色を見ながら物思いにふけっていると、身支度を整えたチェスターが、窓から身を大きく乗り出した。馬車の横をゆっくりと並走していた騎士が、自分の馬に乗りながら一頭の空馬《からうま》の手綱《たづな》を引いている。

チェスターは窓から飛び出し、まるで体重を持たないかのような動きで、空いている鞍《くら》へと飛び乗った。これは何度見ても飽きず、シルヴィアはそのたびに拍手した。

チェスターは宿泊予定の町に先行し、人数分の宿をとるという重要な役割を担《にな》っている。驚いたことに、彼は大抵の町に知り合いがいるらしく、どこへ行っても良心的な宿を紹介してもらえるし、いなくてもすぐに知り合いを作れるらしい。

宿は清潔で信頼できるところが選ばれ、シルヴィアはいつも、内側から鍵の掛かる一人部屋をあてがわれた。

――その夜。

シルヴィアは今日も、宿の部屋で内側からしっかりと鍵を掛けて手袋を外した。上等の絹地は肌触りもよいが、素肌が空気に触れるとやはり心地いい。しかし同時におぞましい化物の証《あかし》も目に入り、絶望も味わう羽目になる。

（普通の手が欲しい……）

銀の鱗《うろこ》を前に、一人きりの部屋で痛切に願った。

皆はとても親切で、世間知らずのシルヴィアよりも、ずっとたくさんのことを知っている。困ったことがあれば何でも言うようにと申し出てくれてもいる。この手のことを打ち明けて相談できれば、どんなに気分が楽になるだろうか。

しかし……父の雇っていた城医師も、最初にシルヴィアと対面した時は優しく話しかけてくれたのに、この手を見た瞬間、青ざめて飛びのいた。悪魔の手だと叫んで何度も十字を切り、それからはもう、シルヴィアをおぞましいものとしか見なくなったのだ。

こんな手を綺麗で好きだと言ってくれるのは、きっとこの世ではばあやだけだ。

——ちょっとした事件が起こったのは翌日——旅の五日目の夕方だった。

シルヴィアを乗せた馬車は、日暮れの直前に宿泊予定の都市へとたどり着いた。堅牢な門の前で通行許可を貰って入るとすぐに、灰色の石畳で造られた広場があり、そこから市街地や住宅街に続く道が何本も伸びている。

その広場の隅で、宿を取りに行ったチェスターが馬の手綱《たづな》を引いて待っていた。珍しく困ったような顔をしており、シルヴィア達が近づくと市街地の方を視線で示した。

夕暮れの街はどこでも賑やかだが、この街はやけに人々がざわめいている気がした。オレンジ色の屋根をした背の高い家が立ち並ぶ市街地の奥からは、細く白煙が上がっている。何かあったようだ。

「宿場街で火事があって、どこの宿も部屋が足りないんだ。六人は他の客と大部屋に寝かせてもらって、あとは一人部屋を二人で使うことになる。シルヴィア様とハロルド兄が、そっちでいいよね？」

チェスターに言われ少し驚いたが、シルヴィアはすぐに頷いた。

「ええ、もちろん」

ばあや以外の人と同じ部屋で眠るのは初めてだし、ハロルドと二人きりになるのは緊張するが、そういう事情ならば仕方ない。

どのみち夫婦になれば同じ寝室で眠り、妻の腹に子を宿す儀式をすると聞いた。家庭教師はそれについては詳しく教えてくれず、ただ夫となる方に従いなさいとだけ言っていた。

父に至っては、両手は子を産むのに必要ないから斬ってしまえと言うくらいだ。夫婦の寝室で行う儀式には、手を使うこともないのだろう。異形《いぎょう》の手だろうと、手袋さえ取らなければ何とかなるはずだ。

しかし、ふとハロルドの視線を感じて見上げると、彼は信じられないものを見るような顔でシルヴィアを睨んでいた。

「ハロルド様……？」

何かまずいのかと尋ねる前に、ハロルドが血相を変えてチェスターに向かって叫んだ。

「待て待てっ!!　俺も大部屋で寝る!!　シルヴィアは一人で部屋を使うべきだ！」

「無理だよ。本当は十人部屋なのに、俺とむさい大男五人を余分に詰め込むんだよ？床が抜けるって嫌がられたのを、やっと頼み込んだんだから」

すげなく首を振るチェスターに、ハロルドはなおも食い下がる。

「じゃあ、俺は納屋《なや》で寝る」

「残念。馬小屋も焼けちゃったから、納屋も先客《馬達》でいっぱいだって」

「ぐっ……だったら……」

呻《うめ》くハロルドに、チェスターがニコリと笑って手招きした。その笑みは、上手く表現できないが……いつもの屈託ない笑顔と、どこか違うような気がした。

「ハロルド兄。ちょっと二人で話したいことがあるんだけど、良いかな？」

シルヴィアと騎士達が首を傾《かし》げる中、彼はハロルドの腕を取って、そそくさと少し離れた場所に連れて行ってしまった。

「話？」

ハロルドは困惑しつつも、連れてこられた広場の隅にしゃがみ込み、シルヴィア達に背を向ける。

「まず、最初に謝っておくよ。俺が従者として働いて勉強したいなんて、嘘なんだ」

声を潜《ひそ》めて打ち明けられ、ハロルドは驚愕した。

「じゃあ、本当の理由はなんだ？」

「フロッケンベルクの軍師から、俺を名指しで伝達が来たんだよ。恋愛下手のハロルド兄を、シルヴィア様と上手くくっつけろって」

「な……」

唐突に白状され、ハロルドは盛大にうろたえた。思えばこの数日、チェスターは事あるごとに、ハロルドがシルヴィアへ話しかけざるを得ないような状況を作ってきた。シルヴィアにも、何かとハロルドのことを話して聞かせているようだ。

それは単に、ギクシャクしている二人を見兼ねた彼の親切心だと思ったのだが……

「だから俺は、なんとしてもハロルド兄達に、仲良し夫婦になってもらわなくちゃ困るんだ」

「お、俺だって、好きで避けているわけじゃない」

ハロルドは気まずい思いで言い訳する。

「しかし、向こうに怖がられているのだから、仕方ないだろう……」

「そりゃ出発時はひどい状態だったけど、俺達とも打ち解けたし、ハロルド兄のことだって、もうそんなに怖がってないと思うよ？　でなきゃ、同室を嫌がるはずだろ」

「う……」

言葉を詰まらせると、チェスターは呆れたように肩をすくめた。

「火事で部屋が足りないのは本当だけど、良い機会だから腹をくくって、一度ちゃんと話し合いなよ。……なんなら、そのまま既成事実でも作ってくれるんなら願ってもないね」

とんでもないことを、さらっと言われた。

「お、おい！　婚約といっても、まだ正式には……」

「初夜が二、三日早まるだけじゃん。――あ、でも乱暴にしちゃ駄目だよ。ガラス細工だとでも思って、慎重にね。そこだけ注意すれば問題なし！」

満面の笑みで言い切られ、ハロルドの顔に血が昇っていく。

「このっ、マセガキが!!」

思わず大声をあげてしまい、慌《あわ》てて口を押さえた。

確かにこの数日で、彼女は見違えるように明るくなった。だが、やはりどこかハロルドを恐れているように感じるのだ。

その上彼女には、心にしっかり留《とど》めている大切な存在がいる。それがハロルドより大きな存在であることは間違いなく、彼はその相手に激しい嫉妬を抱いてしまっていた。

シルヴィアへの恋心が日ごとに募《つの》る一方で、嫉妬心もそれだけ大きくなっていく。それを自覚していたハロルドは、形式上は夫婦となっても、彼女が自分に心を許してくれるまで、無理に身体を開かせることだけはすまいと思った。それどころか寝室も分けて、触れないでいようと心に誓っていた。

それなのに先ほど、シルヴィアから無邪気に同室を了承されたものだから、思わず卒倒しそうになった。

一瞬、喜んでしまったのは事実だ。が、二人きりで同じ寝台で眠ることになったら、それこそ理性を保てる自信がない。

さすがにそんなことをチェスターに言うわけにもいかず、曖昧《あいまい》に口ごもる。

「だがな……こ、こころの準備というものが……」

ボソボソと渋面《じゅうめん》で言い訳すると、チェスターの笑顔がすっと凍りついた。

「それって誰の準備？　もし自分とか言うなら、たった今から『乙女将軍』と、声高に呼ばせてもらうけど」

――やばい、目が、本気だ……。

ハロルドの背中を、冷や汗がどっと伝う。

ありとあらゆる手を使い、どんな秘密任務も確実に遂行するバーグレイ商会。その恐ろしさを垣間見た気がする。

鋼将軍の二つ名を持つ北国の猛者《もさ》は、『いいかげんフォローも限界なんだよ』と視線で語る、商人の少年を前に硬直した。

何やらボソボソと会話を繰り広げているハロルド達の後ろで、シルヴィアは少し落ち込んだ。

この数日、彼と少しだけ距離が縮まったように感じていたのは、やはり気のせいだったらしい。ハロルドは気の進まない妻との同室を、一日でも先延ばしにしたいようだ。

やがて、話を終えたらしく二人は戻ってきたが、ハロルドはやや青ざめた顔で、シルヴィアを厳しく睨んでいる。

「シルヴィア。聞いての通り……非常事態で、どうしても仕方なく、同室になるわけだが……」

いかにも苦渋に満ちた声で言われ、シルヴィアはなぜか怖いというより、悲しくなった。

（あ、それなら……）

ふと良い解決策を思いつき、失礼を承知で話を遮《さえぎ》った。

「ハロルド様！　あの、差し支えなければ、私が大部屋に移りますので、他の方と二人で部屋をお使いになられてはいかがでしょうか？」

我ながら良い思いつきだと、シルヴィアはポンと両手を打ち合わせた。

一晩くらいなら床の隅っこで眠ることになっても構わない。それこそまるで物語に出てくる旅人らしいと、ワクワクしてくる。

宿ではいつもシルヴィアだけが一人部屋で、ハロルド達は別室を複数人で使っていた。時折、彼らが遅くまで楽しげに会話する声が聞こえて、ちょっとだけそれが羨《うらや》ましくもあったのだ。皆が迷惑でなければ、一度くらい仲間に入れてもらいたい。

だが気づけば、ハロルドとチェスターのみならず、他の騎士達までも全員、あんぐりと口を開けて自分を凝視《ぎょうし》していた。

「え？　あ、あの……何か……？」

なんともいえない居心地の悪さに赤面すると、突然ハロルドに両肩を掴まれた。

「待て!!　貴女《あなた》は、自分が言っていることを理解しているのか!?　飢《う》えた狼の群れに、生肉を放り込むようなものだ！　許すわけがないだろう!!」

――狼の群れに、生肉？

それが宿とどういう関係があるのか理解できなかったが、どうやらハロルドの剣幕からして、シルヴィアの提案は相当に良くなかったようだ。

「申し訳ありません……ハロルド様は、私と同室がお嫌なのだと……」

しどろもどろに答えると、ハロルドはさらに怒り心頭といった顔になる。

「俺でなく、貴女《あなた》が嫌がると思ったんだ!!」

「で、ですが、部屋が足りないのですし……私は一晩くらいなら、どこでも……」

ハロルドは優しいところもある人だ。シルヴィアを嫌っていても、まだ旅に慣れないのだからと気遣い、いつも個室をあてがってくれているのだろうが、こんな緊急時まで我儘《わがまま》を言うつもりはない。この一人部屋をとるのだって、チェスターはきっと大変だったはずだ。

どうして怒られてしまったのか分からず、困ってチェスターに視線で助けを求めたが、なぜか彼と騎士達は、口元をムズムズさせたような変な顔をして、黙ってこちらを見つめている。

ハロルドがギッと彼らを睨み、またこちらへ向き直った。

「く～～っ！　分かった！　貴女がそのつもりなら、遠慮なく俺と同室になってもらおう！」

「え？　は、はい……」

気圧《けお》されて思わず頷いてしまったが、シルヴィアは内心で首を傾《かし》げる。

一体、どういうつもりだと受け取られてしまったのだろうか？

宿で夕食を済ませると、チェスターと騎士達は、ハロルドとシルヴィアを三階の部屋に押しやり、さっさと自分達の部屋に行ってしまった。

「――ハロルド様、魔法灯火《まほうとうか》のスイッチはこれでよろしいですか？」

シルヴィアが室内灯のスイッチを前に、はしゃいだ声で尋ねる。

「ああ」

ハロルドが頷くと、彼女は期待を込めた顔で、えいっとスイッチを押した。シャンデリアが輝き、室内が適度な明るさになる。

「綺麗……」

魔法や錬金術《れんきんじゅつ》に無縁だったシルヴィアは、こういうものがいちいち楽しくてたまらないようだ。もう何度も見ているはずなのに、うっとりとした顔で魔法灯火を見上げている。

まぁ、そもそもハロルド達が通されたのは宿でも一番上等の部屋だから、魔法灯火もかなり輝きのいいものだ。それに暖房設備もしっかりしているし、濃い緑色のカーテンや小花模様の壁紙も上質。部屋の隅にある扉を開けると、専用の小さな浴室《よくしつ》まであった。

三階でも湯のシャワーが使えるのは、錬金術ギルドの最新ポンプ設備に加え、宿が専属の魔法使いを雇っているからだろう。商売において競争が激しいこの都市では、顧客獲得のため他国の技術や魔法を積極的に取り入れているのだ。

シルヴィアは部屋のあちこちを見てまわり、子どものように目を輝かせていた。好奇心いっぱいの表情を見ていると、ハロルドまで悪戯坊主《いたずらぼうず》だった子ども時代を思い出して頬が緩む。ハロルドの前では緊張しがちな彼女が、部屋の探検に夢中になって、二人きりでもビクつく様子がないのにもほっとした。

シルヴィアから湯浴みをお先にどうぞと言われ、ハロルドは急いで浴室に入って埃《ほこり》を洗い流し、麻のシャツと黒いズボンに着替える。部屋には柔らかな室内履きまで用意されていた。旅中の武装は胸甲《きょうこう》と軍靴《ぐんか》くらいだが、湯を浴びて楽な衣服に着替えると、やはり身体がほぐれて心地良い。

しかし入れ替わりにシルヴィアが浴室に入り、シャワー音が聞こえ始めると……駄目だ。不埒《ふらち》な妄想が次々に浮かび、耐え切れず廊下に飛び出した。

（くそっ！　もうなんとでも呼べ!!　俺は一晩中、ここで過ごす!!）

一目で歴戦の戦士と分かる男が凄まじい苦渋のオーラをみなぎらせ、扉の前で胡坐《あぐら》をかく姿を、他の宿泊客達は遠巻きに眺める。どうしても前を通らなくてはならない者は、反対側の壁にへばりついて、カニ歩きする始末だ。

背中をつけている扉の奥から、かすかな扉の開閉音が聞こえた。シルヴィアが湯浴みを終えて浴室から出てきたのだろう。

思わずギクッと肩が震え、慌《あわ》てて眉根をきつく寄せた。その時通りすがりの男とたまたま視線が合ったが、相手は「ひっ！」と変な声をあげて逃げ去っていく。

ハロルドは溜め息をつき、扉を守るように身体をもたれさせた。

広場ではついあんなことを言ったが、同時にシルヴィアが性的にまるで無知であることがはっきり分かってしまった。

あんなに美しい少女がむさくるしい男達の中で無防備に眠ったらどうなるか、男と一つの床に入るというのがどういう意味なのか、欠片《かけら》も理解していない。

軍師の紹介でも世間知らずと言われていたし、さすがは箱入り娘。赤ん坊はキャベツから生まれるか、コウノトリが運んでくるとでも思っているに違いない。

――惚れた女の無知につけ込んで押し倒すくらいなら、乙女将軍で上等だ!!

心の中で叫んだ時、寄りかかっていた扉が急に内側から開いた。背中からひっくり返りそうになり、とっさに片腕で身体を支える。

「あ、こちらにいらっしゃったのですか」

扉を開けたシルヴィアが、キョトンとした顔でハロルドを見下ろしている。

次の瞬間、にっこり微笑まれ、ハロルドは硬直した。

もう今日はこれで何度目だろう。

シルヴィアが長い銀髪を緩く編んでいるのはいつも通りだし、絹手袋もきちんと嵌《は》めている。

だが、うっすら上気した肌には、薄い夜着を一枚纏《まと》っているだけだ。柔らかそうな胸の膨らみが布を押し上げ、大きく開いた襟《えり》ぐりからは繊細《せんさい》な鎖骨と真っ白な肌が見える。

急いでシルヴィアを小脇に抱え、宿泊客の行き来する廊下から部屋に飛び込んだ。そうして後ろ手に勢いよく扉を閉める。

「あの～……？」

おずおずとかけられた声に視線を下げると、小脇に抱えられたシルヴィアが、宙ぶらりんのまま困惑した顔でハロルドを見上げていた。

「うわっ!!!」

まるで荷物のように乱雑に扱っていることに気づき、慌《あわ》てて床に下ろした。

シルヴィアが一歩よろめき、白い夜着の裾《すそ》がひるがえる。わずかに前かがみになった拍子に、胸元が奥深くまでチラリと見えた。たゆんとした乳房が揺れる。

とんだ眼福《がんぷく》……もとい、目の毒だ見るな!!　さっさと部屋から飛び出せ！

……と、思うのに、一向に目が逸らせない。

「な、なななんて、格好で、出て、来るんだ!!」

「あ……わ、私……ごめんなさい……」

ビクリとして瞳に怯《おび》えを浮かべ、肩を落としてしまったシルヴィアを前に、ハロルドは何度か大きく深呼吸した。

「……考えたが、やはり俺は廊下で夜を明かす。部屋は一人で使ってくれ。貴女《あなた》は男女が寝室で何をするか、まるで知らないのだろう?」

「え、ええ。寝所へ一緒に入りましたら、あとは夫となる方に……ハロルド様に全てお任せするようにと、家庭教師から言われました」

――丸　投　げ　か　!

反射的に、ガツンと壁に額を打ちつけた。シルヴィアが目を丸くしている。

婚前教育なら、むしろそこが重要だろうに!　とんでもない職務放棄だ!　無責任だ!　……と、内心で家庭教師に憤《いきどお》りつつも、その魅力的な状況に動揺する。

全て俺に教えてくれと!?　何も知らない純真無垢な身体に、一から!?　手取り足取り、教え込んでくれと!?

(く……シルヴィアは、何も知らないで言った、ん、だっ!　ときめくなっ、俺!!)

硬直したシルヴィアが凝視《ぎょうし》している前で、ゴンゴンと頭を壁に打ちつける。

『浮かれるなっ‼ 妙な期待をするんじゃない‼』

「え？ え？ ハロルド様……？」

焦って自分に言い聞かせるあまり、いつの間にか心の声が口から出ていたことに気づかなかった。

もっとも口をついて出たのは母国である北国の言葉である。

『……フェぁつぁいウんグ』

「え……？」

不意に、シルヴィアがまだ発音の怪しいフロッケンベルク語を発した。どうやら『ごめんなさい』と言ったようだ。

道中、シルヴィアはチェスターや騎士達から、フロッケンベルク語を熱心に習っていた。

大国シシリーナの言葉を理解する者は、どんな僻地《へきち》にも一人くらいはいる。よってシシリーナの国民は、どこへ行っても他の言語をなかなか覚えないと有名だ。

フロッケンベルクに嫁《とつ》いでも、生涯シシリーナ語だけで不便はないだろうに、皆に溶け込もうと初歩のフロッケンベルク語を何度も繰り返す姿が微笑ましく、いっそうシルヴィアのことが愛《いと》しくなった。

『なぜ、貴女《あなた》が、謝る？』

シルヴィアが聞き取れるよう、簡単なフロッケンベルク語でゆっくり尋ねた。幼子に尋ねるような口調だったせいか、シルヴィアの表情から焦りや緊張が薄れていく。

『最初に、ハロルド様、私は、とても怒らせた……当然それは、嫌いとなる……地下の部屋、とじこめる的に言う……それ、あたりまえ……ごめんなさい……』

アクアマリンを思わせる美しい瞳に、うっすらと涙が浮かんでいる。

それに見とれるより前にハロルドは、拙《つたな》くたどたどしい言葉の中に、妙な単語が交じっているのに驚いた。

『……俺が、貴女を、地下へ、閉じ込める？』

言い間違いかと思って聞き返すと、シルヴィアは震えながらコクンと頷く。

呆気にとられるハロルドの頭の中を、出会ってから今に至るまでの会話が目まぐるしく駆け巡った。

百万歩譲っても、シルヴィアに優しく紳士的な言葉などかけてはいないが……

――どうしてそうなった⁉

今まで使っていたシシリーナ語は、激しく間違っていたのだろうか……？

『そんなことを言った覚えは、絶対にない。なぜそう思った？』

ぐらっとよろめきそうになった足を踏みしめ、戦々恐々《せんせんきょうきょう》としながら尋ねた。

「それは、初めてお会いした後に……」

慣れぬ言語に限界を感じたのだろう。彼女は母国語に戻り、おずおずと答える。

「城に戻り、父からハロルド様の伝言をお聞きしました。私が逃げ出したことに大変ご立腹で、今後は逆らえば、即座に地下牢へ閉じ込めると……」

……今すぐアルブレーヌ領まで駆け戻り、伯爵の襟首《えりくび》を掴んで問い詰めたいと、本気で思った。

「まるで違う！　俺は……貴女《あなた》が逃げたのを叱責《しっせき》しないでくれと頼んだはずだ」

どうやら間違っていなかったらしいシシリーナ語で、痛切に訴える。

「そうだったのですか……」

茫然《ぼうぜん》自失《じしつ》のシルヴィアを前にして、ハロルドもまた眩暈《めまい》のする思いだった。何度も唾を呑み込み、ようやく息を吐き出す。

「この縁談が貴女に無断で決まった時、せめて誠意を尽くして接すると心に誓った。決してどこかに閉じ込めたり、虐《しいた》げたりする気はない。貴女は……」

一瞬、また肝心な時に口ごもる悪癖《あくへき》が顔を出しかけたが、即座に己《おのれ》を叱責した。シルヴィアが勇気を出してくれたからこそ、誤解が解けたのだ。鋼将軍が、華奢《きゃしゃ》な少女より臆病《おくびょう》でどうする。

「俺が貴女にそう誓えば、安心して妻となってくれるか？」

手を差し出すと、ビクンとシルヴィアが震えた。唇をきゅっと噛み、そっと俯《うつむ》いてしまう。手袋を嵌《は》めた両手が、首に下げた小さな布袋を握り締めていた。

「……すまない。それとこれとは、話が別か」

苦笑して、手を引っ込めた。

あの小さな袋には、例の真珠の指輪が入っているのを知っている。シルヴィアは時折、そっとあの袋を取り出して握り、ミヨン地方の方角を眺めているのだ。まるで誰かを想い描くように……。

ドクドクと、耳の奥で血が激しく流れる。暗い欲求が湧き上がりそうになり、急いでシルヴィアに背を向けた。

今にも嫉妬に駆られて押し倒してしまいそうだ。そんなことになる前に、部屋から出よう。

「嘘の伝言だけでなく……俺の行動にも問題はあった。貴女に怖がられるのも無理はないが、虐《しいた》げるつもりがないのだけは、どうか信じてほしい」

扉に手をかけようとした時、背後で小さな声が聞こえた。

「怖いのは、ハロルド様がいつか、私を妻にしたのを後悔することです……」

「……俺が？」

振り向くと、シルヴィアの頬に涙が伝っていた。

「っ⁉　なぜ、そんなことを⁉　まさか、まだ他にも妙な伝言を……」

思わず駆け寄り細い両肩を掴んで尋ねると、シルヴィアは首を振る。

「いいえ。ですが……きっと、後悔なさいます」

頑《かたく》なに言い張られ、困惑した。こんなに美しく気立てのいい姫君を嫌う馬鹿が、どこにいる。結婚に不安を抱く女性は多いというが、その類《たぐい》だろうか。

「本物の貴女《あなた》に会った時から、日ごとにこれだけ好きになっていくんだ！　この先も後悔するわけがない！」

夢中で言ってしまい、はっとした。

シルヴィアはポカンとした顔で、ハロルドを見上げていた。涙は止まり、濡れた頬から小さな耳までが、見る見るうちに赤みを帯びてくるのが分かる。

「どうすれば、貴女は俺を信用してくれる……？」

ハロルドは呻《うめ》き、シルヴィアを抱き締めた。そしてたまりかねて小さく開いていた唇を自分のそれで塞ぐ。

華奢《きゃしゃ》な身体は、少し力を込めるだけでも簡単に潰れてしまいそうだった。片腕だけで抱え込み、もう片方の手で艶《つや》やかな銀髪の頭を押さえ、逃げられないように固定した。

んっ、ん……と、重ねた唇の隙間から、くぐもった可愛らしい呻きが聞こえる。

ペロリと舐めれば、驚いたように簡単に唇が開いた。歯列をなぞり、怯《おび》えて縮こまる小さな舌を捕らえ、吸い上げる。口腔を嬲《なぶ》り続けると、握った手で苦しそうに胸元を叩かれた。でも、まだ足りない。

角度を変えて息継ぎをさせ、シルヴィアの身体からすっかり力が抜けるまで、何度も同じことを繰り返した。

ようやく唇を離した時には、互いにすっかり息があがっていた。まるで足に力の入っていないシルヴィアを抱え上げ、寝台で仰向けにする。

「えっ⁉」

驚きの声をあげたシルヴィアの両脇に腕をつき、逃げられないように覆いかぶさった。

「……答えてくれないなら、都合よく解釈させてもらう。俺が後悔していないと証明し続ければ、貴女は喜んで妻でいてくれるわけだ」

「で、でも……っ！」

細い首に下げられた布袋を奪い取り、傍らの卓へと置いた。

――ミヨンには、もう行かせない。

少しでも自分に揺らいでくれるなら、彼女の心を占めている誰かと天秤《てんびん》にかけられてもいい——少なくとも今は。

己《おのれ》の卑怯さを自覚しつつ、両腕と身体で作った囲いに銀色のお姫様を閉じ込め、ほっそりした顎《あご》を捕らえる。緊張も何もかも吹き飛ぶくらい、目の前にいる彼女が欲しい。

「……夫婦が一つの床で何をするか、俺が貴女《あなた》に教えていいのだろう？」


（これ……何？）

仰向けに押し倒され、荒い息を繰り返しながら、シルヴィアは呆然としていた。どうやら口付けられたようだけど、思っていたのと全然違う。

本の中の主人公達は結婚式や感動の再会の折に口付けをしていたけれど、それは唇を少しくっつけるだけのものだと思っていた。

実際自分が口付けられた瞬間、心臓がドクドク脈うち、死にそうなほど驚いたのに、不思議と嫌悪は感じない。

旅の初日にも一度、少しだけ抱き締められたけれど、あの時よりもっと胸が高鳴って、なんだかとても幸せな気がする。

酸欠にぼうっとした頭の中で、様々な想いがごちゃ混ぜに渦巻《うずま》いている。

あんなに恐れていた地下牢の脅《おど》しは、嘘だったなんて。

初対面でひどいことを言ったシルヴィアを、ハロルドは責めるどころか、庇《かば》ってくれていたのだ。最初に出会った時、縋《すが》りつきたくなるほど優しい人だと思ったのは、間違いではなかった。

――なのに、誓ったら安心して結婚してくれるかという申し出に、自分は頷けないのだ。この手は嘘でも幻でもないのだから。

「シルヴィア、返事を……このまま続けていいか？」

耳元で囁《ささや》かれた低いかすれ声に、ゾクリと全身が震えた。目を瞑《つむ》り、意味を考える間もなく返答する。

「は……い……っ」

父や家庭教師への返事はこれしか許されなかったから、反射的にそう答えてしまった。

目を開ける間もなく、すぐにもう一度唇を塞がれた。口内へ侵入してきた熱い舌に粘膜を嬲《なぶ》られると、身体中が熱くなっていく。

「ふ……ぁ……んく……」

吐息が零れ、妙な声が出てしまう。背筋をゾクゾクした感覚が駆け上る。

ふと、大きな手が夜着の前ボタンを一つ一つ外していく。

「んんっ⁉」

唇を塞がれたまま、抗議の呻《うめ》き声をあげた。淑女たるもの、ドレスから出る部分以外は絶対に肌を男の人に見せてはいけないと、家庭教師は特に厳しく言っていた。

それに夫婦の儀式は、互いに手を触れることもないと思っていたのに……

ハロルドの手はボタンを数個外してから、薄布の中にするりと滑り込んだ。脇腹を直に撫《な》で上げられると、水揚げされた魚のように身体が勝手に跳ねる。露《あらわ》にされた乳房がふるふる揺れ、羞恥《しゅうち》に消え入りたくなる。

頬や額、顎《あご》や瞼《まぶた》に、何度もついばむような口付けを落とされた。耳朶《みみたぶ》を甘く噛まれ、大きく響く濡れたような音に、頭の中を揺さぶられる。

「あっ、あっ、あ……」

身を捩《よじ》るたびに夜着が大きくはだけていき、やがて真っ白な肩から滑り落ちた。絡まる薄い布に両腕を拘束される。

薄く目を開けると、すぐ傍にハロルドの顔があり、視線がしっかりと絡まった。剣を持った時にはあれほど鋭かった鉄色の目が、熱に浮かされたようにシルヴィアを見つめている。

それがあまりに素敵で、呆然と見入っていると、不意にハロルドはシルヴィアの手を取り、手首までの短い白手袋も脱がせようとした。

「だめっ!!!」

とっさに、自分でも驚くほどの大声で叫んだ。上体を跳ね上げ、驚きに緩んだハロルドの手を振りほどく。急いで両手を身体の後ろへ隠し、敷布《しきふ》に座り込んだままずりずりと後ずさった。

剥《む》き出しの乳房が魔法灯火《まほうとうか》に照らされ恥ずかしかったが、構っていられない。裸身を見られる羞恥よりも、手を見られる恐怖の方がはるかに勝る。

「あ……ご、めんなさい……でも、でも……手袋は……」

寝室では夫のすることに絶対逆らっては駄目だと言われていたのを思い出し、ビクンと身体が震えた。地下牢に閉じ込められないにしても、失礼な振る舞いには違いないだろう。

だが、恐る恐る見上げたハロルドは、怒るというより困惑したような顔をしていた。

「前から気になっていたが、手を見られたくないようだな」

見事に言い当てられ、ギクリとする。思わず両手をぎゅっと握り合わせた。

「あの……手……わたしの……手は……」

万が一手を見られそうになった時の言い訳はいっぱい考えていたはずなのに、気が焦るばかりでなかなか出てこない。
「変で、綺麗じゃなくて……その……火傷《やけど》の、痕《あと》、が……こんなものを見たら……
ハロルド様は、きっと……後悔します……だから……ごめんなさい……」
必死に呟《つぶや》くうちに、視界がぼやけていく。
隠して誤魔化すのでなく、今度こそハッキリと嘘をついた。
涙が零れ落ちそうになった時、不意に抱き締められる。
「後悔とは、そういうことか……傷痕くらい俺も身体中にある。火傷痕など気にしない
が、嫌なら無理には見ないから、安心してくれ」
大きな手が、あやすようにシルヴィアの銀髪を撫《な》でる。
「ただ……痛まないか？　夏になればフロッケンベルクの王都に行ける。あそこなら良
い治療が受けられるが……行ってみるか？」
ズキズキと痛むのは、銀鱗の手などではなく、心の方だ。ハロルドの優しい心遣いに、
いっそう痛みが増す。
フロッケンベルクの医学はとても発達しているというのは、道中で騎士達との談笑中
に聞いた。
でも、アルブレーヌ領で一番の名医と言われていた城医師にも、この手はどうしよう

もなかったのだ。

黙って首を振ると、そうか、と静かに呟かれた。

抱き締められたまま目を瞑《つむ》ると、目の端に留まっていた涙が頬を伝い落ち、ハロルドのシャツを濡らした。

「っく……ぅ……」

堪《こら》え切れない嗚咽《おえつ》が漏れる。

トクトクと感じるハロルドの鼓動と体温は、初めて会った時と同じように心地よくて、大好きだと感じた。ばあやもチェスターも騎士の皆も『好き』だけれど、ハロルドへの『好き』は、どこか違う気がする。

そしてついさっき、ハロルドもシルヴィアを好きだと言ってくれた。あんまり嬉しくて、夢かと思ったほどだ。だからこそ、余計に苦しい。

優しくしてくれる、大好きな人を騙《だま》すなど、絶対に良くない。

ハロルドに破産から救ってもらいながらこの手を誤魔化そうとした父を、なんて卑怯でずるい人間かと思ったのに、シルヴィアは同じことをしているのだ。

今すぐ手袋を剥《は》ぎ取って見せ、こんなおぞましい手を持つ化物は、貴方《あなた》の妻になる資格などないのですと告白すべきだ。でも、卑怯な自分はそれが出来ない。

何度も躊躇《ためら》ったあげく、ようやく声を絞り出した。

「これからずっと、なんでも言うことを聞きますから……」

大好きなこの人を騙《だま》す、せめてもの償《つぐな》いになるなら、何だってする。

「こんな手の私でも……ハロルド様の妻になっても、よろしいですか？」

大きく目を見開いたハロルドからは返答はなかった。代わりにその顔が見る見るうちに赤みを帯びていく。

「きゃぁ!?」

唐突に敷布《しきふ》へ押し倒され、シルヴィアの喉から短い悲鳴があがる。

「貴女《あなた》という人は……っ！」

切羽詰まった声と同時に首筋を強く吸われ、背が反り返った。大きな手に乳房の片方を包み込まれ、円を描くようにして揉まれる。

彼の手に余るほどの白い膨らみは、力を入れられるたび柔軟に形を変えていく。硬い指先がその先端を掠《かす》めると、痺《しび》れるような疼痛《とうつう》が湧き上がった。

「んっ！　んんっ！」

勝手に出てしまう妙な声が、どうしようもなく恥ずかしい。噛み締めた唇はすぐほどけてしまい、熱い吐息が絶え間なく零れる。

もう片側の胸にハロルドが唇を寄せた。薄桃色の先端は、舌で舐められるとピクンと震え、尖っていく。

「ん、あ……ど……して……」

自分の身体が変化していく様《さま》を感じ取り、シルヴィアはすっかり動揺する。充血した胸の先端が口に含まれ、舌先で転がされると、たまらず弓なりに身体を大きく反らせた。夜着はとっくに剥《は》ぎ取られ、身につけているのは手袋と、腰まわりを覆う小さな下着だけだ。

ハロルドはシルヴィアの身体中を撫《な》で、いかにも美味しそうに吸ったり舐めたりしていく。首筋、肩、腕、脇腹、へその周辺に、太腿《ふともも》やくるぶし……

こんなに身体中へ口付けられるなど、想像したこともなかった。まるで食べ物になったような気分だ。

息が上がり、くすぐったくて苦しいのに、触れられた箇所からそれ以上に甘い感覚が浸透する。これも北国の魔法なのだろうか。

両脚の奥がきゅんと疼《うず》き、そこを中心に甘い疼痛がじわじわと広がる。身体の奥が溶けて、クリームのように蕩《とろ》け出してくる気がした。

身体が異様に火照《ほて》り、胸の先端はもっと舐められるのを期待しているかのように、ツンと硬く尖ったままだ。

「んぁっ！　わ、私……もしかして……食べられて……しまうのですか……？」

怖くなってきて、口元を戦慄《わなな》かせながら尋ねると、ハロルドが顔を上げた。彼は少しの間驚いたような表情をしていたが、すぐ可笑しそうに噴き出した。

「飢《う》えた狼に、生肉を与えるようなものだと言っただろう」

「あ……」

ペロリと、頬の涙の痕《あと》を舐められた。ぬめる感触に背筋が甘く震え、シルヴィアは身をすくめる。

――けれど、怖い。やはりこれから、身体のどこかを食べられるらしい。

「シルヴィア？」

怖気《おじけ》づいてまた逃げたくなる前に、急いで懇願《こんがん》した。

「お願い…………あまり痛くしないで、食べてください……」

何でも言うことを聞くと約束したばかりなのに、怖くてガチガチ歯が鳴って、身体中が強張る。固く目を瞑《つむ》って噛みつかれるのを待っていると、小さく笑う声が聞こえた。

「じゃあ、今日はもう一口だけにしておこうか」

「……え？」

胸元に唇が落ち、強く吸われた。ツキンとかすかな痛みが走る。唇が離れると、白い肌の上に赤い花弁のような痕が残っていた。

呆気にとられているうちに、てきぱきと夜着を着せられる。大きくても器用な手は、ボタンを素早く嵌《は》め終わると、シルヴィアの髪を軽く撫《な》でた。

「ごちそうさま。とても美味かった」

そう言うとハロルドは灯りを暗くする。そして寝台の端に寄り、シルヴィアに背を向けて横たわってしまった。どうしていいか迷ったが、シルヴィアもそろそろと身体を横たえる。一人用の部屋なのに寝台はとても広く、ハロルドの気配と体温はわずかに感じられるくらいだ。

(あれが、食べられた……の……?)

触れられた箇所全部が、まだ熱くてたまらない。両腕を身体に巻きつけて、ぎゅっと自分を抱き締めた。身体の奥に残り火がくすぶっているような気がする。

とても眠れそうにないと思ったのに、横たわると次第に瞼《まぶた》が重くなっていき、ほどなくシルヴィアは穏やかな寝息をたてていた。

(……まったく、なんて人だ!!)

すやすや眠るシルヴィアに背を向けたまま、ハロルドは冷や汗をかく。

随分と卑怯だと思う。他の人間への想いを心に秘めているくせに。ハロルドが彼女を愛しているのを、信用しないくせに。無自覚に、無責任に、あんな殺し文句を連発するなど。

あそこで止めるのに、どれほどの努力を必要としたか!!

——ちなみに廊下へ逃げ出さず寝たふりをする羽目になったのは、男の仕方ない生理現象で、人前に出られない状態になっていたからだ。

ただでさえ体格差が大きいのに、あのまま突っ走れば華奢《きゃしゃ》な身体を壊してしまいそうで、必死に耐えた。

本気で食べられると思っていたり、好きにしてくれと言いながら、子ウサギのように丸まって震えたりしているのだから、呆れてしまう。

あまりに危なっかしくて余裕のない姿に、こちらが緊張する間もなかった。

暗闇に目が慣れてくると、ハロルドはそっと身を起こし、シルヴィアの様子を窺《うかが》う。

銀髪の美しい少女は、白い手袋を嵌《は》めた両手を祈るように固く握り合わせたまま、ぐっすりと寝入っていた。

どうやら伯爵は、娘を溺愛《できあい》どころか欠片《かけら》も愛していなかったらしいし、シルヴィアの自己評価が異常に低いことなど、気になる部分はまだある。

しかし、一つの大きな誤解が解けたことだけは、深く安堵した。

4　魔獣

シルヴィアが目を覚ました時、もうハロルドは部屋にいなかった。

（あんなことをするなんて……）

昨夜のことを思い出し、熱くなった頬を両手で押さえる。

夫婦の儀式については、おごそかな祈祷《きとう》のようなものを想像していたのに、まるで違っていた。

裸体を見られたのも、あの激しい口付けも嫌ではなかったけれど、恥ずかしくてたまらない。きっと朝一番にハロルドと顔を合わせていたら、どうしていいか分からず逃げたくなっただろう。それなのになぜか、ハロルドの姿が見えないのが残念な気もする。

カーテンを開けると、窓の外には朝日に照らされる賑やかな町並みが広がっていた。

気温は低いが、空はよく晴れている。

まだ早い時間なのに、すでに通りは乗り合い馬車や行き交う人々で溢れている。すぐ近くには市場があるらしく、品物を満載した手押し車や荷馬車も多い。黒こげになった建物は、火事になったという宿屋だろうか。昨日の夕食時、宿の食堂はその話題で持ちきりだった。

厚いガラス窓を開けると、雑多な音や匂いが一度に飛び込んできた。

たった数ヶ月前の、静かで退屈な世界とは、何という違い！

塔に住んでいた頃はたくさんの本で世界を知っていたつもりでも、居館に移ったら戸惑うばかりだった。この旅路では余計にそうだ。毎日、世界の新しい部分を知る。

そんな何も知らないシルヴィアを、昨夜のハロルドはさぞ持て余しただろうに、怒ったりしなかった。初めに思っていた通り――どころか、もっとはるかに素敵な人で、いっそう大好きになった。

窓を閉め、そっと手袋を取ってみる。

世の中には、口付けで眠りの魔法が解けたお姫様や、カエルから人間に戻れた王子様もいたそうだけれど、シルヴィアの手はいつものままだった。

（ハロルド様、ごめんなさい）

火傷痕《やけど》などという嘘を彼は信じ、本気で心配してくれていた。罪悪感にギリギリと胸が締めつけられる。

手袋を嵌《は》め、夜着の上から慎重に腹を撫《な》でた。

家庭教師は、シルヴィアの結婚相手が国外の平民出身者と聞くと、こういう場合の相手の望みは、爵位持ちの女性と子を作り、自分の子孫に貴族の血を入れることだと言った。

女家庭教師は厳しく冷淡だったけれど、嘘つきでないのだけは確かだ。彼女はシルヴィアが答えを間違えると鞭《むち》でぶったが、騙《だま》したことは一度もなかった。たった一度だけ、授業でうっかり言い間違いをした時は、きちんとそれを認めて自分の手を鞭で叩いていた。だからとても怖くても、彼女の言うことはきちんと聞いたのだ。

ハロルドの望みが子どもだというなら、何人でも産みたい。シルヴィアとしても、彼と自分の子どもが出来たらどんなに嬉しいかと思う。シルヴィアはそっと、自分の腹部を撫でた。

まだ身体に目立った変化はないようだが、あれだけ熱心に色々としたのだから、きっともう子どもが宿っているだろう。

化物の身で人の子を産めるか不安だが、シルヴィアの両親は確かに人間だった。なら、シルヴィアの子どもだって、普通の手を持っていると希望を持ってもいいだろう。

……そう考えでもしなければ、不安に押し潰されてしまいそうだった。

（最初はハロルド様に似た男の子かしら？　女の子でも、ハロルド様の子どもなら元気な子でしょうね）

小さな卓の上に視線を移すと、指輪を入れた布袋が置かれていた。子どものころ、母の指輪を持ち歩きたがったシルヴィアのために、落としたら大変だと、ばあやが丁寧に縫ってくれたのだ。今ではシルヴィアも大人の手になったが、この呪われた手に母の大切な指輪をつける気にはなれなかった。

布袋を手に取り、シルヴィアは目を細めて遠い空を眺める。シシリーナを遠く離れ、目印だった山脈さえも、もうとっくに見えなくなった。

結婚やハロルドに怯《おび》えていた時は、ばあやのところへ逃げて守ってもらいたいと、そればかり願っていた。

今でも、ばあやに会いたい気持ちは変わらない。自分は元気で結婚相手は優しい方だと知らせたい。この重すぎる罪悪感を聞いてほしいとも思ってしまう。

それに正体を隠したまま、初めて子どもを産み育てるのだ。ばあやに助けてほしいけれど……

『——シルヴィア様。いい加減になさってください。引退した乳母に、いつまでめそめそと甘えるおつもりですか』

家庭教師がある日、甘ったれにもほどがあるという表情で、冷たくそう言ったことを思い出す。

シルヴィアが靴を左右逆に履いて後ろ向きに歩いていたのは、『一日そうして過ごせば、隊商に頼んで乳母を連れてきてやる』と、誰かが部屋に入れたカードの文面を真に受けてのことだと知ったからだ。

使用人の誰かがやったのだろうが、犯人は分からない。皆、自分は絶対にやっていないと言うのだが、居館に移ってからのシルヴィアは、たびたびこういった悪戯《いたずら》をされていた。シルヴィアの世間知らずな部分が、こっけいに見えたからだろう。

こんな見え透いた嘘に騙《だま》される方が悪いと家庭教師はひどく立腹したが、シルヴィアだって、いくらなんでもその日は怪しいと思ったのだ。ただ、悪戯だとしても、ばあやが戻ってきてくれるならと思えば、どうしても無視できなかった。

『ごめんなさい……でも、ばあやが帰ってきて、一緒にフロッケンベルクに行ってくれるなら、私も少しは安心して結婚できると思うの』

しょげ返ったシルヴィアの返答に、家庭教師はイライラとこめかみを押さえた。

『貴女《あなた》は本来なら、もっと早くから貴婦人としての教育を受けるべきでした。なのに乳母から教わったのは、料理や裁縫に身の周りの支度など……まさか一生、塔に乳母と引き篭《こも》って暮らすおつもりでしたか？』

『それは……』

本当はそのはずだったとも言えず、俯《うつむ》き両手を握り締めた。家庭教師も他の使用人達と同じく、シルヴィアが乳母以外の誰にも懐《なつ》かなかったため、仕方なく塔で暮らさせていたという父の説明を、信じ切っているのだ。

『わたくしは、伯爵様が思い切って乳母を下がらせたのは、賢明なご対処だったと思います。乳母は高齢だそうですね？　さぞ北国の寒さはこたえるでしょう。貴女《あなた》に付き合い、あのような塔で長年暮らすのも、相当に負担が大きかったはずです』

『でも、ばあやは……』

小柄な細身で、もう六十近かったけれど、塔の長い螺旋階段《らせんかいだん》を駆け上がれるほど元気だった……。そう言いたかったけれど、細い眼鏡ごしに鋭く睨まれると、震えて声が詰まる。

『……率直に申し上げて、わたくしは貴女を、それほど愚かとは思いません。困った甘え癖はありますが、きちんとした教育さえ受ければ、立派な貴婦人となれるはずです』

家庭教師の言葉に、シルヴィアは耳を疑った。優しい声とはほど遠いが、彼女がシルヴィアにかけた、初めての褒め言葉らしきものだった。

『ですから、ご理解ください。乳母は生家に送り届けられ、親類と幸せに暮らしているそうではありませんか。貴女が乳母を本当に慕うのなら、身勝手な感情で連れ戻すより、余生を幸せに過ごさせてあげるべきですよ』

　そう言われれば、もう頷くしか出来なかった。

　確かにばあやは今まで、シルヴィアの犠牲になっていた。シルヴィアが普通の娘なら、あんな塔で暮らすこともなく、父からももっと厚遇《こうぐう》されただろう。

（――そうね……ばあやは、幸せに暮らしているんだもの……）

　回想から覚めたシルヴィアは遠い旅の空を眺め、溜め息を呑み込んだ。

　ハロルドは道中で必要なものがあれば言うように、と言ってくれたが、ばあやは品物ではない。シルヴィアの我儘《わがまま》で手に入れようとするのは、良くないことだ。

『――シルヴィア様。ばあやは貴女にずっとお仕えしますが、人生は思うようにならないこともございます。もしもの時に困らないように、身の周りのことはご自分で出来るようになってくださいね』

　ばあやの口癖が、頭の中に蘇《よみがえ》る。あれはきっと、こんな未来を想定してのことだったのだろう。

　シルヴィアは想いを内に押し込め、布袋を大切に首へ掛けた。ブラウスに長いスカート、それに温かな胴着とショールを身につけて、慎重に階段を降りていく。

　宿の一階にある食堂は、朝食を急ぐ旅人達ですでに大賑わいだった。テーブルの上ではいくつもの大きな紅茶ポットが湯気をたて、ミルクの瓶がそこここに並んでいる。給仕達はパンやゆで卵にベーコン、ニシンの酢漬け、ピクルスなどを忙しく運んでいた。

「シルヴィア様、こっち！」

そのテーブルの一つをハロルドや騎士達と囲んでいたチェスターが、元気よく手を振る。

「遅くなってごめんなさい」

シルヴィアがテーブルに着くと、ハロルドは「ああ」と小さな声で言って、そっぽを向いてしまった。顔をしかめたまま、厚切りの黒パンでこしらえたサンドイッチを食べているが、横顔が妙に赤い気がする。騎士達は、何か面白いことでもあったのか、ニヤニヤと笑いながら互いに小突き合っていた。

その様子を不思議に思いつつも、シルヴィアはチェスターの隣に腰掛ける。そして、向かいの席に座っているハロルドに、思い切って頼んだ。

「ハロルド様……私にも子どもが宿ったことですし、領地に着きましたら、お産について教えてくださる方を、紹介していただけますでしょうか」

「がはっ⁉」

言い終わるか終わらないかのうちに、ハロルドが盛大にむせ返った。喉にサンドイッチを詰まらせたらしく、身体を折り曲げ、涙目で苦しそうに咳《せ》き込む。

「ごふっ⁉　ちょ、まて……がはっ！　違…………まだ、出来てないっ‼」

悲鳴のような大声に、近くのテーブルにいた人々が興味津々《しんしん》の視線を向けてくる。

さっきまでニヤついていた騎士達やチェスターも、顎《あご》が外れそうな顔で、ポカンとシルヴィアを見つめていた。

「まだ、子どもは宿っていないのですか？」

シルヴィアは拍子抜けして聞き返した。

「そ、そうだ……っ！　俺がどれほど、我慢……いや、ごほっ！」

……一体、どこが悪かったのだろうか。

「もしや……昨夜、私は何か間違いをしたのでしょうか？」

まだ苦しそうなハロルドにナプキンを差し出すと、ひったくるように受け取られた。

「ごほっ！　そうじゃない！　ただ……はぁっ……た……頼むから、少し、黙ってくれ！　げほげほっ！」

ようやくハロルドの咳き込みが収まりかけた時、宿の外が妙に騒がしいのに気づいた。

窓から見える通りの両脇に、人だかりが出来ている。警備兵達が何か運んでいるらしく、笛を吹いて道を空けさせていた。

「おい、なんかあったのか？」

息を切らせて駆け込んできた店の手伝い少年を、近くのテーブル客が捕まえて聞く。

大興奮の少年も、話したくてたまらなかったらしい。大きな身振りで警備兵達を示す。

「ああ！　昨日の火事は、やっぱり火炎犬のせいだった！　やっと殺したってさ！」

すでに食堂中の視線が、窓の外を通りすぎていく警備隊へ向けられていた。

シルヴィアもつられて視線を向けたが、見えるのは警備兵達の槍と冑《かぶと》の先端、それに野次馬《やじうま》の頭ばかりだ。

「魔獣組織の連中は、いつになったらあの化物犬を全部捕まえるんだよ」

近くに座っていた客の中年男が忌々《いまいま》しげに舌打ちすると、同席の男が相槌《あいづち》を打つ。

「まったくだ。余計な抗争なんぞしてる暇があったら、腕のいい魔獣使いをもっと教育しときゃ良かったのに」

やがて警備隊が行ってしまうと、野次馬も自然と散っていき、食堂の客達もまた食事や会話に専念し始めた。

その会話の端々からも『火炎犬』と『魔獣組織』という言葉が聞き取れる。どうやらこの周辺を旅する者なら、知っていて当然の言葉のようだ。

護衛騎士の一人が、ハロルドに話しかけた。

「大部屋に、南下してきた行商人がいたのですが……」

ハロルド達が北国の情勢について熱心に話し始めたため、シルヴィアは隣でライ麦パンを噛んでいるチェスターに小声で聞いてみた。

「火炎犬と魔獣組織って、どういうものなの？」

「魔獣組織は、魔獣を造って売る連中だよ。この辺りには大小の組織がいくつもあるけど、組織同士の抗争も多くて出来たり潰れたりが激しいから、だいたいは個別の組織名より、『魔獣組織』って一括《ひとくく》りで呼ばれてる」

「……魔獣は、人が造っている？」

シルヴィアは驚いた。

魔獣というものは、とにかく普通の獣《けもの》よりも恐ろしくて、人に忌《い》み嫌われる存在であるということしか知らなかった。それらがどうやって生まれたかなど、今まで考えたこともない。

「そうだよ。そもそも魔獣っていうのは、普通の獣を魔法で進化させたものなんだから。火炎犬は数年前に開発された、ドラゴンと犬を掛け合わせた魔獣で、口から猛火を噴くんだ」

「怖そう……どうして魔獣を造ったりするの？」

「……」

チェスターがパンを咥《くわ》えたまま、チラリとシルヴィアに視線を向けた。こげ茶色の瞳がやけに冷めた色に見える。思いも寄らぬ反応にシルヴィアは息を呑んだ。

彼はシルヴィアがおかしな質問をすると、遠慮なく大笑いすることもあったが、必ず親切丁寧に教えてくれる。だが、こんな目をされたのは初めてだ。まるで、そんな質問になど答えさせるなと言われている気がする。

しかしパンを呑み込んでしまうと、チェスターはあっさり言い放った。

「魔獣は兵器として高値で売れるから、どこの組織も熱心に新種を開発して、繁殖させるんだよ。……それに一つの組織が作れば、あっという間に他の組織が真似してはびこる」

いつものような笑顔はなかったが、声も潜《ひそ》めず、つまらない世間話でもするような口調で説明し始める。

「火炎犬は、乳離れの時の調教が難しいんだ。上手く教えないと、餌《えさ》を自分の火で灰にしちゃうからね。その躾《しつけ》が得意な魔獣使いがいたんだけど、少し前にそいつの組織が他組織から潰されて、そいつ自身も殺されてさ。その時に飼育小屋が開いて、何十匹もの火炎犬が逃げちゃったんだ」

「じゃぁ、さっき運ばれていたのは、その逃げた火炎犬なのね？」

　シルヴィアの問いに、チェスターは頷いた。

「火炎犬は用心深いし、そうでなくても逃げた魔獣を捕まえるのは難しいんだ。だいたい、鬼蚕みたいな野生の魔獣なんてのも、元は大昔に作られた魔獣が逃げて、自然繁殖した奴だよ。……造るだけ造って、無責任なもんさ」

　最後にそう言うと、チェスターはこれで終わりだと言うように、残りのパンを口いっぱいに押し込んだ。

　シルヴィアも、マフィンを一つ載せた目の前の皿を見下ろしたが、食欲はすっかりなくなっていた。

　人々に忌《い》み嫌われる魔獣が、人間の手で造られたものだなんて……

　衝撃とともに、ある別の不安がせり上がってくる。

　シルヴィアが知っている魔獣は、せいぜい物語に出てくる何種類かだ。その中には、身体の一部が人の形をしていたり、人語を理解したりするものもいた。

　チェスターの話が本当なら、それらも何か別の動物を使って造られた存在か、あるいはその子孫ということになる。するとその別の動物とは――？

「シルヴィア様、もっと食べませんか？」

　騎士の一人が、厚切りのベーコンを盛った皿を差し出してくれたが、シルヴィアは慌《あわ》てて首を振った。

「……いいえ、もう十分です。ありがとう」

そして小さなマフィンを、芽生えかけた不安と共にリンゴジュースで喉に流し込んだ。

朝食を済ませて、シルヴィア達は城塞都市の門から昨日の道へと戻る。

——旅の六日目が始まるのだ。

今朝はチェスターが御者台《ぎょしゃだい》で手綱《たづな》をとり、そしてシルヴィアの向かいにはハロルドが座って、無言で窓の外を眺めている。

旅の初日と同じ配置に戻ったわけだが、あの時と違い、シルヴィアは座席の隅で震えてはいない。

宿を出立する前、顔を真っ赤にしたハロルドに物陰へ呼ばれ、昨夜はシルヴィアをまた怖がらせたくなかったので途中で止めたのだ、と気まずそうに告げられた。

そしてさらに言いにくそうに、自分は好意を持った女性を前にすると、緊張から無愛想な態度を取ってしまうのだと告白した。

『直せるものなら直したい悪癖《あくへき》だが……どうにも、始末に負えなくてな……すまない』

しかめっ面でそっぽを向きながら早口に言う姿は、本当に無愛想そのものだった。事情を聞いていなければ、間違いなく気分を害していると思ってしまっただろう。

けれど、直したいのに直せない辛さなら、シルヴィアだって誰よりも知っている。自分で欠点だと思っている部分を告白するのが、どんなに勇気が必要なことなのかも……

だからその話を聞いたシルヴィアは、ハロルドをもっと好きになってしまった。

（ばあや……安心して。私の結婚する人は、とても素敵な人よ）

指輪の袋をそっと握り締め、シルヴィアも窓から青空を眺めた。

——小一時間ほど進むと、馬車はいくつもの岩山がそびえる地帯に入っていった。

この辺りは崖崩れが多く、雨季などは特に注意が必要らしい。崩れて剥《む》き出しになった灰色の岩肌には、ポツポツと植物が生えているだけだ。

曲がりくねった道の真ん中を馬車は慎重に進んでいき、シルヴィアは垂直にそそり立つ岩山を感心しながら見上げていた。

「あら……？」

急に馬車が止まった。

シルヴィアが前方に視線を移すと、道の反対側からやってくる大きな馬車と、武装した騎馬の一団が見えた。向こうの馬車はシルヴィアが乗っているのと同じ屋根つきの箱馬車だったが、頑丈ながら見た目も優美なこちらの馬車と違い、鉄板と分厚い汚れた木の板で造られていて、言わば大きな飼育箱という感じだった。

何にせよこの細い山道では、馬車同士がすれ違うのは困難に思える。

ところが向こうの馬車は、岩山に阻《はば》まれ殊更に道が細くなった場所で横向きに停まり、長い車体で道を塞いでしまった。さらに騎馬隊が横並びとなって、シルヴィア達の前に立ち塞がる。

「……あれは、魔獣組織の連中だ」

ハロルドが真剣な顔で言い、シルヴィアの肩に大きな手をかけて、窓から引き離した。

「俺が外に出たら、すぐに鎧戸《よろいど》を閉めて、じっとしているんだ」

そう言ってハロルドは、チェスターがやっていたように窓から身を乗り出して一瞬で馬に飛び移ったかと思うと、腰の剣を抜いた。

フロッケンベルク騎士達も、緊迫した面持ちで剣を抜いていた。

シルヴィアは言われた通り、急いで鎧戸を引き降ろす。魔法灯火《まほうとうか》をつけないと中は暗かったが、鎧戸の端から一筋だけ光が入ってきていた。どうやら鎧戸のネジが一つ、緩んで外れていたらしい。

小さなネジ穴にピッタリと目を付け、息を潜《ひそ》めて外を窺《うかが》った。

「これはこれは、グランツ将軍！　アルブレーヌの伯爵令嬢を娶《めと》るという噂は、本当だったようだ」

騎馬隊の先頭にいた男が、馬から降りて声をあげた。年齢は四十代といったところだろうか。縦横に均整の取れた身体つきで、細かい鎖を編んだ鎧を着て、厚手のマントを羽織っている。青黒い長髪は首の後ろでまとめ、短いひげをたくわえた口元は人を小馬鹿にするようにニヤついていた。

男の腰には長剣と、丸めた黒く太い鞭《むち》がくくりつけてあり、シルヴィアは以前に会った暴漢達を思い出し、身を震わせた。

あの時の男達よりよほど身なりは小綺麗だが、漂《ただよ》ってくる雰囲気が非常に似ているのだ。騎乗する男達も御者《ぎょしゃ》も、それぞれに剣と鞭を携帯していた。

「さすが、魔獣組織の幹部ともなると耳ざといな、ゾルターン。祝いにお前の首でもくれるのか？」

ハロルドが険のある声で言うと、ゾルターンと呼ばれた男は笑い声をあげた。

「残念ながら、俺の首は多頭竜《ヒュドラ》と違って一個しかないのでね。ホイホイと差し上げられんよ」

ゾルターンが腰の鞭を手に取り、地面を打ち鳴らした。それを合図に、ゾルターンの部下達は一斉に剣を抜く。だが、一人だけは馬車に駆け寄って扉の掛け金を外した。

ゾルターンが軽く手首を動かす。しなった鞭が地面を打ち、また激しく鳴った。

「来い！」

弾けるような音と共に、ゾルターンの鋭い声が放たれる。先ほどの嫌な声とはまた違う、有無を言わさず相手に命じるような、独特の気迫が篭《こも》った声だった。

「ひっ！」

シルヴィアは悲鳴をあげそうになり、自分の口を押さえた。

馬車から出てきたのは、長い首を何本も生やしたドラゴン……魔獣として有名なヒュドラだった。牛ほどもある胴は灰色がかった紫の鱗《うろこ》に覆われ、そこから短く太い四本の足が突き出ている。どの首にも長い鎖のついた頑丈そうな鉄の首輪を嵌《は》められ、動くたびに鎖のすれる音がうるさく鳴った。

「……祝儀代わりと言ってはなんだが、将軍ご夫妻をうちの施設にご招待しよう」

剣を構えるハロルド達へ、ゾルターンは薄笑いを向けた。

「大人しく招待を受けてくれれば、フロッケンベルクとの大事な交渉材料として厚遇《こうぐう》する。それとも可愛い奥様の半身を、獣にでもさせたいかな？　ちょうど魔獣の材料に、人間のメスが不足していたところだ」

からかうような笑い声に、穴から見えるハロルドの表情が険しくなる。そしてゾルターンの言葉は、シルヴィアの耳にも鋭く突き刺さった。

（やっぱり……人間も、魔獣の材料になるの⁉）

ネジ穴から飛びのき、座席の足元にうずくまった。今朝からずっと胸中にくすぶっていた不安が、見る見るうちに再燃し始める。

（も、もしかして……私の手も……？）

恐ろしい想像に、手袋に包まれた両手を固く握り合わせる。

逃亡した魔獣が自然繁殖する例があるのなら、自分にはその血が流れているのだろうか？　しかし、父はもちろんのこと、母にも銀鱗など一切なかったそうだ。二人は魔獣などではない。かといって母が不貞を働いたなどとは思いたくもないし、何か他に血を受け継ぐ要因となることがあるのかもしれない。

真相は分からない。しかし、シルヴィアの手に銀鱗があることは事実だ。そして、馬車のすぐ外には、人間を平気で魔獣に変える者達がいるのも、また事実なのだ。

（……三十人近くと、ヒュドラ一体か）

鎖を慣らしながらゆっくりと近づいてくるヒュドラを睨み、ハロルドは敵の人数をざっと計算した。

シルヴィアを連れて帰る途中で魔獣組織に見つからないようにと、殊更少人数で来たのが仇《あだ》になったようだ。この用意周到さから考えるに、おそらくもっと前の都市で、すでに目をつけられていたのだろう。

ハロルドの伴《ともな》っている部下達は、いずれも選《え》りすぐりの猛者《もさ》だ。相手が普通の盗賊なら、この戦力でも軽々と勝てるだろうが、ゾルターンは魔獣使いとしても剣士としても侮《あなど》れない男だ。これまでにもフロッケンベルクの勇猛な武将が、幾人となく奴に殺されている。ヒュドラも強力な魔獣だ。

「……正面突破で逃げるぞ。馬車を全員で守れ」

ハロルドはそう命じる。全力で立ち向かえば勝算はあるかもしれないが、シルヴィアがいる以上、危険な橋は渡りたくない。正面を塞ぐ邪魔な箱馬車を見て、チラリとチェスターに視線を移すと、どうやら同じことを考えていたらしく、ちょうど目が合った。

一方、ハロルドの指示を聞いたゾルターンは、口元を歪《ゆが》める。

「つれない返事だ……かかれ!!」

鋭い声と同時に、太く長い鞭《むち》が唸《うな》りをあげて地面を打つ。するとヒュドラの首が一斉に口を開けた。

魔獣組織の私兵達も一斉に剣を振りかざす。

しかし互いの白刃が激突するよりも、ハロルドが左手で懐《ふところ》の短剣を抜いて投げる方が早かった。

ハロルドの短剣は、一番邪魔だった正面の男の顔面へと突き刺さり、絶叫した男は仰向けに落馬する。御者台《ぎょしゃだい》で弓を構えていたチェスターが、その隙間を狙って素早く矢を射放した。申し合わせたように息の合った連携攻撃だ。

彗星《すいせい》のごとく空を切る矢は、残る私兵達のわずかな隙間を信じられない正確さですり抜け、道を塞ぐ馬車の御者に命中した。右の眼球を射貫かれた御者は、顔に刺さった矢を掴んだまま、悲鳴とともに地面へ転げ落ちる。

「シルヴィア様！　揺れるから、しっかり掴まっててよ!!」

有能な赤毛の少年は、馬車の中にいるシルヴィアへ大声で叫び、御者台の足元に隠してあるスイッチを、思い切り踏み込んだ。

車体にある三つの飾り穴から、破裂音とともに拳大《こぶしだい》の火炎弾が飛び出す。この馬車は一見、見た目重視のようだが、錬金術《れんきんじゅつ》ギルドによる最新武装を施した特注品だ。

魔獣使い達は慌《あわ》てふためいて飛びのいたが、避け切れなかった一人は火炎弾をまともに受ける。ぶつかった瞬間に火炎弾の薬品部分が弾け、一気に燃え広がった。人馬は一瞬にして炎に包まれる。

絶叫があがり、炎の塊《かたまり》となった男は、仲間達の間を転げ回った。背中を派手に燃え上がらせた馬も暴れ回り、ヒュドラにぶつかる。ヒュドラは怒り、ハロルド達に向けていた首を闇雲《やみくも》に振る。たちまち周囲は、煙と悲鳴に包まれた。

その混乱の中でも、敵の一騎が猛然とチェスターに斬りつけようとした。すかさずハロルドの剣が唸《うな》り、血飛沫《ちしぶき》とともに男は振り上げた右手を失う。

残り二つの火炎弾は、道を塞ぐ敵の馬車へぶつかっていた。木製の車体が派手に燃え上がり、驚いた馬達を制止しようにも、御者はすでに事切れている。恐慌状態に陥《おちい》った馬達は、炎上する馬車を引きずって暴走し始めた。馬車は道からどくことになったが、その代わりシルヴィアの乗る馬車へ真正面から激突しそうになる。

襲い来る敵兵を斬り倒していたハロルドはそれを見て、頭上に振り下ろされた剣を払うのと同時に、再び左手で短剣を取り出して投げた。今度の短剣は、暴れ馬達のすぐ目の前を横切り、驚いた彼らの足を止めた。

チェスターも口に咥《くわ》えた手綱《たづな》を巧みに操り、ぶつかる寸前で相手の馬車を避けると、こちらの馬車馬に斬りつけようとしていた男を矢で射貫いた。それから遮《さえぎ》るもののなくなった道を目がけて、猛然と馬車を走らせる。敵のうち何人かの勇敢な者達が道を塞ごうとするが、ことごとくフロッケンベルク騎士達に白刃をもらい、地上へと落とされていく。

「うろたえるな！　馬車を追え‼」

シルヴィアを乗せた馬車が乱戦地帯を突破したの見て、ゾルターンが怒鳴った。火炎弾を喰らった部下が燃えながらのたうち回り、なおも味方を混乱させ続けている様《さま》を見て、舌打ちをする。

ゾルターンは右手に鞭《むち》を持ったまま左手で剣を抜き、地面でもがき苦しむ部下を斬り捨てた。馬の方は、ヒュドラの太い足に踏み潰される。

「女の確保が最優先だ！　騎士には構うな！」

ゾルターンに鋭く叱責《しっせき》された私兵達は、ハロルド達への応戦を止め、馬首を巡らせる。その瞬間に、何人かが襲い来るフロッケンベルクの剣を受けそこねて絶命したが、生き残った者は、シルヴィアの乗った馬車を一斉に追い始めた。

「早く行け‼」

ハロルドが叫び、部下の騎士達も全力で馬を駆る。

岩山の合間を縫う曲がりくねった道を、凄まじい手綱さばきで馬車が駆け抜け、それを魔獣組織が追い、その後をハロルドの部下達が追う形となった。

一人残ったハロルドの前には、ゾルターンの従えるヒュドラが立ちはだかり、多数ある首の一つを勢いよく振り下ろす。ハロルドはとっさに馬を棹立《さおだ》ちにさせ、潰されるのを防いだ。

狙いを外したヒュドラの首はそのまま下に叩きつけられ、地面に亀裂を入れる。ハロルドはすかさず剣を振るい、灰紫の首に一撃を加えた。

さすがに斬り落とすまではいかなかったが、剛剣は頸骨《けいこつ》を砕き、その斬り口からは青紫の血が噴き出す。残りの首が凄まじい悲鳴をあげた。長い多数の首は狂ったように動き、互いに絡み合ってしまう。

『止まれ!!』

ゾルターンが鞭を振るうと、ヒュドラは苦痛に鳴きながらも、ビクリと動きを止めた。

ハロルドは、そのまま無理にゾルターンに斬りかかろうとはしなかった。シルヴィアを守るのが先決と判断したからだ。素早く馬首を巡らせ、シルヴィア達の後を追いかける。

ヒュドラは足が遅いし、周囲に生きた人馬はすでにない。ゾルターンは走り去るハロルドを追えなかった。

ハロルドがようやくシルヴィア達に追いついたのは、岩山地帯を抜けたところにある

小さな村だった。

途中、岩山のあちこちに転がっていたのは敵の死体だけだったため、シルヴィアやチェスター、部下達の無事は確信していたが、それでも村の入り口に止まった馬車と、傍で呑気に手を振るチェスターを見た時は、安堵に力が抜けた。部下達もごく軽傷で済み、馬車も無事だ。

馬車の窓は開け放たれ、中を覗くと目を瞑《つむ》ったシルヴィアが、くたりとクッションにもたれていた。ショールに包《くる》まる血の気の引いた顔は、着ているブラウスよりも白くなっている。怪我はないようだが、さぞ怖がらせてしまったのだろう。

「大丈夫か……？」

開いた窓越しに恐る恐る声をかけると、ぱっとシルヴィアが目を開ける。水色の瞳がハロルドを捉えると、見る見るうちに潤《うる》み始めた。

「ハロルド様!!」

シルヴィアは叫ぶと、唐突に窓から飛び出さんばかりに身を乗り出した。そして白い手袋を嵌《は》めた手を伸ばし、ハロルドに抱きつく。

「っ!?」

硬直したハロルドの頬を、銀髪がくすぐる。

「うっ、う、ぐすっ……ご、ご無事で……良かったですぅ……」

しゃくり上げながら言われ、緊張で頭に血が昇っていく。

「っ‼　あ、当たり前だ‼」

とっさに悲鳴交じりに怒鳴り、シルヴィアを引き剥《は》がしてしまった。

「あ……ハロルド、様……」

窓越しにポカンとしているシルヴィアを前に、はっと我に返って青ざめる。

――俺は、また……っ‼

しかし、シルヴィアは目尻に残る涙を手袋で拭い、困ったように眉を下げながらも小さく微笑んだ。

「申し訳ありません。無礼を……安心して、つい……」

自分の悪癖《あくへき》に対し、こんな風に返されたのは初めてだ。ハロルドは思わず己《おのれ》の耳と目を疑ってしまう。

「……そ、そっちも、無事なら……いい」

そう言うのが精一杯だった。踵《きびす》を返して部下達を集め、この村で休息をとる旨を告げる。

魔獣組織が追ってくる気配はないし、怪我の手当てや馬車の点検も必要だ。疲弊し切った馬も休ませなくてはならない。

ここは小さな村とはいえ、どこの城塞都市からも距離があるため、食堂や馬具屋、医療所など、旅人が必要とする店は一通り揃っているそうだ。

感じのいい老夫妻の経営する食堂に入ると、部下達にシルヴィアを任せ、ハロルドはチェスターを伴《ともな》って外に出る。

傷《いた》んだ軍靴《ぐんか》の底を修理してもらうとは伝えていたが、それは建前で、二人は食堂の裏手にある小さな薪割《まきわ》り場に行った。積み上げた薪の山の陰に座り込むと、彼らの姿は誰の目にも触れなくなる。

朝には晴れていた空は、今にも雪が降り出しそうな鉛色《なまりいろ》の雲で覆われていた。

アルブレーヌ領ならまだ秋の気候だろうが、この地にはすでに霜《しも》と寒風が訪れている。

吹きすさぶ北風もひどく冷たい。南下してきた行商人が言うには、フロッケンベルクではもう十日も前に初雪が降ったそうだ。

ハロルドはマントの襟《えり》を立て、チェスターも毛糸の厚いケープをかき合わせる。

「――まったく、厄介な連中だ」

ハロルドはチェスターに、ゾルターンを殺すまでには至らなかったことを話し、顔をしかめて見せる。

ハロルドが代理領主を務めるバルシュミーデ領は、フロッケンベルクの最南端に位置するだけあり、極寒の北国においても、それなりに作物が取れる土地だ。特にリンゴと薬草の栽培が盛んであり、腕の良い栽培師も多い。薬草は錬金術《れんきんじゅつ》ギルドでも重宝されるので、温室設備などの大掛かりな援助も受けられ、品種改良などの研究も積極的に行われている。

しかしその一方で、以前は国内で最も魔獣組織の被害が大きい土地でもあった。

魔獣に温室を襲われて、育てた薬草を根こそぎ持っていかれる。金品や食料、家畜などの財産を盗まれる。あげく、魔獣製造の材料にと子どもが攫《さら》われるようなことも頻繁にあった。

ハロルドの前任の代理領主も、懸命に対処はしていたが、神出鬼没《しんしゅつきぼつ》の魔獣使いをどうすることもできず、ついには殺害されてしまった。

そこで数年前にハロルドが代理領主を引き継ぎ、前任者が細かく残していた被害の記録をもとに、相手の動きを割り出した。そうして傭兵団時代の経験を生かして立てた戦略でもって迎え撃ったのだ。

領民達にも細かく指示を出し、温室一つを潰すのと引き換えに、多数の魔獣と何人もの魔獣使いを倒した。

その後も魔獣組織がバルシュミーデ領を襲うたびにハロルドは迅速に迎え撃ち、領内における被害は瞬《またた》く間に激減した。

これはもちろん、ハロルドだけの手柄ではなく、兵や領民、さらには詳細な記録を残してくれた前任者の尽力があってこその功績だ。国王にもそう報告し、前任者の遺族にも多額の褒賞を与えてもらった。

しかし魔獣組織にしてみれば、自分達に痛い目を見せてくれた張本人はハロルドだ。さらにバルシュミーデ領の被害が減った分だけ、彼らの利益も減っている。

いくつもの魔獣組織がハロルドを憎み、邪魔者として命を狙っている。今日のように襲われるのも、決して珍しいことではない。

しかし、これからはシルヴィアも狙われるのだと思うと、ハロルドの胸中に不安が広がっていく。ハロルドの妻というだけでも危険なのに、魔獣組織におけるアルブレーヌ領の重要性も考えれば、奴らがさらに執拗《しつよう》にシルヴィアを狙うことは想像に難《かた》くない。

もちろん護衛は付けるが、出来るだけシルヴィアを危険な目に遭わせたくない。

ハロルドは頭を一振りし、慎重にチェスターに向かって尋ねた。

「それで……この結婚について、軍師からどこまで聞いている？」

「アルブレーヌ領のことまで、ハロルド兄が知ってること、全部だよ」

チェスターはあっさりと白状した。ソバカスの残る鼻先に、ひらりと白いものが舞い降りた。

「逆に言えば、それ以上は知らない。例えば……シルヴィア様の妙な部分とか」

手袋を嵌《は》める仕草をされ、ハロルドは頷いた。

「やっぱり気になっていたんだな。昨夜聞いたが、火傷痕《やけどあと》を見せたくないからだそうだ」

「そりゃ、あれだけ必死に隠されればね。貴族の風習とかで納得できるような感じじゃないし……ふーん、そんなにひどい痕だったの？」

チェスターに尋ねられ、ハロルドは首を振った。

「俺は見ていない。治療も勧めたが、どうしても見せたくないらしく嫌がっていた。本人にしてみれば、気になるんだろうな。痛みもないと言うし、無理に見る必要もないだろう。それより……」

そこでハロルドは、伯爵によって歪《ゆが》められた伝言について話した。

「――そういうわけで、ひどい誤解をされていたようだ」

「なるほどね……」

聞き終わったチェスターが顔をしかめる。そして空を見上げ、独り言のようにポツポツと話し始めた。

「変なのは、手袋だけじゃないんだ。シルヴィア様は、なんていうか……見かけは大きくても、中身は急に貴族のお勉強をさせられた子どもみたいだ」
「ああ……そうだな」
それはハロルドも同感だった。
道中、チェスターがシルヴィアと会話しながら、さりげなく彼女のことを探っている
のには気づいていた。
シルヴィアは、詩の朗読や茶会のマナーなど貴族としての教養はあるようだが、その
半面、社会経験で自然と身につくはずの知識は、非常に乏しい。
その上、すれ違う馬車に手を振って喜んだり、チェスターや騎士達におずおずと近寄
る様子は、友達を欲しがっている幼女のようだ。
大部屋で寝るなどと言った時も、「みんなといっしょにおねんねするんだー、わーい」
と、ワクワクしているようにしか見えなかった。
「それに、あのいけすかない伯爵は、嫁《とつ》ぐ娘を送り出すっていうより、害虫を追い払う
みたいな態度だった」
チェスターがまた指摘した。
シルヴィアの丁寧で柔らかな言葉使いや物腰から、愛情を込めて大切に育てられたと
いうことはすぐに分かる。だからこそハロルドも、出立時の光景を妙だと思いつつ、伯

爵が娘を溺愛《できあい》しているという話を信じたのだ。

しかし、伯爵の彼女に対する仕打ちを知った今、とても愛情があったとは思えないし、シルヴィアの方でも父親のことをあまり信じていないようだ。父親の言葉とハロルドの言葉に食い違いがあると知った時に、即座にハロルドの方を信じたぐらいなのだから。

つまり、あれほど怯《おび》えていたのは、ハロルドに対してではなく、『地下牢』という脅《おど》しに対してだったのだろう。

そしておそらく伯爵は、あそこまで強い恐怖を抱くような経験を、シルヴィアにさせたのだ。

「……必要があれば、シルヴィアから話すだろう。どんな育ち方をしたのかは知らないが、少なくともこれからは、普通に暮らせばいい」

結局ハロルドはそう言うしかなく、チェスターも頷いた。

「ま、そうだね。困るほどでもないし」

「領地にいる間は、シルヴィアから離れないように頼む」

腰を上げて伸びをしたチェスターに、ハロルドは改めて頼んだ。

ハロルドはシルヴィアを迎えに行くために、半月も領地を留守にしている。留守中も管理に不都合がないように手配はしていたが、到着と同時に執務に忙殺《ぼうさつ》されるのは間違いない。

シルヴィアの護衛と通訳は、チェスターに任せるのが一番だろう。

「フロッケンベルクの生活に早く慣れるよう……他にも、色々と知識が不足している部分を、教えてやってくれ」

そう言いながら、ハロルドは知らず眉間に皺《しわ》を寄せた。

「不足を色々、ねぇ……」

チェスターが、ジロリとハロルドを睨んだ。

「いいよ。『正しい子どもの作り方』以外なら、なんでも教えるさ」

「うっ！」

懸念していたことを言い当てられぐっと言葉に詰まると、呆れ顔のチェスターに睨まれた。

「信頼してもらえるのは嬉しいけど、俺もお年頃だし、一応は男なんだよ？　うっかりその気になったら実技で教えてもいい？」

とんでもないセリフに、ハロルドは目を剥《む》く。

「駄目に決まっているだろ‼」

怒鳴った時には、すばしっこい少年はもうとっくに薪割《まきわ》り場の端っこまで逃げていた。

「じゃ、そこは自分で頑張るんだね！」

ニヤリと笑われ、ハロルドは溜め息をついて苦笑する。

「……まったく。厳しい従者だ」

内ポケットを探り、スケッチ画を丁寧に取り出して開いた。

先ほど馬車でシルヴィアが浮かべた微笑みは、スケッチ画のそれよりは小さく、まだ不安をはらんでいたように思う。

それでも、その笑みは遠い誰かではなく、確かにハロルドへ向けられていて……それがとても嬉しかった。

5　バルシュミーデ領

――七日目の昼すぎ。

午後の陽射しが、一面白銀に覆われた世界を輝かせていた。遠くに見える森林も雪の帽子を被り、そのさらに向こうには万年雪を抱く高い山脈が見える。

「すごい……全部、真っ白よ」

シルヴィアは馬車の窓から顔を出し、これから住む北国の景色に、驚嘆の声をあげた。

昨晩泊まった城塞都市でもうっすらと雪が積もり、十分に寒いと思っていたが、早朝から半日かけて山の反対側へ回ると、まるで別世界だった。

空気は信じられないほど冷たく澄み渡り、毛皮の襟《えり》がついた分厚いコートを着ていなければ、寒くて窓を開けていられないだろう。これでもフロッケンベルクでは一番暖かい地域というのだから、他はどれだけ寒いのか想像もつかない。

チェスターは御者台《ぎょしゃだい》で手綱《たづな》を取り、ハロルドも騎士達と同様馬に乗っているので、馬車の中にはシルヴィアだけだ。あの魔獣組織に襲われて以来、ハロルドはとても警戒を深めており、シルヴィアにも、宿でも休憩時でも、決して一人にならないようにと言っていた。

　昨夜の宿では、ハロルドとシルヴィアはまた同室になったが、彼はあの行為をしようとはしなかった。

　どうやら子どもを宿すには、もっとたくさんすることがあるようだが、ハロルドは真っ赤な顔をして、おしべとめしべが……というようなことを呟《つぶや》くだけで、具体的には教えてもらえずじまいだった。

　そして、広い二人用の寝台にシルヴィアを一人で寝かせると、いくら言っても聞かずに毛布に包《くる》まって床で寝てしまったのだ。

（……風邪を引いていないと良いけれど）

シルヴィアは心配だったが、斜め前方で黙々と馬を歩かせているハロルドは、この寒さの中でも背筋をまっすぐに伸ばし、頑健そのものだった。

　他の騎士達も寒さなど気にならぬとばかりに、防寒マントのフードの下で半月ぶりの故郷に笑みを見せている。

　バルシュミーデ領の城と市街地は、丸ごと灰色の高い石垣で囲われていた。広い面積を必要とするリンゴ果樹園は石垣の外側にあり、馬車から見える一面に立ち並んだ木々は全てリンゴだと言う。

石垣の一部に作られた立派な門には、片方の柱にフロッケンベルク国の国章が、もう片方にはリンゴを象《かたど》ったバルシュミーデ領の紋章が刻まれている。

「お帰りなさいませ、グランツ将軍！」

門前の衛兵達はハロルドを見ると大喜びし、他の兵にも知らせようと伝令の馬を走らせる。

丁寧に雪かきがされた道を、馬車はゆっくりと進んでいく。

門を過ぎるとすぐ、不思議な透明の半球屋根に覆われた建物がいくつも点在しているのが見えた。あれが薬草温室で、透明な屋根はガラスではなく、魔法で作られた特殊素材だと言う。

夢中で辺りを眺めるシルヴィアに、騎士達が建物を指しながら、それが何であるか一つずつ教えてくれた。

通りには切妻屋根の家が行儀よく連なり、様々な店や工房もある。見事な細工の時計台に、遠くに見える赤いレンガの重厚な建物は、図書館らしい。

一方でバルシュミーデ領の人々も、馬車の窓から顔を覗かせているシルヴィアを興味津々《しんしん》といった様子で眺めた。

「あれが、グランツ将軍の……」

そんな声があちこちから聞こえたが、居心地悪くならなかったのは、好奇心に満ち溢れながらも親しみが篭《こも》った口調だったからだろう。

雪の積もる広場では、たくさんの子ども達が雪遊びをしているのが見えた。

その傍らには雪の小山が作られ、小さな子がソリで楽しそうに滑っている。シルヴィアは、自分もやってみたいがハロルドは許してくれるだろうかと、しばし真剣に考えた。

最も目についたのは、一際高くそびえたつ優雅な古城だった。

白い壁に深緑の切妻屋根。六角形の塔を左右対称に備えた城。これがバルシュミーデ城だ。

この領地は本来、バルシュミーデ公爵家の最後の一人であった、王妃様の所有のものであると、シルヴィアはあらかじめ聞かされていた。

しかしバルシュミーデ公爵位と、フロッケンベルク国の王妃を兼任する彼女は、王都で国王と夫婦円満に暮らしているので、領地管理には代理人であるハロルドが派遣されているのだった。

そのため城は、公務や兵達の駐屯《ちゅうとん》のために使用されており、代理領主は中庭の専用館に住むのが慣《な》わしらしい。

城が近づくにつれ胸の動悸が速まっていき、シルヴィアは馬車の中に顔を引っ込めた。

これからハロルドの妻として、この地で暮らすのだ。だけど、将軍夫人というものがどういう役割をこなすことになるのか、果たして自分に務まるのか分からず、不安でたまらない。

シルヴィアは何よりも大きな不安の種である両手を、固く握り合わせる。

（ハロルド様……ごめんなさい）

何度も胸中で繰り返す。ハロルドの望みを少しでも叶えるよう、出来る限り頑張ろうと思う。それが化物という正体を隠す、せめてもの償《つぐな》いだ。

秘密が暴かれた時のことなど、怖くてもう想像すら出来ない。

異形《いぎょう》の身で図々しく花嫁を名乗った化物と罵《ののし》られ、斬り殺されたくない。

痛いのは嫌だ。それは前から……『鋼将軍』の噂だけを聞いていた時から変わらない。

そして本物のハロルドに会い、彼を好きになるにつれ、今度は別の恐怖が膨らんでいった。

ハロルドに化物と嫌悪されることが、今は一番恐ろしい。

誰にも打ち明けられない両手を固く握り合わせたまま、目を瞑《つむ》って俯《うつむ》いていると、不意に馬車が停まった。

――バルシュミーデ城の正門に、到着したのだ。

馬車から降りたシルヴィアは、丁寧に雪かきされた小道に立ち、深く息を吸って空を見上げた。

冬の太陽が、広い庭の雪景色をまぶしく照らしていた。こんな雲一つない晴天は、この季節には珍しいそうだ。

代理領主のための館は、三階建ての広々とした建物だった。精巧な彫刻が施《ほどこ》された破《は》風板《ふいた》や、美しい模様を象《かたど》った錬鉄《れんてつ》製の窓枠など、ただただ感心してしまう。

もっとじっくり周囲を眺めたかったが、また後日にと促《うなが》され、シルヴィアは玄関の石段を上る。

靴底の雪を落として扉を潜《もぐ》ると、十分に暖房を効かせた館の中は、信じられないほど暖かかった。

広い玄関ホールに入るなり、たちまち汗をかきそうになってコートの前を開けると、エプロンをつけたふくよかな老女が、さっとコートを脱がせてくれた。

「まぁまぁ！　遠くからよくぞいらっしゃいました！　この館で家政を取り仕切っております、イルゼと申します」

少し訛《なま》りのあるシシリーナ語で感極まったように言う彼女からは、とても親しみやすそうな雰囲気を感じ、シルヴィアはほっとした。

ホールにはメイドや庭師など、他の使用人達も集まっていた。

「シルヴィア・フローレンス・アルブレーヌと申します。まだこちらの言葉も拙《つたな》く、至らないところもあるかと思いますが、よろしくお願いいたします」

シルヴィアが、少々怪しい発音のフロッケンベルク語で挨拶し、スカートの裾《すそ》を摘《つ》まんでお辞儀をすると、使用人達は一瞬驚いたようだったが、すぐに嬉しそうに頷き合う。

イルゼやメイド達がシルヴィアを取り囲み、満面の笑みで口々にしゃべりたてた。

「それにしても、お美しい方ですこと！」

「心配していたんですよ。まさかハロルド様が、シシリーナ貴族のお姫様を娶《めと》るなんて思ってもいませんでしたから」

「女性には何かと誤解されやすい方ですから、もしかしたら道中で……」

「――逃げられずに済んだ。幸いにもな」

ハロルドがそう言いながら咳払いすると、メイド達は口を押さえたが、笑いを堪《こら》え切れない様子だった。

そんな彼女達に腹を立てるでもなく、ハロルドも軽く肩をすくめて苦笑する。彼と使用人達との間の深い信頼関係が、一目で分かったような気がした。

シルヴィアも思わず顔をほころばせると、ハロルドとちょうど目が合った。たちまち顔をしかめられ、素っ気無く視線を逸らされる。

「あとは、イルゼに案内してもらってくれ……そっちも準備があるだろう……式の」

ハロルドはボソボソと言い、チェスターの腕を引っ張りつつ、そのまま早歩きで去っていってしまった。

「ハロルド様ったら！」

イルゼは腰に手を当てて、非難がましい声をあげたが、シルヴィアが微笑んでいるのを見ると、ほっと息を吐く。

「どうか、お気を悪くしないでくださいね。あの方も、悪気はないのです」

「ええ。何度も私を助けてくださいましたし……優しい方です」

頷くと、イルゼがまた安堵の息を吐いた。この家政婦は、本当にハロルドを案じているようだ。

そして息をつく間もなく、婚礼の支度が始まった。

道中に聞かされて驚いたが、婚礼の式はシルヴィア達が領地に着き次第、すぐ行われるとのことだった。式の手順や誓いの言葉などは、チェスターが丁寧に説明してくれた。

そして今、本当に全ての準備が万端に整えられ、後は当人達を待つだけの状態という周到さだった。

シルヴィアはイルゼの案内で、館から城に続く小道を歩き、控えの小部屋に通される。

婚礼は教会でなく、バルシュミーデ城の大広間で行われるそうだ。式の後に開かれる祝宴の支度も整っているそうで、ご馳走の良い匂いが城中に漂っている。

婚礼用のドレスも、他のドレスと同じようにシシリーナの仕立て屋で作られたものだが、これだけは使用する布地もデザインも細かく指示されて、北国風の衣装となっていた。

可憐ながら優雅な気品に満ちた純白のドレスは、上半身はピッタリと身体に沿いながら、下半身は花びらを幾重にも重ねたようなスカートが後ろに長い裾を引いている。肩口まで大きく開いた胸元には、水晶の首飾りが掛けられた。

水晶というのは、決して高価な部類の石ではないはずだ。けれど、フロッケンベルクの卓越した技術により加工された精巧な首飾りは、まるで氷の結晶のように燦然《さんぜん》と輝き、どんな宝石にも負けないほどに美しかった。

「シルヴィア様は、お化粧は薄めの方がよろしいでしょう」

化粧なら大得意と言うメイドが、シルヴィアの顔をあらゆる角度から真剣に眺め、薄く化粧を施《ほどこ》し、淡い色の紅を引く。

長い銀髪は綺麗にとかして編まれ、その上にこちらの城で用意されていた長いヴェールと白い冬花で作られた花冠を被る。

人前で手袋を外したくないということは、いつの間にかハロルドがメイド達に伝えてくれたらしい。全ての仕度を終えると、婚礼用の手袋だけを残して、イルゼ達は部屋を出て行った。

彼女達の配慮に深く感謝し、シルヴィアは手袋を外す。そして自分の銀鱗を見ないように目を背けながら、白絹の長手袋を急いでつけた。

他の列席者も、自分の身支度にてんてこまいのようだ。閉じた扉の向こうから、バタバタとせわしなく駆け回る足音や、あれやこれやが見つからないなどといった大きな焦り声が聞こえてくる。

小部屋には暖炉もなかったが、代わりに木の床から暖気が立ち昇り、ドレス一枚でも寒くない。窓からは沈み始めた夕日が一面の雪をオレンジ色に染めていくのが見えた。

やがて扉がノックされ、礼装に黒いマントを着たイルゼが迎えに来た。

「僭越《せんえつ》ながら、わたくしが介添えを務めさせていただきます」

イルゼが丁寧にお辞儀をしてシルヴィアの手を取り、大広間に繋がる広い通路へ導いた。

天井の高い通路に、イルゼとシルヴィアの足音だけが反響する。先ほどの賑やかさが嘘に思えるほど、周囲は静まり返っていた。正装した衛兵が各所に立っているが、誰も彫像のごとく動かない。

通路の突き当たりには、天井まで届く両開きの大きな扉があった。手前に立っていた衛兵達は、シルヴィアを見ると金色の縁取りをしたその重そうな扉を開く。シルヴィアはヴェールの下からそっと視線を巡らせた。

荘厳な大広間には柱はなく、天井は多数の骨組みを変わった形に組み合わせることで支えられている。左右の壁際には領民や兵達がぎっしりと並び、その上部にはいくつかのバルコニーが設置されていて、貴賓席《きひんせき》となっていた。一際柔らかい幻想的な光を放つ魔法灯火《まほうとうか》が、吊るすものもないのに天井近くや来客の頭上でふわふわと浮いている。あれは一体どういう仕掛けなのだろう。

それらに感嘆しつつも、シルヴィアは緊張がせり上がってくるのを感じた。イルゼが案内するのは入り口までで、ここからはシルヴィア一人で歩かなくてはならないのだ。

はるか遠くに思える広間の対面には、婚礼用の祭壇がしつらえられていた。その向こうに立つ長衣を着込んだ老人は、司祭ではなく高位の錬金術師《れんきんじゅつし》だと言う。

この国とシシリーナでは、崇《あが》める神も神の立ち位置も、まるで違う。

シシリーナでは、神の代理人たる教会が大きな力を持ち、人は生まれてから死ぬまで神の下にあり、全てはその御心《みこころ》に適《かな》うよう努めるのが最善の生き方とされている。

しかしフロッケンベルクにおいては、神というのはあくまで象徴的存在であり、現実に人を従える力は持たず、伝説上の生物と同じ扱いだ。

錬金術ギルドは、時にこういった教会のような役割も果たすが、人々に神の代理人を名乗ることは決してない。もしそうしたところで相手にされないだろう。

祭壇の前には、すでに白い婚礼用の衣装を着たハロルドが立っていた。

胸の前で両手を組んだシルヴィアが、磨き抜かれた床に恐る恐る足を踏み出そうとした時、ふと、バルコニーの一つで小さな影が動くのが視界の端に映った。

チラリと見えたのは、ラベンダー色のドレスを着た、可愛らしい幼女だった。髪はシルヴィアよりも色の薄い白銀。背丈は大人の腰ほどもなく、せいぜい四、五歳といったところだろうか。

彼女はちょこんと屈《かが》み、バルコニーの柵の隙間から短い杖を少しだけ突き出すと、シルヴィアの足元目がけて振った。

「っ!?」

途端にシルヴィアの足元から、七色の細かな光の粉が広がり始める。光の粉はまっすぐに伸びていき、正面の祭壇まで光の道を作った。

これも儀式の一つだと事前に聞いていたのに、シルヴィアは思わずヴェールの下で、驚きの声をあげるところだった。

バルコニーを見ると、幼女の姿はすでになかった。あんなに小さな子どもがこれをやったというのだろうか……。それとも、最初から床に仕掛けが施《ほどこ》してあっただけで、幼女の動きは偶然だったのか？

だが、考え込むよりも先に、式を滞《とどこお》りなく進行させなくてはならない。

シルヴィアが光の道を歩むにつれ、七色の粉がドレスの裾《すそ》に付着して、花嫁の姿をさらに輝かせる。緊張で何度も足をもつれさせそうになりながら、何とか無事に祭壇までたどり着いた。

ヴェール越しに見るハロルドは、口元を固く引き結んで険しい顔をしているが、相当に緊張しているのだろう。頬が少し赤らみ、視線が泳いでいる。

錬金術師《れんきんじゅつし》の老人が軽く咳払いをし、シルヴィアは慌《あわ》てて正面に向き直った。

低いしわがれた声が、重々しい調子で婚礼の口上を述べ始める。フロッケンベルク語で紡がれるそれは難しい単語が多く、言い回しも古い時代のものであるため、シルヴィアにはまったく分からない。しかし、それでも構わないとチェスターは言っていたし、騎士達も同意していた。

これはあくまで形式的な伝統行事であり、口上を述べる方も相手が全て真剣に聞くとは思わず、途中で文句を忘れて適当に誤魔化すこともあるらしい。

いい加減なようだが、時代は変わるものなのだし、伝統と革新を共存させるにはそのくらいの気持ちでいた方が上手くやれるのだと、彼らは笑っていた。それを聞いてシルヴィアも随分と気が楽になったものだ。

延々と続く口上を聞きながら、シルヴィアはそっと視線を上に向ける。

広間の正面壁には、北国の大きな国旗が掲げられていた。青い生地の中央に、王冠を抱く白い鳥が描かれ、自らの尾を喰らう黒い蛇が、自身で作った輪で白い鳥を守っている。

鮮やかな青は、フロッケンベルクでのみ作ることが出来る染料からなる色で、この国の象徴の一つだ。白い鳥は王家を表し、黒い蛇は……

錬金術の知識がないシルヴィアでも、大陸で最も有名なこの蛇の名は知っている。

この世の全てを知り、どんな問いにも答えてくれるという伝説の蛇、ウロボロス。

（……教えていただきたいことが、ございます）

描かれた黒い蛇に、心の中で問いかける。もしもウロボロスが実在するならば、聞きたいことがたくさんある。

神の代理人たるシシリーナの教会は、化物や魔獣を悪《あ》しき存在とする。この世に生きていて良いのは、神が祝福したものだけだと言う。化物達が存在するのは、神が善良なものへ与えたもうた試練だそうだ。

その理屈でいけば、シルヴィアは生きることすら許されず、この世界に生まれ落ちたのは、神が愛する他の誰かを高めるため——試練の道具ということになる。

賛美歌の本も祈祷書《きとうしょ》も読んだし、ばあやからも神のありがたい言葉をいくつか教えられた。けれど、あまり心に響きはしなかった。

今思えば、ばあやもそれほど神を信仰していなかったのではないかと思う。お祈りは教養の一環として教えてくれたようだが、特にそれを強要されたこともなかった。

(ウロボロス……私は、どうしても知りたいのです……)

すぐ隣では、ハロルドが身動き一つせず立っている。その存在はもはや、シルヴィアの中でとても大きい。

ヴェールで顔が隠れていて良かったと、心の底から思った。水色の瞳に涙が浮かびそうになってくるのを堪《こら》え、全てを知るという黒い蛇に向かい、心の中で叫ぶ。

(どうして私は、こんな異形《いぎょう》の手を持ってしまったのですか⁉　この手さえなければ、父に愛されましたか⁉　何が悪かったのですか⁉　この手は治るのですか⁉　私のような化物は、やはり誰かの試練の道具でしかないのですか⁉)

言葉は後から後から湧いて出るけれど、それ以上にもっと切実に知りたいことがあった。

（……私は、ハロルド様を騙《だま》しているのに……愛してもいいのですか……？）

その質問を心の中で発すると同時に、錬金術師《れんきんじゅつし》の口上が終わった。

シルヴィアは我に返り、視線を正面に戻す。

祭壇上に婚姻の証書が差し出され、ハロルドとシルヴィアが順に羽根ペンで署名する。

「……では、誓いの口付けを」

老齢の錬金術師が厳《おごそ》かに言うと、ハロルドの肩がビクリと震えた。いっそう強張った顔がシルヴィアを見下ろしている。彼は身体中から軋《きし》む音が聞こえてきそうなほどにぎこちない動作で、シルヴィアのヴェールをめくる。

「〜〜っ！」

顔を真っ赤にしたハロルドが、勢いよく両腕を伸ばして、シルヴィアを抱き寄せた。

そしてがっちりと花嫁を抱き締め、驚くほどの強さで唇を押しつける。

しっかり唇を重ねること数秒。

大広間はシンと静まり返っていたが、弾かれたようにハロルドが身体を離すと、部屋中に笑い声と歓声が湧き上がった。

「ハロルド、なかなかやってくれるではないか！」

顔に刀傷のある壮年の武将が貴賓席《きひんせき》から叫べば、

「将軍、見せつけないでくださいよ！」

と兵達の間からも野次《やじ》が飛び、女性達からも楽しげな嬌声《きょうせい》があがる。気難しそうに見えた老齢の錬金術師《れんきんじゅつし》さえも、愉快そうに大笑いしていた。

ハロルドはさらに顔を赤くしており、シルヴィアもまた気恥ずかしかったが、それ以上に幸せな気分が心に広がっていく。

ほっと息を吐き、祝福してくれた人々を見渡す。

前列にいたチェスターは、礼服を着せられて窮屈そうに首元のタイを引っぱっていたが、シルヴィアと視線が合うと、満面の笑みを返してくれた。

割れんばかりの拍手と歓声の中、シルヴィアはふと、あの不思議な幼女を捜してみたが、ドレスを着た貴賓客で埋まったバルコニーに、その小さな姿は見つけられなかった。

こうして、最後に意外な盛り上がりを見せた婚礼の儀は、無事に終わった。

城の大食堂で開かれた祝宴は、さながら祭りのようだった。

テーブルには北国の温かな料理が満載され、リンゴの蒸留酒やワインの樽《たる》が次々に開けられる。酒のほとんどは招待客や領民達からの贈り物だ。

詰めかけた客達は大食堂に収まり切らず、ホールや廊下に溢れ出していた。

すでに王都への道は雪で閉ざされているので、王家からは特別な魔法便で、祝いの言葉と祝砲が届けられた。祝砲は早速美しい冬の星空に向かって打ち鳴らされ、金と銀の細かな星が無数に四散すると、客達からは歓声と盛大な拍手があがった。

宴席では、たくさんの人が杯《さかずき》を片手にシルヴィアに声をかけてくれた。宴《うたげ》に参加するのも、これほど多くの人に接するのも、生まれて初めてだ。戸惑いつつも、とても嬉しく思った。

しかし次から次へと話しかけられては、せっかくの料理も食べる暇がない。そんなシルヴィアに、イルゼが優しく声をかけてくれた。

「さぁ、シルヴィア様は長旅でお疲れなのですから、そろそろ休まれた方がよろしいでしょう」

家政婦は酔っ払い達を軽くあしらい、シルヴィアを静かな別室に連れて行くと、温かい食事を取らせてくれた。柔らかく煮込んだプディングに野菜のソテーなど、量も内容も、旅と結婚式にくたびれ切っていたシルヴィアを気遣うものだった。

食事を済ませてイルゼと館へ戻ると、メイド達が大張り切りで待ち構えていた。

彼女達は、手袋をつけたままでいいからと、シルヴィアを浴槽に浸《つ》け込み、隅々まで綺麗に洗い上げた。足指の爪まで丹念に磨かれ、泥と薬草を練《ね》ったクリームをたっぷりつけて洗い流した髪は、乾くと銀糸のように輝いた。

仕上げに、身体中にかぐわしい花の香油を塗り込められる。

濡れた手袋を、人目につかないように新しい綺麗なものに替えると、イルゼが白い衣服を持ってきた。

「寝室は十分に暖めておきますから、こちらをお召しになってくださいね」

着せられた白絹の夜着は驚くほど薄く、肌がうっすらと透けて見える。

(少し、恥ずかしいけれど……)

これが花嫁の夜着なら仕方ないと、シルヴィアはその夜着の上にショールだけを羽織り、広い寝台を置いた夫婦の寝室に案内される。

「旦那様も、じきにいらっしゃいます。わたくしはこれで……」

枕元に置かれていたごく小さな魔法灯火《まほうとうか》をつけ、イルゼは退室した。取り残されたシルヴィアは寝台に座り込み、落ち着かない気分で両手を身体に巻きつける。

短い白手袋はしっかりとつけているし、ハロルドもうこれを取ろうとはしないだろう。

しかし、また身体中へ口付けされると思うと、体温が上がり、鼓動が激しくなっていく。

（もっと続きがあるなんて……）

あれだけでも死にそうなほどドキドキしたのに、その上どんなことをするのか、いくら考えても想像がつかない。

ハロルドが説明に窮《きゅう》していたところを見ると、子を宿すというのは相当に難しいことなのだろうか。

（ああ、それでよく童話には、長年子どもを欲しがっている夫婦が出てくるのね）

実に納得のいく考えがまとまり、シルヴィアは胸中で頷く。同時に、自分にそれが上手く出来るのか、不安になってきた。

ハロルドはまだ来る気配がない。彼も大勢の客に囲まれていたから、抜け出すのは難しいだろう。

早く来てほしいような、もう少し気持ちを整える時間が欲しいような、相反する気持ちがせめぎ合う。

どうしたらいいか分からないまま、指輪の小袋を握り締めた。

――一方で。

北国の人間は酒に強い者が多く、ハロルドも滅多なことでは深酔いしない。

その上今日は主役ということもあり、宴《うたげ》の間中、散々に飲まされまくった。招待客には、ハロルドを少年時代から知る老将もおり、またそれが底なしに飲む爺《じい》さんときている。

「カカッ！　まさかお前が無事に、貴族の嫁様をもらうとはな！」

酒瓶どころか樽酒《たるざけ》を抱えた老将は、ハロルドの悪癖《あくへき》も十分に承知している。この婚姻話を聞いた時には、どうなることかと思ったらしい。

「はい、何とか……」

ハロルドの顔が赤いのは酔いだけでなく、結婚式のせいでもある。

衆人の中で誓いの口付けをしなくてはいけないという時に、あやうくまたシルヴィアを突き放すところだった。まさか、あの場で彼女に大恥をかかせるわけにもいかないと、覚悟を決めて勢い込んだあげく、軽く触れる程度で良いところを、逆に熱烈な口付けをしてしまったのだ。

（は、恥じることはない！　しっかりと婚礼の儀を終わらせただけだ!!）

己《おのれ》に言い聞かせ、傍らのテーブルからグラスを取って、一息に呷《あお》る。しかしそれは、弱いリンゴ酒の瓶の隣に置いてあったのに、中身は非常に強い火酒《かしゅ》だった。

しまったと思ったが、口に含んだものを出すわけにもいかずに飲み干す。

普段であれば火酒の一、二杯は平気だが、今日は散々に飲んだ後だ。さすがに酔いが回り始める気配がする。

「……失礼します。少し、飲みすぎました」

老将に軽く礼をし、まだまだ賑わっている宴席を後にする。

フロッケンベルクでの婚礼の宴《うたげ》では、主賓の二人は先に席を外し、招待客は心ゆくまで楽しむのが通例だ。

ふと見渡せば、いつの間にかシルヴィアの姿も消えていた。ちょうど通りかかったイルゼに尋ねると、もうとっくに館へ戻ったと言われた。

「せっかく捕まえなさった花嫁を、婚姻の夜に一人で放っておくなど、言語道断です！」

両手を腰に当てたイルゼに凄《すご》まれ、思わずたじたじとなる。母が生きていたら、やはりこんな風に叱り飛ばされたかもしれない。

「シルヴィア様は、もう寝所でお待ちになっておりますよ」

「ああ、分かった。今すぐ行く」

酔っていたので、それがどういう意味かも深く考えずに返事をした。

外に出ると、酒に火照《ほて》った頬に冬の冷たい空気が心地よかった。館を目指し、雪の積もった中庭を歩き出す。

「——シルヴィア？」

館に入り、寝所の扉を開けると、薄暗い部屋の寝台に腰掛けていたシルヴィアが、はっと顔を上げるのが見えた。

「すまない、待たせたか」

「い、いえ……それほどでは……」

やけにギクシャクしているシルヴィアの隣に腰掛けると、ふわりと花の芳香が漂う。

「ん？　ああ……香油をつけたのか」

両手を伸ばして新妻《にいづま》となった彼女を引き寄せ、細い首筋に顔を埋める。冬の月光を紡いだような銀髪が、さらさらと指の間を零れていく。

「あ、あの……ハロルド様……？　何か、その……ご様子が……」

戸惑ったような声で、シルヴィアが自分を呼ぶ。頭がぼうっとし、思考が上手くまとまらないが、その声がひどく心地よかった。

アクアマリンの瞳が、おずおずと見上げてくる。ちらりと視線を下げれば、薄衣の下に肌が透けて見えて、眩暈《めまい》がした。

せり上がってくる飢《う》えに、知らず喉が鳴る。こんなに欲しいのに、あと少しのところでお預けを喰らっていたのだと、そればかりが頭の中で渦巻《うずま》いた。

考える間もなく、華奢《きゃしゃ》な肩を押して敷布《しきふ》に縫いつけた。小柄な身体をやすやすと組み敷き、そのまま覆いかぶさって口付ける。

「っふ……ぁ……」

口を開かせ、舌を絡めて吸い上げると、かすかに甘い呻《うめ》きがあがった。

ほんの二日前まで何も知らなかったシルヴィアに、自分がこれを教えたのだと思うと、ゾクリとするような満足感が芽生える。

誰の足跡もついていないまっさらな新雪を、もっと踏み荒らしてやりたい気分に駆られた。

「シルヴィア……今日は途中で止めたりしない」

滑らかな頬を両手で包み、潤《うる》んだ瞳を覗き込みながら告げる。

「あ……」

一瞬、シルヴィアは逃げ場を探すように視線をさまよわせたが、やがて頬を染めてコクンと小さく頷いた。あどけない初心《うぶ》な仕草に、さらなる欲情が背筋を這い上る。

彼女の夜着の前を引き裂くような勢いではだけると、真っ白な胸がまろび出た。とっさに隠そうとするシルヴィアを許さず、細い両手首を一まとめにして、片手で掴む。

「きゃっ!?」

短い悲鳴をあげる唇を、もう一度塞いだ。可愛らしい歯列を舌でなぞり、下唇を軽く甘噛みする。

「愛している……」

自然と口をついて出た言葉に、我ながら驚いた。

いくら酔っていようと、こんなセリフを誰かに面と向かって言えたのは初めてだ。

そしてそれは、紛れもない本心だった。

シルヴィアは、いつもと様子の違うハロルドに戸惑っていた。

頭上で戒《いまし》められた両手は、ピクリとも動かせない。普段はすぐに逸らされてしまう鉄色の目は、先日よりずっと熱っぽく、しっかりとシルヴィアを見下ろしている。

「シルヴィア……隠さないでくれ。とても綺麗だ」

低くかすれた声で甘く囁《ささや》かれると、腰の奥であの奇妙な熱が燃え始めるのを感じた。

両手を解放されても、言いつけ通りに胸は隠さず、両手でシーツを握り締めて羞恥《しゅうち》に耐える。

「いい子だ」

ご褒美のように、唇を優しく塞がれた。最初は慰撫《いぶ》するように穏やかで甘かった口付けが、徐々に熱を帯び始める。

大きな手が片側の乳房を包んだ。柔らかく揉み上げ、指の間に小さな先端を挟んで、弄《もてあそ》ぶ。

「んっ！　ん、んっ……」

その痺《しび》れるような感覚に、シルヴィアはくぐもった呻きをあげた。あっという間に固くなった先端をなおも執拗《しつよう》に弄《いじ》られると、心臓を摘まんで弄られているような感覚が強くなっていく。

その間にも口内は熱い舌で蹂躙《じゅうりん》され、強い酒の香りがシルヴィアにも伝わってくる。お菓子や料理に使う時ぐらいしか、酒など口に入れたことはない。しかもこれは、さくらんぼのキルシュやラム酒よりも、もっと強い酒のようだ。伝わるのは残り香にすぎないはずなのに、濃厚な口付けとあいまって、どんどん酔わされていく。

いつしかおずおずと舌を伸ばし、熱心にそれを彼の舌に絡めていた。この口付けが気持ちよくて、自分がもっとしたいと望んでいるのだと、はっきり感じた。

舌が痺《しび》れて、頭の芯が溶けそうになった頃、ようやく解放された。名残惜しそうに離れていく唇と唇の間を、唾液が細い銀色の糸となって繋ぐ。

上体を起こしたハロルドが、礼服の上着を鬱陶《うっとう》しそうに脱ぎながら、小さく笑った。

「そうそう、きちんと言っておくが、一度で子が宿るとは限らない」

「はぁ……はぁ……そうなの……ですか」

荒い呼吸の合間にそう返すと、ハロルドが愉快そうに見下ろしてくる。

「まぁ、一度で出来る場合もあるが、どのみちすぐには分からないな」

そしてとても嬉しそうに抱き締めてきた。

「子どもが宿ったと貴女《あなた》が思い込んだ時は、驚いた」

「それは……ハロルド様が望むのでしたら、一日も早くと……」

「俺が？」

さっきから心臓が壊れそうにドキドキして、舌がもつれそうになる。

『愛している』と、ハロルドは言ってくれた。そして、彼を騙《だま》している身で許されないかもしれないけれど、シルヴィアもまた、彼を愛してしまったのだ。

だからせめて、ハロルドの望みには応えたい。ちゃんと言わなくては……

シルヴィアにいつも勇気をくれる指輪の袋を、しっかりと握って告げた。

「ハロルド様が私を娶《めと》られたのは、アルブレーヌ家の血を継ぐ子どもを望まれてのことだと……おかげで家は救われたのですし……」

ハロルドは、実際に会ったシルヴィアを好きになったと言ってくれたが、そもそもこれは、しかるべき理由があっての政略結婚だ。

もちろん、今ではそれを拒否する気など微塵《みじん》もない。シルヴィアもハロルドが大好きになったのだから、万事が上手くいったわけだ。

しかし、見上げたハロルドは奇妙な顔をしていた。まるで、シルヴィアに思い切り罵《ののし》られたとでもいうような顔だった。

「そうか……貴女は、誠実だな……」

ハロルドは視線を背け、独り言のように呟《つぶや》く。

「す、すみません、何か……」

気に障《さわ》ることでも言ってしまったのかと尋ねる間もなく、力強い腕に引き起こされた。そして息が止まるほど激しく抱き締められる。

「貴女と俺の子どもなら、欲しいに決まっている。だが、俺は……」

喉から絞り出すような、苦しげな声だった。

その直後、唐突に身体を離され、再び敷布《しきふ》へと縫いつけられる。指輪の袋を掴まれ、するりと首から抜き取られた。

「……いや。どうであれ、貴女を娶ったのには変わりない……誰にも、渡さない」

「あ、あの、ハロルド様!?」

首筋に甘く噛みつかれ、彼の言葉はそこで途切れた。反射的に反らした喉へ、音を立てて吸いつかれる。

「シルヴィア、愛している、愛してる」

うわごとのように囁《ささや》きながら、大きな手がシルヴィアの夜着を剥《は》ぎ取る。下着すら剥ぎ取られ、身に着けているのは手袋だけになってしまった。ハロルドも衣服を全て脱ぎ、いくつも傷跡の残る鍛えられた身体が露《あらわ》になる。自分とはまるで違う裸体を前に、慌《あわ》てて顔を背けて目を閉じた。

ゆっくりと身体中を撫《な》でられ、口付けられて、食べられていく。酒の残り香のせいなのか、身体の奥にくすぶり出した熱は、先日よりも格段に強い。

内側から身体が燃えてしまいそうで、怖くなってくる。胸の先端を口に含まれ、吸い上げられると、自分のものでないような高い声が勝手に出る。

必死でシーツを握り締め、唇を噛んでも堪《こら》え切れない。

「んぁっ……、あぁ、あん、んんっ……！」

太腿《ふともも》を撫でる男の手が、徐々に上へと移動していく。やがてそれは脚の付け根に達し、シルヴィアはびくっと震えた。

「や……あ、そこ……はっ……」

片手で胸元の膨らみをゆっくりと撫で回し、もう片方の手で脚の奥の割れ目をなぞられると、クチュンと湿った音がした。下腹から何か蕩《とろ》け出すような感覚はあったが、本当に粗相《そそう》をしてしまっていたのかと、青ざめる。

「ごっ、ごめんなさい……わたし、汚い……」

シルヴィアが小声で言うと、ハロルドがぬかるみに指を遊ばせながら、低く笑う。

「謝らなくていい。感じて濡れただけだ」

「感じる……？　あっ！　あぁっ!!」

殊更音を響かせるように、指を大きく動かされた。

粘つく卑猥《ひわい》な音とともに、今までと比べ物にならないほどの強い刺激が全身を駆ける。

身体の奥底でくすぶる火がいっそう強くなり、耐え難《がた》い疼《うず》きに身悶《みもだ》えした。

目を閉じ、身体をくねらせていると、瞼《まぶた》にそっと唇が落とされた。

「貴女《あなた》の目が見たいのに、すぐ閉じられてしまう。開けてくれ」

耳に唇を寄せて囁かれる。激しい羞恥《しゅうち》が湧き上がり、シルヴィアは固く目を閉じて、いやいやと首を振った。

「何でも言うことを聞くと、言ってくれた」

濃い桜色に染まった耳朶を噛まれ、拗《す》ねた口調で咎《とが》められる。

「あ……あ……」

涙の滲《にじ》んだ目をうっすら開くと、顎《あご》を掴まれ口付けられた。

情欲に染まった鉄色の瞳が間近にある。視線を絡めながらの口付けに、いっそう熱を煽《あお》られた。

ぬかるんだ秘所を撫《な》でていた指が、不意に体内へと差し込まれる。

「っ!? ああっ!!」

内側へ直接触れられる違和感と恐怖に、ついまた目を閉じてしまった。ハロルドは咎《とが》めず、代わりに差し込んだ指をそっと抜き差し始めた。

「あ、ああ……う、く……」

奥から蕩《とろ》け出す蜜の助けを借りて指を動かされると、違和感の向こうに、時折違う感覚が見え隠れする。

根気よく続けられる緩やかな動きにようやく慣れてくると、差し込む指が増やされた。

倍になった質量に喘《あえ》ぎ、羞恥《しゅうち》の涙を目尻に浮かべる。

身体中が焼けつくように火照《ほて》り、息も絶え絶えになった頃、指が一度に引き抜かれた。

安堵に大きく息を吐くと、今度は両膝の裏に手をかけられ、大きく左右に開かされる。

「きゃあっ!? や、あ……あ……」

恥ずかしすぎる格好に慌《あわ》てて脚を閉じようとしても、ハロルドがその間に素早く身体を滑り込ませたので、それも叶わない。

すっかりほころんだ花弁に、固い熱が押し当てられた。感じる大きさに驚き、チラリと視線を向けると、赤黒い凶器のような肉が突きつけられている。

指だけで精一杯だったのに、あんなものが入るわけない。反射的に引きかけた腰を掴まれ、固定されてしまう。

「ひっ……あ、やぁ……ああ……こわい……」

我慢しなくてはと思っても、どうしようもないほど身体が震えてくる。

「すまない、もう限界だ」

かすれた声で訴えられ、押しつける力が強くなった。

途端甘い痺《しび》れが湧き上がり、恐怖に涙を流しつつ喘ぐ。濡れた花弁が、くちゅりと音をたてて先端を咥《くわ》える。何度か浅く突かれるうちに、奥からまた蜜がとろりと溢れた。

甘い痺れがまた背筋を駆け抜け、ふっと力が抜ける。それを見計らったように、ハロルドが腰を進めてきた。

「――――っ!!!」

肉の凶器で切り裂かれた体内で、激痛が起こる。目の前が真っ赤に染まった。

あまりの衝撃と痛みに、声も出ない。

大きく目を見開いたまま、喉を反らしてパクパクと無言で喘ぐ。宙を掻いた手が無意識にハロルドの肩を強く掴み、手指を食い込ませていた。手袋をしていなければ、爪で彼の肌を傷つけてしまっていただろう。

「……っあ、あ、あ、く……ぅ……」

最初の激痛が過ぎても、凶器を咥《くわ》え込んだままの箇所からは絶え間ない痛みが襲い、シルヴィアの全身が強張る。ぎちぎちと身体に力を込めていると、優しく額を撫《な》でられた。

「ゆっくり息を吐いて……力を抜けるか？」

「は……はい……」

苦しそうに眉を寄せたハロルドに促《うなが》され、懸命に力を抜こうと試みる。

その間に、大きな手が何度もシルヴィアの前髪を梳《す》き、頬を撫でていく。

「あ……ん……ん……」

少し荒れている指で唇の表面をなぞられると、心に灯りが燈《とも》ったような気がした。魔《ま》法灯火《ほうとうか》のような、柔らかで心地良い灯りだ。

穏やかな愛撫《あいぶ》を施《ほどこ》されるうちに、痛みが少しずつ和らいでいく。苦痛に硬直した身体が徐々に蕩《とろ》け、男がさらに腰を進めるのを、滲《にじ》み出した蜜が助ける。

熱い杭《くい》が根元まで埋め込まれると、結合部へ潜《もぐ》り込んだ指がそっと花芽を摘《つ》まんだ。

「ひぁっ!?　あっ！」

初めて感じる急所への刺激に、串刺しにされたままシルヴィアは大きく喘《あえ》いだ。触れるか触れないかの力で弄《いじ》られ続けると、身体の中で行き場を失っている熱が、解放を求めて暴れ狂う。

「あっ！　だめっ！　も、もう……あ、あああぁ!!」

死んでしまいそうと訴えかけた刹那《せつな》、身体の奥底で熱が弾けた。

瞼《まぶた》の裏で白銀の火花がチカチカと瞬《またた》く。ハロルドを咥え込んだ箇所がひくつき、大量の蜜を溢れさせる。

「は、はぁ……はぁっ……」

荒い呼吸を繰り返し、上下する胸の尖った先端が揺れる。ふわふわと身体が浮いているような気がして、何もかも夢のような心地がしてくる。

両目を潤《うる》ませたままぼんやりしていると、唐突にハロルドが腰を動かした。

「ひあっ!?　ああっ!!　あっ!!」

内壁を擦《こす》り上げられ、身体が揺れる。痛みはまだ完全に収まり切らないのに、あの弾けた熱の残滓《ざんし》が、それを誤魔化してしまう。

激しすぎる感覚に、気持ちいいのだとも気づけなかった。

肌の打ちつけられる音が部屋に響いても、もう羞恥《しゅうち》を感じる余裕すらなかった。ハロルドにしがみつき、ひっきりなしに声をあげてむせび泣く。

「あっ！　ああっ！　は、ん、ああっ!!」

身体の内側が勝手に蠢《うごめ》き、突き入れられた熱を放すまいと絡みつく。

やがてハロルドが低く呻《うめ》き、シルヴィアの奥で彼の熱が膨らんだ。ドクドクと熱い飛沫《しぶき》が最奥に叩きつけられる。

「あっ……あ……」

奥を満たしていく熱に悶《もだ》え、身をくねらせる。

しっかりと互いに片手を絡めたまま、ハロルドにもう片方の手で抱き締められ、唇を塞がれた。表面を触れ合わせるだけの穏やかな口付けに、心地よい幸せがじんわりと心身に浸透していく。

激しい鼓動がようやく静まりかけた時、握り合わせていた方の手が、不意に引かれた。

意図的か無意識か、ハロルドの指はシルヴィアの手袋を掴んだまま。

手首までの短い手袋は、あっけなく外れてしまった。

「っ!!!」

鉄色の視線が、しっかりと異形《いぎょう》の手を捉えた。

「あ……あ……」

極限の疲労に動かない身体を、シルヴィアはガクガクと震わせる。

もうだめだ……見られてしまった……

だが――

「――綺麗だ」

「え……？」

聞き返そうとしたが、ハロルドはドサリと敷布《しきふ》に頭を落とし、目を閉じて熟睡していた。

シルヴィアもまた限界を迎えていた。くらりと視界が揺れ、片方の手を晒《さら》したまま、ハロルドに寄り添い眠り込んでしまった。


翌朝。

目を覚ましたシルヴィアは、まだぐっすり眠っているハロルドに抱きかかえられ、ともに毛布に包《くる》まっていた。

静かに身を起こすと、敷布についた赤い染みと、太腿《ふともも》を伝う乾きかけた血の筋に気づいた。ひりついている箇所は、まだ何か挟まっているような感覚がする。

手袋をしていない右手で恐る恐る触れると、白い液と赤い血が入り混じったものが、手指を汚した。

「……っ」

シルヴィアが慄《おのの》くと同時にハロルドがかすかに呻《うめ》き、閉じた瞼《まぶた》を痙攣《けいれん》させる。とっさに手袋を嵌《は》めるのと、鉄色の目が開かれたのは、ほぼ同時だった。

「あの……ハロルド様……」

頭の中がごちゃつきすぎて、上手く話せない。

思いもしなかった行為の数々に、激しい痛み。

それを上回る別の感覚にも驚いたし、何より最後にハロルドは、シルヴィアの手を見たのだ。

そしてはっきり『綺麗だ』と言ってくれた。

期待する一方で、もしかしてあれが夢だったらと思うと、怖くてたまらない。

ハロルドは横たわったまま、二、三度目をしばたたかせ、弾かれたように上体を起こした。そしてとても硬い表情でしばしシルヴィアを見つめる。

「昨日は、その……身体は大丈夫か？」

「は、はい……」

「それから……手袋を脱がせてしまったが……」

ドクンと、心臓が大きく跳ねた。目を瞑《つむ》り、両手をしっかり握り合わせ、身体を縮こませる。俯《うつむ》いたままでいると、呻くような苦しげな声が降ってきた。

「――すまない。貴女《あなた》の気にしていた手は、見なかったも同然だ」

「……え？」

シルヴィアは大きく目を見張る。

見ればハロルドは心の底から後悔しているかのように眉をひそめ、額を押さえていた。

「酔っていたなど、言い訳にもならないのは承知だが……手袋を外した瞬間から、その、記憶が……」

ポタポタと、零れ落ちた涙がシーツを濡らした。堪《こら》えようとしても、涙はシルヴィアの両目から次々と溢れてくる。

「っ!?　俺はまさか、ひどいセリフでも……」

焦りを見せるハロルドにシルヴィアはまた俯き、首を振った。そして手袋で涙を拭き、無理やり笑みを作る。

「いいえ。ハロルド様は、とても優しくしてくださいました……どうぞ、お気になさらないでください。私は信じられないほど、嬉しかったのです」

嘘ではない。ハロルドは、とても優しくしてくれた。一瞬でも、甘い夢を見せてくれた。この手を綺麗だと言われ、夢かと思うほど幸せだった。

――ハロルドにとっては、それこそ記憶にも残らない、夢の出来事だったのだけれど。

(――俺というやつは……!)

湯浴みをしながら、ハロルドは己《おのれ》に毒づく。頭を振ると、鉄色の短い髪から雫《しずく》が飛び散った。

彼は現在、シルヴィアをイルゼに託《たく》し、寝所から逃げ出してきたところだ。寝所には他にも浴室があるし、イルゼならこういう状況でも安心して任せられる。

目に涙を浮かべて微笑むシルヴィアは、かなり無理をしているのが一目瞭然《いちもくりょうぜん》だった。抱いた時の記憶はかろうじてある。破瓜《はか》の痛みに涙を流しても、最後は縋《すが》りついてくれた。

しかし肝心なのはその後だ。

どうして手袋の中を見たいなどと、思ってしまったのか。

彼女の中で果て、いっそう愛しいと感じた時に、ちょうど手袋が目に入った。やり切れない感情が湧き上がったのは、その瞬間だ。

――貴女は、俺を何も信じてくれないんだな……

ハロルドがこの結婚において望むのは、貴族との縁戚関係であり、アルブレーヌ伯爵家の血筋だと、シルヴィアが思うのは当然だ。一般的な政略結婚とはそういったものだ。爵位目当てと軽蔑されるのは最初から覚悟していたし、それこそハロルドだって、本来はシルヴィアと恋愛をしないという前提のもとで結婚を承諾したはずだ。

愛ではなく互いの利益で繋がる、極めて冷静な政略結婚こそが、望む形だったのだ。

だが、シルヴィアにうっかり一目惚れをし、そのあげくに今ではその無邪気で優しい中身も全て、すっかり愛してしまった。

そして、いつの間にか自惚《うぬぼ》れていたのだ。ハロルドの無愛想な態度にさえも優しく微笑み返してくれたから、もしかしたら彼女もハロルドを愛してくれるようになったのかと……。

しかし結局、彼女は政略結婚の義務を果たそうと、努力していただけだった。

おとなしくハロルドに抱かれ、微笑んでくれるのは、買われた身として、誠実にその立場に甘んじようとしているだけだ。

想い人に通じる、あの大切な指輪を握り締めながら、貴方《あなた》は自分を爵位目当てに抱くのだと、微笑みながら残酷に告げてくれた。

……多分、それがまったくの間違いではなかったから、余計にこたえたのだろう。

この結婚はハロルドの一存で決まったのではなく、本来国の利益のためのもので、ハロルドにはこれを成功させる義務がある。彼女の意思を無視し無理やりに娶《めと》ったのも、アルブレーヌ領の採掘権を狙っているのも確かだ。

――だから、貴女《あなた》の心を占める他の存在がいても許すし、何も聞かない。無理に俺を愛せなどと言わない……だけど、せめて……俺が、貴女自身を愛している……せめて、それくらいは信じてくれても良いじゃないか！　愛していると、ちゃんと告げたのに！

昨夜あの手袋を前にして、以前、この中に隠された醜《みにく》い火傷痕《やけどあと》を見れば自分を娶《めと》ったことを後悔すると涙ながらに告げたシルヴィアの声が脳裏に蘇《よみがえ》った。

後悔なんかするものか。たかが火傷痕くらいで、貴女を嫌うものか。どんな手をしていたって嫌悪なんかしない。それを証明すれば、貴女は俺を、信じてくれるのか⁉

そんな想いにかられ、無理やりに手袋をむしり取ったのだから、我ながら惚れ惚れするほど最低で自分勝手な行動だ。

今度こそ、誤解ではなく、ハロルド自身がシルヴィアを深く傷つけた。

肝心な手袋の下の火傷は、本当に覚えていない。

相当に酔いが回っていたのだろう。視界も思考もボンヤリしていたせいか、火傷痕などまるでなかったように思う。

だからといってあの行為が許されるわけではない。なのに、必死に許そうとしているシルヴィアが、いっそう痛々しい。

「っ‼」

拳《こぶし》を固め、自分の額を殴った。

瞼《まぶた》の裏に、夢うつつの瞬間がチラついている。

ほっそりした指に、貝のような可愛らしい爪……それらに長い艶《つや》やかな銀髪が絡まり、それから……

それ以上は覚えていないのに、ただ心から綺麗だと思った。

そしてもう一つ、こう思ったのを覚えている。

――ああ、だから彼女は《銀の娘《シルヴィア》》なのか。

こういうことに慣れているらしいイルゼは、シルヴィアの身体を手早く清め、まだヒリヒリ痛む脚の間に軟膏《なんこう》を塗ってくれた。

湯浴みを終えると、荷物の中にあった普段着用のドレスがすでに出されており、やはり手早く着せつけられた。旅装ほど身軽とはいかなくとも、やたらとコルセットを締められたりしないので、苦しくはない。仕上げに温かな毛のショールを肩にかけてもらったところで皆と食事を取りたいと言うと、イルゼは心配そうに尋ねてきた。

「朝食は、本当にお部屋へお運びしなくてもよろしいのですか？」

貴族の女は、食事は静かに取りたいのではないかと、気を回してくれたようだ。

なお、ハロルドはすでに城の執務室へ行ってしまったそうだが、普段は館の使用人と一緒に食事をとるらしい。彼は爵位こそ持たなくとも、今や有力軍人の一人であり、実質的な立場は下手な貴族よりも上なのに……とイルゼは言う。

「私も皆さまと朝食をいただきたいです」

シルヴィアの返答に、イルゼは大きな身体を揺すって笑った。

「あらあら、チェスターの言う通りでしたわ。奥様は絶対にそうおっしゃると、あの子ったら一歩も譲らないんですよ」

大柄で恰幅《かっぷく》がよい彼女は、小さく細身だったばあやとはまるで対照的だ。しかし細やかな気遣いや優しい物腰は同じで、シルヴィアはもう彼女が好きになった。そしてチェスターが相変わらず、人の内面をよく見抜いていることにも驚いた。

「ここに来る途中も、宿の食堂は賑やかで楽しかったですから」

まだ少し落ちこんでいた気分がすっと楽になり、シルヴィアは微笑んでつけ加える。

塔ではずっと、ばあやと二人きりの穏やかな食卓だった。居館に移ってからの食事は、広い冷え冷えとした食堂で家庭教師ととる、テーブルマナーの授業となった。

ばあやもお行儀には厳しかったから、家庭教師と食べていても叱責《しっせき》されることはあまりなかったが、それでも楽しい食卓とは言いがたかったし、何を食べても味気なく、砂を噛むようだった。旅の途中、雑多な食堂や焚き火の周りで皆とした食事の方が、ずっと美味しいと感じる。

食堂に向かう途中、長い廊下には何枚かの肖像画がかかっていた。歴代の代理領主と、その家族だと言う。

「ハロルド様は、未だに肖像画を描かせないのですけどね。あの方は全く、妙なところで恥ずかしがり屋ですから」

絵画の列を眺めるイルゼは困ったものだと言いたげだが、シルヴィアはいかにもハロルドらしいと頬を緩めた。肖像画を描かれることがいかに緊張するかは、身をもって経験済みだ。

「あ……」

肖像画の列の最後に目を留め、思わず小さな声をあげてしまった。

「奥様の肖像画も、さっそく飾らせていただきましたわ」

嬉しそうに言うイルゼの横で、シルヴィアはなんとも居心地の悪い気分になった。

豪華な金の額縁の中で、油絵で描かれた自分が、非常に薄気味悪い半笑いを浮かべている。

これが描かれたのは居館に移ってすぐのことで、シルヴィアは混乱と不安の極みにあった。画家からは微笑むように言われ、父からは伯爵令嬢としてもっと毅然《きぜん》とするように言われ、困ったあげくがこの半笑い顔だ。

——我ながら、夜中に一人でこの前を通りたくないほど不気味な肖像画だと思う。

「さぁ、食事に参りましょう」

イルゼに促《うなが》され、シルヴィアはそそくさと肖像画から離れた。

出来ればあれを外して、代わりに花の絵でも飾ってくれればいいのに……と思いながら。

大きな暖炉のある食堂では、すでに食事の用意が調《ととの》っていた。リンゴと薬草の産地だけあり、薬草のお茶が香ばしい湯気を立て、ローズマリーを練り込んだパンや、アップルタルトに干しりんごなどが並ぶ。温かなグラーシュや大きなオムレツもある。

「いや〜、肖像画よりはるかにお綺麗な方で、驚きましたわ」

白い豊かなひげを蓄《たくわ》えた庭師が、シルヴィアのカップに薬草茶をたっぷり注いでくれる。

「シシリーナとはまるで気候が違いますからな、お身体には気をつけなすってください
よ。もっとも、家内の薬草茶を毎日飲めば、風邪など寄りつきませんがな」

「まぁ、あなたったら」

得意そうな庭師の言葉に、イルゼが照れくさそうに笑い、その丸い頬には赤みが差す。

「ありがとうございます。美味しいお茶ですね」

どうやら夫婦らしき二人のやり取りに、シルヴィアまで心がほんわりと温まってくる。

自分もハロルドとこうなれれば、どんなに幸せだろうと思う。

今朝彼は、手袋を脱がせてしまったのをひどく悔やんでいるようだった。服を着て急いでイルゼを呼ぶと、そのままシルヴィアとは顔も合わせずに出て行ってしまったのだ。

この老夫婦とは積み重ねた年月が違うのだから比べても仕方ないと分かっていても、見えない隔たりを感じて悲しくなってくる。

何よりその壁を堅固にしているのは、シルヴィアの方なのだ。秘密を抱えてコソコソし、手袋一つで大袈裟《おおげさ》に泣いてしまっては、打ち解けられないのも当然だろう。

(……ハロルド様と、今夜もあれをするのかしら？)

一度で子ができるとは限らないと言っていた。あの激痛は辛かったけれど、ハロルド

に抱き締めてもらうのは、とても心地よく幸せな気分になる。

思い出すと頬が赤くなってしまいそうで、シルヴィアは慌《あわ》てて薬草茶を飲み、庭師のおしゃべりに耳を傾けた。

賑やかで楽しい食事を終えると、チェスターに館や城を案内してもらうことになった。

「ハロルド兄から、変な伝言のことは聞いた。ここの地下は怖くないから、見てみなよ」

「でも……」

陽気に笑うチェスターに手を引かれ、恐々と階段を降りると、そこにあったのは長い冬を越すための清潔な貯蔵庫だった。魔法灯火《まほうとうか》の設備も整い、恐れていたネズミだらけの暗い地下牢などどこにもなかった。むしろここなら、一冬くらい快適に巣篭《すご》りできてしまいそうだ。

「安心してくれた？」

「え、ええ……素敵なところね！」

安堵のあまり笑いがこみ上げてきた。

それから巨大な酒樽《さかだる》や積み上げられた小麦袋を撫《な》でていると、チェスターが手招きした。

「さ、今度は城を案内するよ」

昨夜も雪が盛大に降ったらしいが、庭師がせっせと雪かきをしてくれたので、分厚く積もった雪の中にはちゃんと城までの道が出来ていた。

午前中いっぱいかけて、シルヴィアはバルシュミーデ城を見学したが、ほんの一角しか見ていないのに、驚きと感激の連続だった。

意匠《いしょう》を凝《こ》らした美しい城というだけでなく、フロッケンベルクならではのさまざまな仕掛けが随所に施《ほどこ》されている。

魔法灯火はもちろんのこと、魔法で水を完璧に浄化する装置もあり、上階でも蛇口をひねるだけで飲み水が出る。雪に閉ざされる冬でも、魔法の通信機のおかげで他の領地との連絡が可能らしい。

魔法や錬金術《れんきんじゅつ》を使ったものだけでなく、精巧な機械仕掛けの大時計に、馬小屋に干草を送り届ける大掛かりなリフトなどもあった。

いくら見ても飽きず、あっという間に昼になってしまった。

一度、昼食を取りに館に戻り、しばらくイルゼ達と話をした後に、チェスターと再び城へ向かう。

「えーと、大広間は昨日見たから……」

次はどこを案内しようかと思案しているチェスターの隣を歩き、シルヴィアはふと、昨日の結婚式を思い出した。

「昨日の結婚式で出てきた光の道も錬金術《れんきんじゅつ》なの？　それに、宙に浮いていた灯りも……」

「いや、あれは魔法だよ。灯りも錬金術ギルドの製品じゃなくて、純粋な灯火の魔法なんだ」

チェスターの言葉に、シルヴィアは首を傾《かし》げた。

「それなのだけれど……錬金術と魔法は、どう違うの？」

旅の間も疑問だったのだが、どうやら両者は別物らしいのだ。しかしシルヴィアにしてみれば、どちらも同じものにしか見えない。

「魔法は、生まれつき魔力を持っていないと使えないんだ。錬金術はその魔力を様々な器《うつわ》に移して、誰が使ってもそこに篭《こ》めた魔法と同じ効果を出せる品物を造る技術だよ」

「じゃあ、錬金術師は、魔法使いでもあるのね？」

「そういうこと。ついでに言えば、魔法を篭める器には、金属や薬草が使われるんだ。だから、錬金術が発展する過程で精錬や金属加工の技術も上がったし、薬草研究も進んで、不治の病《やまい》の特効薬なんかも出来たんだよ」

「治らなかったはずの病気を……？」

シルヴィアは驚きに目を見開き、無意識に両手の手袋を弄《いじ》った。

　確かハロルドも、宿でフロッケンベルクの医療は進んでいると言っていた。あの時は、錬金術の凄《すご》さを実感しつつも、銀鱗が医術で治せるはずがないと思って断ったのだが……

（不治だった病も治せた錬金術なら……この手も治せるのかしら……？）

　かすかな期待が、胸中に湧いてくる。

「……何か、気になることでもある？」

　不意にチェスターから声をかけられ、あやうく飛び上がりそうになった。

「そ、その……錬金術って、とても素晴らしいと思って……たとえば、どんな病気を治せるのかしら？」

　さりげなく尋ねると、チェスターは笑って城の一角を親指で示した。

「詳しく聞きたいなら、うってつけの人を紹介するよ。錬金術師シャルロッティ・エーベルハルト。まだ階級は見習いだけど、知識も魔力も超一流だ」

　そう言うチェスターに連れて行かれたのは、城の温室に近い客間だった。

　シャルロッティという女性は、普段は王都に住んでいるのだが、今は薬草の研究開発のため、バルシュミーデ城に滞在しているそうだ。

（女性の錬金術師なんて、どんな人なのかしら……）

会ってからのお楽しみと言われ、廊下を歩きながらあれこれ想像したが、厳しかった女家庭教師のイメージしか浮かばなかった。立派な扉を前に、緊張で背筋が震える。

「――お越しいただいて光栄ですわ。グランツ将軍夫人。錬金術師《れんきんじゅつし》見習いシャルロッティ・エーベルハルトと申します」

扉を開けた女錬金術師は、スカートの裾《すそ》を摘《つ》まみ、優雅にシシリーナ風のお辞儀をした。

シルヴィアは思わずポカンと口を開けて、背が自分の腰元までしかない彼女を見下ろす。

真面目くさった顔でシルヴィアを見上げているのは、結婚式で光の道を作り出したあの幼女だ。

間近で見て気づいたが、彼女の瞳はとても風変わりだった。左がアイスブルーで右がスカーレットなのだ。

二色瞳の幼女は、今日はブラウスにスカートという平服で、裾を引きずりそうな白衣を袖まくりして羽織っていた。白銀の髪は高い位置で兎《うさぎ》の耳のように二つに結んでいる。

「こ、こちらこそ……あの……貴女《あなた》が……」

しどろもどろに挨拶しようとすると、チェスターが噴き出した。

「シャル！　シルヴィア様が困ってるじゃん。猫かぶりはやめて、普通に話してあげなよ」

すると、優美な陶器人形のようにツンとすまし顔をしていたシャルロッティが、ぷうと頬を膨らませた。

「あら、猫かぶりなんて失礼な。礼節ある応対と言ってちょうだい」

その口調はまだまだ普通の幼児とはかけ離れていたが、さっきよりも随分と親しみやすく聞こえた。

「そうやって話してもらえる方が、私も良いのだけれど……」

シルヴィアがおずおずと伝えると、シャルロッティは仕方ないとばかりに肩をすくめた。

「あら、そう。シルヴィア様がそう言うなら、構わないわね。どうぞ、ちょうどお茶にしようと思っていたの」

チェスターは部屋の外で待っていると言い、シルヴィアは見た目も中身も風変わりな幼女と二人で部屋に残された。

どうやらここはかなり上等の客間らしく、カーペットも調度品も極上のもので、壁には美しい絵画が飾られている。奥には続きの間まであるようだ。

クッションの良い長椅子を勧められて、戸惑いながら腰掛ける。飴色《あめいろ》に光るマホガニーのテーブルには、陶器のティーセットとクッキーを盛り付けた皿があった。

シャルロッティは、水の入ったポットの上で短い杖を振り、シルヴィアにはよく聞き取れない発音の呪文を唱えた。すると冷水は一瞬にして沸騰し、熱い湯になる。

「わぁ……これが、錬金術《れんきんじゅつ》じゃなくて魔法なのね……」

「ええ、そうよ」

シャルロッティは、隅の戸棚からティーカップをもう一組持ってくると、小さな手で手際よく紅茶をいれてくれた。

「……それで、病気の治療について知りたいそうだけれど？」

向かいに腰掛けたシャルロッティに尋ねられ、シルヴィアは思案に暮れた。

これの正体がまだ病気かどうかもはっきりしないのに、果たして話していいものだろうか。

「え、ええ……不治の病《やまい》も治せるようになったなんて、感激して……」

結局、手袋は外さないまま、まずは当たり障《さわ》りのない会話から始めることにした。

「そうね……千日咳に、青化病《せいかびょう》。腐《くさ》り病もごく初期なら……」

紅茶を飲みながら、シャルロッティはいくつかの病名を挙げた。シルヴィアの知らない病名がほとんどで、シャルロッティはそれらの症状なども簡単に教えてくれた。

どれも恐ろしい病だったが、銀でも他の色でも、身体に鱗《うろこ》が生える病気など、その中には一つもなかった。やはり自分の鱗《うろこ》は、病ではないのかもしれない。

「……本当に凄《すご》いのね」

それでも錬金術《れんきんじゅつ》の副産物による薬が多くの命を救ったことは確かで、シルヴィアは心から感服した。

「それなら、たとえばその……魔獣にされた生物を、元に戻せたりも、するのかしら？」

後に残る可能性として、考えたくはないが、自分はやはり魔獣の子孫ということもあり得る。たとえそうだったとしても、治療法さえあるなら、思い切って打ち明ける価値はあるだろう。

そうすればもう、ハロルドを騙《だま》さずに済む。今まで隠していたことに違いはないが、きちんと説明して謝ろう。

半分ほど空《から》になったティーカップを置き、シルヴィアは祈るような気持ちで、手を膝の上で握り合わせる。

「無理ね」

「……え？」

返答は、あっさりとした否定だった。シャルロッティは、皿からクッキーを一枚摘《つ》まんでかざす。

「道具の揃った台所で、バターや小麦粉などの材料、そしてレシピがあれば、このクッキーを作るのは簡単よ。けれど、クッキーを元の材料に戻せる人なんて、いないでしょう？」

そこで一度幼女錬金術師は言葉を切り、まっすぐにシルヴィアを見ながら再び口を開いた。

「魔獣製造は、設備と材料さえあれば比較的簡単に出来るわ。だから大量生産が可能なの。けれど、一度身体を変化させられた生物は、もう二度と戻れない」

「で、では……これから出来る可能性は……？」

少しでも希望を見出そうとしたが、すげなく首を振られた。

「それはお約束できないわ。もしかしたら、遠い未来には可能となるかもしれないけれど……何百人もの錬金術師が、ずっと昔からそれを研究していても、未だに実現不可能なのよ」

「……」

シルヴィアは声も出ないまま、再びティーカップを取り上げて残りを飲み干す。きつく仕込まれた茶会のマナーのおかげで自然と身体が動いただけで、味も何も分からない。

「どうやら、がっかりさせちゃったようね、ごめんなさい」

「……いいえ。とても興味深いお話を聞けて、楽しかったわ」

シルヴィアは首を振り、ぎこちなく微笑んだ。

「そう、だったら良かったわ」

シャルロッティも、可愛らしい顔でニッコリと笑った。

「またご用がありましたら、いつでもどうぞ」

6　歩み寄り

シルヴィアがこの地に来てから、瞬《また》く間に三週間が過ぎた。イルゼをはじめ使用人達ともすっかり親しくなり、フロッケンベルク語も上達しつつある。

窓の外では、白い花びらのような雪が、朝からずっと降り注いでいた。

普段、城の中庭の一部は領地の子ども達のために開放されているが、晴れた日には元気に雪遊びをする彼らも、今日はさすがに家の中で遊んでいるのだろう。静かな中庭は、衛兵が時折寒そうに巡回するだけだ。

館の広間にいたシルヴィアは窓から視線を離し、また縫い物に取りかかる。

外は極寒の氷雪世界でも、館の中は暖かく快適だった。

暖炉では香りのいい薪《たきぎ》が燃え、大きな丸テーブルを一緒に囲むメイド達は、楽しくおしゃべりをしながらも休みなく手を動かしていた。刺繍《ししゅう》に縫い物に編み物、裂《さ》き布《ぬの》でラグを編んでいる者もいる。

長い冬の間、北国の女性は手芸に精を出すそうで、特に今は、来月に開かれる雪祭りの準備に大忙しだった。力仕事である会場設置は男性の役目で、女性達はバザーで売る手芸品や菓子を作るのだ。

フロッケンベルクでは、普通の市場は『マルクト』、慈善事業の一環として手作り品など無償で提供されたものを売る簡易的な市場を『バザー』と呼ぶそうだ。雪祭りの収益金は毎年、魔獣組織の被害に遭った人々のために使われるらしい。

シルヴィアも手芸は得意だ。塔ではとにかく時間が余り、読書か手芸くらいしかやることもなかったのだから。

使い慣れた指貫《ゆびぬき》が、カチカチと小さく音を立てる。

嫁入りの荷物の中に愛用していた裁縫箱を見つけた時は、嬉しくて涙が出そうになった。

塔から居館に移る際、この古い木箱も持っていこうとしたら、『伯爵家の娘がこんな古ぼけた箱を持っていたらみっともない』と父に取り上げられたので、捨てられたものと諦めていたのだ。

だが、ハロルドの馬車へ乗ってシシリーナを発《た》つ折、時々優しくしてくれていたメイドが、荷物箱の底をそっと指し、縫い物をするような手つきをして見せた。後で見てみると、衣服に包んで隠されていた裁縫箱は、中身も全て以前のままの状態だった。

あのメイドに胸の中で感謝を告げ、シルヴィアは丁寧に水色の絹地を縫っていく。仕上げにボタンを縫いつけ、ところどころに銀刺繍《ししゅう》の入ったポーチが出来上がると、テーブルの足元に置かれた木箱へ入れた。これで五個目だ。

「奥様のポーチ、きっとすぐ売り切れちゃいますよ。私も頑張って買いに行かなくちゃ」

隣でマフラーを編んでいた若いメイドが、木箱を覗き込んで感心したように言う。

「本当？　バザーもお祭りも初めてだから、楽しみだわ」

シルヴィアは弾んだ声で言い、せっせと次の製作に取りかかった。お祭りも楽しみだし、自分が作ったものを誰かが喜んで使ってくれるかと思うと、わくわくする。

ポーチの材料は、アルブレーヌ領を出た時に着ていた、あの破けてしまったドレスだ。かなり派手に裂けており、繕《つくろ》っても継ぎ目がどうしても目立つ。それならいっそこの生地でバザーに出す品を作ってもいいかと、ハロルドに尋ねたのだ。

ハロルドは喜んで賛成してくれた……らしい。少なくとも、言伝《ことづて》してくれたチェスターは、そう言っていた。

実のところ、婚礼の翌朝からハロルドとは一度も顔を合わせていない。彼はとても忙しいらしく、ずっと城の兵宿舎で寝泊まりをしているのだ。

(……忙しすぎて、お身体を壊さなければ良いのだけれど)

窓の外に再び目をやると、風に舞い散る雪の向こうに、バルシュミーデ城の灯りがいくつも見える。あのどこか一つに、ハロルドはいるのだろう。

敷地内にある館からは、猛吹雪でも楽にたどり着けるような距離なのに、ひどく遠く感じた。

「きっとハロルド様も、早く奥様のお顔を見たいと思っていますよ」

不意に、また隣のメイドから声をかけられた。

「ここのところ、あちこちで火事が多いですから……うちの人も最近は城に寝泊まりしていて、ちっとも帰ってこないんです」

そう苦笑した彼女も、半年前に結婚したばかりだそうだ。

この城で働く女性は、ほとんどがこの地に常駐する兵士の妻や母だ。城の宿舎は基本的に独身の男性兵士が相部屋をしながら使い、家庭を持った後は近くで新居を借りるのが一般的だ。それでも多忙な時は、家に帰れず宿舎で寝泊まりする既婚者も多かった。

「そ、そうね……」

慰《なぐさ》めてくれるメイドに頷き、シルヴィアは顔を赤くした。ハロルドの多忙さを承知で、なおかつ彼の手助けも出来ないのに、自分は『夫が帰宅してくれない』と不満顔をしてしまったのだろうか。

「もしかしたら火事の原因は、例の逃げた火炎犬かもしれないんでしょう？　怖いわねぇ」

ハンカチに刺繍《ししゅう》をしていたメイドが、顔を曇らせる。

「失火じゃないのは確かよ。バインダーさんの家も火元は台所だったけど、ちょうど奥さんがかまどの掃除をした後で、絶対に火種なんかなかったって言ってるもの」

「魔獣使いの放火って噂もあるし、本当に嫌になっちゃうわ」

最近、領地で頻繁に起こっている火事の話題に、たちまちメイド達が食いつく。

「まだ死人が出てないのが救いね」

「夫から聞いたけど、昨日の肉屋の火事は危なかったんですって。小さい兄弟が二階に取り残されちゃって」

「あ、そうそう！　ハロルド様が、隣の屋根から移って助けたんでしょう？」

「ハロルド様が……」

昨日も火事が起きたとは聞いていたが、そんな話はちっとも知らなかった。シルヴィアが驚いていると、イルゼが嬉しそうに言った。

「ハロルド様がお戻りになられたら、たくさん労《いたわ》って差し上げてくださいね」

「ええ……さぞお疲れになっているでしょうし」

シルヴィアは頷いてから、周囲にいる既婚女性達に尋ねた。

「どんなお迎えをしたら、ハロルド様に喜んでいただけるかしら？」

すると、彼女達は途端に頬を緩め、顔を見合わせた。

「まぁ、シルヴィア様ったら！　今の言葉だけでも、ハロルド様は大喜びなさいますわよ！」

「ちょっと誰か、ハロルド様に早くご帰宅するように、言ってきなさいよっ」

気の良い女性達はキャッキャとはしゃぎ、そのまま夕食の仕度をする時間までずっと、彼女らの恋愛談義で大いに盛り上がっていた。

――同時刻。バルシュミーデ城にあるハロルドの執務室では……

「わー、最悪」

机の前に立ったチェスターが、辛辣《しんらつ》にも聞こえる棒読み口調で言った。

「最悪だよ、ハロルド兄」

大事なことだと言い聞かせるように、わざわざ二回言った。

赤毛にくっついた雪が解けて、小さな雫《しずく》になっている。ハロルドが三週間も妻を避けまくっていることに業《ごう》を煮やし、突然執務室に飛び込んできた彼は、その理由をやっと聞き出したところだ。

「……ああ。酔って抱いたあげくに、相手の尊厳を踏みにじるようなことをした。最悪だ」

ハロルドは机に頬杖をつき、溜め息をつく。するとチェスターの呆れ顔がひどくなった。

「そこじゃなくて、後のフォローもしないで逃げてるところだよ。戦術的撤退なんて、絶対に言わせないから」

「……」

返す言葉もなく、ハロルドは机に突っ伏した。傍らに積まれた書類がそのあおりを喰って雪崩《なだれ》を起こしそうになる。

領地でハロルドの帰還を待ち構えていた仕事は山とあり、多忙の極みだったのは事実だ。

中でも深刻なのは、魔獣組織による被害だった。特にゾルターンの所属する組織は、ハロルドのいない間を狙って大胆に動き、薬草をごっそりと持っていった。あそこは数ある魔獣組織の中でも特に規模が大きく、やりかたも非常に荒っぽい。

その上、ここ最近起きている不審な連続火事のこともある。

逃げた火炎犬が、この地まで北上して暴れているのか、それとも魔獣組織や他の犯罪者による放火なのか。この数日は、警備態勢の見直しや周辺の情報収集にかかりきりだった。

チェスターもそれを知っていたから、しばらくシルヴィアの名を口にはしなかったのだろう。

しかしいくら多忙でも、館にはほんの五分ほどで行けるのだ。三週間も帰宅できない理由にはならない。それどころかハロルドは、遠目にシルヴィアを見つけると、慌《あわ》てて回れ右をして隠れていたのだ。

シルヴィアはしょっちゅう中庭に出ては、近所の子ども達と楽しそうに雪遊びをしたり、城の内部を興味深げに見学している。

その間、護衛兼通訳のチェスターがいつも一緒にいたし、兵や使用人もシルヴィアをすっかり気に入り、積極的に声をかけていた。

自分の妻と親しげに挨拶を交わす皆が、どんなに羨《うらや》ましかったか!!

城内の案内を申し出たり馬の扱いを教えたりと、ハロルドの内心など露知らず、皆シルヴィアと楽しそうに会話をする。

ちょっとそこのお前！　難聴でもないのに、話すだけでそんなに近づくな!!　シルヴィアが可愛らしいのは事実だが、あからさまに鼻の下を伸ばすんじゃない!!

そう心で叫んだことも珍しくない。

（俺だって、本当は……）

一言だけでも話しかけたくてたまらないのに、あの朝、涙を流し、その手袋で拭っていた姿が、どうしても頭から離れない。

その結果、涙を呑んでその場を離れ、城の一角にある訓練場に駆け込み、思い切り剣の素振りをしてはやりきれない想いを発散する毎日だった。

ちなみに、その時の自分は相当に鬼気迫った顔をしていたらしい。今朝、見かねた訓練場の見張り員が、何か悩みでもあるのかと妙にやんわりした声で尋ねてきたことで判明した。

道理でいつも素振りを始めると、数分で周囲に誰もいなくなったわけだ……

「……避けていたのは、すまないと思っている。シルヴィアは困惑しているだろうな」

ハロルドは肩を落とした。慣れない土地に単身嫁《とつ》いできたのに、いきなり夫から避けられているのだ。明るく振る舞っていても、さぞ心細かっただろう。

「あ〜、それがさ、言いにくいんだけど……」

「もったいぶらないで、さっさと言え」

促《うなが》すと、チェスターは軽く肩をすくめてあっさり答えた。

「シルヴィア様は、自分が避けられてるって、全く気がついてないよ」

室内に鈍《にぶ》い音が響いた。ハロルドが机に額をしたたかにぶつけた音だ。

「……………そうか」

「ハロルド兄が帰らないのは忙しいからだって思ってるし、特に悲しむ様子もないなぁ」

「……………ふぅん」

「楽しそうにやってるから、俺も助かるよ。館の皆とも仲良くなって、さっきも雪祭りの準備で盛り上がってた」

「……………ほぅ」

「ま、あれだけ日々充実してれば、まだ会って間もない夫が帰らなくても、そんなに気にならないのかもね」

「……………」

完全に机にへばりつき、起き上がれなくなってしまったハロルドを、赤毛の少年が冷たく見下ろす。

「忠告するけど。顔を忘れられる前に、帰った方がいいと思うな」

「……………ああ、今日こそ帰ると伝えてくれ」

強烈な脅《おど》しは効いた。彼女の楽しげな様子を思い浮かべるに、本当にすぱっと忘れられそうな気がしてきた。怒られるよりも、数万倍怖い。

すっかり反省したハロルドは、机に額を貼りつけたまま、チェスターが執務室から出て行く足音を聞いたのだった。


——その夜。

ハロルドが三週間ぶりに館へ戻った時には、すでに深夜近くになっていた。会議や調査報告の処理で、予想以上に遅くなってしまったのだ。

簡単に身体を清め、物音をたてないように寝室の扉をそっと開く。寝室はほの暗く、小さな魔法灯火《まほうとうか》が、寝台でぐっすり眠っている妻の銀髪を照らしていた。どうやらシルヴィアは、待ちくたびれて眠ってしまったようだ。

申し訳ないと思う半面、ほっとした気分だ。

（く……冷水を泳ぐ時も、足先から徐々に慣らしていくんだ。三週間も顔を合わせなかったのに、いきなり寝台で向き合うなど心臓が止まるだろうが！）

内心で言い訳し、静かに寝台の端に腰掛ける。

どこかあどけなさを感じる寝顔に見入り、艶《つや》やかな銀髪を手に取って指の間からさらさらと零した。ふっくらしたピンク色の唇に、視線が吸い寄せられる。誘われるように身を屈め……寸前で、ようやく思いとどまった。

――放置したあげくに寝こみを襲うなど、俺はどれだけ……っ！

慌《あわ》てて身体を離し、枕をボフボフ殴る。その音と振動が、シルヴィアを起こしてしまったらしい。

「……はろるど……しゃま？」

眠そうに目を擦《こす》りながら、呂律《ろれつ》の回らない口調でハロルドを呼ぶ。

よろよろと上体を起こしたシルヴィアは、まだ半分寝惚《ねぼ》けているようだ。ふわっと幸せそうに口元を緩め、ハロルドの胸にもたれかかる。

「っ⁉」

甘えるように頭を軽く擦りつけられ、ハロルドはもう少しで鼻血を噴くかと思った。

手袋に包まれた華奢《きゃしゃ》な手が、ハロルドの夜着をしっかり握り締めている。

くらり、と眩暈《めまい》がした。

ほっそりした顎《あご》に手をかけ、今度は踏みとどまれずに唇を塞ぐ。

「んんんっ⁉」

シルヴィアはすっかり目を覚ましたらしい。呻《うめ》き声をあげて身じろぎしたが、夜着を掴む両手は離れなかった。

強く抱き締め身体を密着させると、彼女の速い鼓動が伝わってくる。鼓動が速まっているのは、ハロルドも同じだった。

可愛らしく身を委《ゆだ》ねてくるシルヴィアが、愛しくてたまらない。

思っていたよりはるかに切実に、彼女に飢《う》えていたのだと思い知った。

ようやく唇を離し、このまま押し倒して貪《むさぼ》りたいのを堪《こら》えて尋ねる。

「長く留守にして、すまなかった。何か困ったことはなかったか？」

「あ……いえ……」

シルヴィアは戸惑ったような顔で首を振り、それから不意に微笑んだ。

「さっきまでありましたが、もうなくなりました」

「ん？」

「ハロルド様はご多忙なのに、お会いしたくて困っていたのです。でも、今こうして目の前にいらっしゃいますから」

かすかに頬を染めて微笑むシルヴィアを前に、ハロルドは息を呑む。恥じらいながらもはっきりと歓喜と好意を示され、信じられない気分になった。

と同時にチェスターにしっかり騙《だま》されていたことも理解する。

「……っ、逃げて……いたんだ。身勝手な嫉妬で、また貴女《あなた》を傷つけるのが……怖かった」

まともに顔を見られず、視線を逸らして呻《うめ》いた。

「嫉妬……ですか？」

困惑するシルヴィアを前に、その細い首から大切に下げられた指輪入りの小袋に触れる。

「政略結婚で一方的に娶《めと》っておいて、貴女《あなた》に愛してもらおうなど、虫のいい話だ。貴女がミヨンに想い人を持っていても責められるはずもない。だが、俺は……」

あらたまって言おうと思うと、緊張がこみ上げて声が震えるが、必死で振り絞る。

「やはり、悔しかった。政略結婚でも貴女を愛しているのは本当だと、信じてほしかったし……貴女に俺だけを愛してほしくなった」

この三週間でじっくり考えた。

結局のところ、彼女の手袋を取ったのは紛れもない嫉妬だった。単純に、シルヴィアの秘密を知ることで、他者よりも優位に立ちたかったという身勝手な欲求だ。

自分でも情けなくて、出来ればずっと隠しておきたかったが、もうそんな見栄でシルヴィアを傷つけるのはごめんだ。

「あの、ハロルド様……？　ミヨンとは……？」

シルヴィアが困惑の声をあげた。しかしハロルドは、一度に言わなければまた逃げ出したくなってしまいそうで、構わず続けた。

「アルブレーヌを発《た》つ時、ミヨン地方にはいつか必ず行かせると言おうとした。怯《おび》えていた貴女は、最後まで聞いてくれなかったが……」

「あ……」

あの時のことを思い出したらしく、シルヴィアは口に手を当てて、水色の瞳をさらに見開く。

「だが、今はもう行かせたくない。貴女を他の誰にも渡したくない」

「ハロルド様……ミヨンには……その……」

シルヴィアが気まずそうに指輪の袋を握り、目をさまよわせる。

「……ばあやが、いるのです」

たっぷり一分間は、沈黙が流れた。ゴクリと唾を呑み、ハロルドは尋ねる。

「――――ばあや？」

「はい。私をずっと育ててくれた乳母が、私の婚姻をきっかけに、生家のあるミヨン地方に送り返されてしまったのです」

誰だ。シルヴィアが会いたがっているのは、恋しい男だと決めつけたのは!?

……俺か。

「は……あ、乳母……なるほど……」

脱力感や安堵、そして自己嫌悪と、色々な思いで卒倒しそうになるのを堪《こら》え、ハロルドは大きく深呼吸する。

シルヴィアは目を伏せ、指輪の袋をしっかり握ったまま、口を開いた。

「初めてお会いした時、私はとても父に対して怒っていて……ハロルド様にお会いしてもいないのに、ばあやのところへ逃げようとしたのです」

でも……と小さく呟《つぶや》き、手袋を嵌《は》めた手が指輪の袋を放した。そうしてハロルドの衣服の裾《すそ》をおずおずと掴む。綺麗な水色に、じっと見つめられた。

「今はもう、ミヨンに行きたいとは思いません。……私が愛しているのは、ハロルド様だけだと、信じてくださいますか？」

頬を染めて告げられた瞬間、もう我慢など出来ずに、愛《いと》しすぎる妻を押し倒した。

唇を貪《むさぼ》りながら夜着を剥《は》ぎ取り、滑らかな素肌を思う存分に味わう。

「シルヴィア……貴女《あなた》を愛している。独り占めさせてくれ」

「あっ……ん、ぁ……」

シルヴィアはくすぐったそうに身を捩《よじ》りつつ、もっととねだるようにしがみついてくる。

彼女のあげる声は段々と艶《つや》を帯び、ハロルドが尖った胸の先端を口に含み舌を這わせると、聞くだけで欲情をそそるような甘い溜め息を漏らした。

脚の間に手を差し入れ、大胆に開かせる。内腿《うちもも》を撫《な》で上げ、口を寄せていくつもの赤い印を散らしていく。

花芯の下に隠された入り口に指を這わせると、ほころびかけた花弁は、すでに蜜でぐっしょりと濡れていた。そこにも舌を這わせれば、驚いたようにシルヴィアが腰を引く。

「やっ⁉　だめっ！　だめですっ‼」

逃げる腰を引き寄せ、しっかりと固定した。

「貴女にもっと教え込みたい」

甘い蜜をすすり、丁寧に舐めてほぐしていくと、押し広げた真っ白な太腿《ふともも》がブルブルと痙攣《けいれん》する。

入り口を探っていた指を押し込めば、くぷっと小さな音を立てて呑み込まれた。

「あぅっ」

喉を反らせてシルヴィアが呻《うめ》く。

奥はまだ異物の挿入に強張り、押し込まれた指をきつく締めつける。だが緩やかに動かすと、徐々に柔らかくほぐれ、すんなりと男の指を二本まで受け入れた。

可愛くてたまらない。中は熱くてきついのに、とろとろになってハロルドの指を締めつけている。心から感じていなければ、これほど反応はしないと思うと、とてつもない満足感を得られた。内部を弄《いじ》りながら、花芽の包皮を剥《む》いて舌でつつく。

「んっ、あ、あ……あ……っ!!」

やがてシルヴィアは悲鳴のような声をあげ、大きく弓なりに背を反らした。達した身体は激しく痙攣《けいれん》した後、力なく崩れ落ちる。

ハロルドは指を抜き、たぎった己《おのれ》の欲望を取り出した。そしてすでに充分潤《うるお》っていた秘所に押し当てる。

「……っ」

その途端、荒い呼吸に胸を弾ませていたシルヴィアの表情が強張った。唇をきゅっと噛み、固く目を瞑《つむ》って敷布《しきふ》を握り締める。

「力を抜いて……。前ほどは痛くないはずだ」

耳朶《みみたぶ》を甘噛みしながら囁《ささや》くと、シルヴィアは不安そうに眉根を寄せたものの、健気《けなげ》に頷いてくれた。そんな姿にさえ煽《あお》られる。

ゆっくりと先端を突き入れると、痛いほど締めつけられる。

「うくっ……あぁぁっ……!」

腰を進めた途端、シルヴィアから苦痛交じりの悲鳴があがる。無理もない、まだ二度目だ。しかも一ヶ月近くも何もされていなかった。破瓜《はか》の痛みはなくとも、こじ入れられる苦痛は、初夜とあまり変わらないのかもしれない。

敷布《しきふ》を握り締めて耐えている手を、自分の肩に回させた。

汗ばんだ白い額に口付けを落として宥《なだ》め、そのまま動かずに腰骨や脇腹を丁寧に愛撫《あいぶ》する。すると強張った身体が、時折震えてかすかな反応を示した。

弱い場所への刺激を続けると、シルヴィアの身体から次第に力が抜けてきた。きちきちと強く雄を締めつけていた内壁も、狭さはそのままに柔らかく蕩《とろ》け、誘うようにざわめき始める。

「んーっ……はっぁ……」

シルヴィアが、鼻に抜けるような声を漏らした。ハロルドが堪《こら》え切れずに動いても、組み敷いた身体からは苦痛の悲鳴でなく甘い吐息が零れる。

感じやすい耳に舌を這わせると、中がきゅんと締まった。ハロルドが動くたびに蜜が奥から溢れ、その動きを滑らかにする。

噛み締めた唇がほどけ、耐え切れないとばかりに悦楽の声が漏れる。口付ければ夢中で応えてくれる。すっかり自分に身を委《ゆだ》ねてくれる姿が、愛《いと》しくてたまらない。

「苦しくないか？」

火照《ほて》った頬に口付けて尋ねると、潤《うる》んだ水色の瞳がうっすらと開き、こちらを見つめる。

「あ……はい……んっ」

語尾を跳ね上げ、ハロルドにしがみついてその首筋に顔を隠してしまうシルヴィア。そして腰をかすかに揺らめかせて、掠《かす》れる小声で訴えてきた。

「い、痛くないです……でも……変なのです……お腹の奥が、熱くて……ぁ」

「変じゃない。気持ちよくなれているなら、安心した」

抱き締めて、艶《つや》やかな銀髪を撫《な》でる。

戸惑いながら乱れる裸体を前に、限界だった雄はすぐに達してしまいそうになる。体内に埋め込まれたものの硬度と質量が増すのを感じたシルヴィアが、ビクンと目を見張った。

「シルヴィア……もう……」

脚を抱え上げ、奥まで突き入れて揺らす。揺さぶられる身体も、ハロルドに負けじと熱い。

立て続けに嬌声《きょうせい》があがり、長く艶《つや》やかな髪が、敷布の上で散らばり銀の波になる。そのまま強く抱き締めて、身体の奥深くへ精を放った。

「あーっ!!」

一際大きな声をあげたシルヴィアが、ビクビクと身体を痙攣《けいれん》させ、注ぎ込まれる体液を受け入れる。

「すまない……まだ……」

一度出しただけでは、到底収まらなかった。再びハロルドは猛《たけ》ったものを前後させる。火傷《やけど》しそうな熱の中で、放った精と蜜が攪拌《かくはん》される。

何度目かを注ぎ込んだ時、シルヴィアも同時に達した。内壁が大きく脈動し、残さず精を絞り取っていく。

「……ぁ」

小さな声をあげて、シルヴィアはそのまま崩れるように眠ってしまった。

ハロルドはそんな妻にそっと口付け、チェストから取り出したタオルで意識を失った身体を拭う。

そうして敷布《しきふ》も取り替え、穏やかな寝息をたてている妻を抱き締めて、眠りについた。

「――すぐにミヨンへ乳母を迎えに行かせる。住所を教えてくれ」

翌朝一番にハロルドが告げると、シルヴィアはポカンとした表情で見上げてきた。そしてなぜか、悲しげに項垂《うなだ》れてしまう。

「どうした？」

さぞ喜ぶだろうと思ったのに、この反応は予想外だ。困惑して尋ねると、シルヴィアは遠慮がちに答えた。

「乳母は……高齢ですから、この国の寒さには耐えられないと思います。それに、故郷で幸せに暮らしているそうですし……」

「じゃあ、手紙を書くといい。貴女《あなた》の近況を知ることが出来れば喜ぶだろう」

そう言うと、シルヴィアはまた、鳩が豆鉄砲を食らったような顔をした。

「手紙……思いつきませんでした。でも、あの……」

まだ困ったように、小声で告げる。

「知っているのは、母と乳母がミヨンの出身ということだけなのです。母の一族は、もう誰もいないそうですし……ミヨンに住む人に聞けば、ばあやの居場所は分かると思うのですが……」

……久々の、世間知らず発言！

ハロルドは額を押さえた。

「そうか……」

ミヨン地方と一口に言っても、いくつもの街や村がある広い地域だ。乳母の名前だけで捜すのは難しい。

普通なら、伯爵家に使いを出して聞けばいいだけの話だ。しかしハロルドはもう、アルブレーヌ伯爵を欠片《かけら》も信用していない。

「分かった。幸いにも、この手の問題にピッタリの者がいる」

愛《いと》しくてたまらない妻に頷き、すっきりした気分で執務室へと向かった。

――ピッタリの者、というのはチェスターだった。

「あっはっは!!　そういうわけ？　ま、上手く仲直りできて、良かったよ」

ハロルドから事情を聞いた彼はひとしきり笑い転げ、その後シルヴィアの部屋にやってきて、ばあやが自分の住んでいた街についてどんな話をしていたかを尋ねた。

ばあやは昔からシルヴィアに色々なことを教えてくれたが、シルヴィアの母の一族や、自分達が住んでいた街についてはあまり教えてくれなかった。

しかしシルヴィアは、栗のタルトで有名な菓子店があったらしいとか、霜《しも》が降りる季節になると錬金術《れんきんじゅつ》ギルドの品を運んでくる隊商がやってきたようだとか、そんな記憶の断片を懸命に拾い集めて告げる。

チェスターはそれらを全て書き留めると、メモ帳を閉じて顔を上げた。

「だいたいの場所は特定できた。あとは現地で捜してもらうしかないな。シルヴィア様は手紙を書いておいて」

あらゆる面で有能な赤毛の少年はそのまま部屋を飛び出していき、シルヴィアは私室の机に向かう。

生まれてこのかた手紙などとは無縁だったから、こんな手段はまるで考えつかなかった。

「何から書こうかしら……」

インク壷《つぼ》にペンを浸《ひた》し、便箋《びんせん》を前に考え込んだ。

乳母を捜してくれるというハロルドの申し出は、心の底からありがたく思う。

本当は、ばあやが良ければ北国へ来てほしいと書きたいが……

家庭教師が言ったように、ばあやが幸せに暮らしているなら、呼び寄せるのは身勝手というものだ。シルヴィアは十八年間も、ばあやを独り占めしてきたのだから。

(それに……もし、この手がばれたら……)

ハロルドはシルヴィアを愛してくれているが、それはあくまでも、シルヴィアが人間であるという前提での話だ。

バルシュミーデ領が昔から魔獣組織に大きな被害を受けてきたことや、彼らがハロルドの命を執拗《しつよう》に狙っていることも、イルゼ達から聞いた。

そしてシルヴィアの手は、魔獣である証《あかし》かもしれないのだ。それを誰かに確認することも出来ず、不安だけが膨らんでいく。

もしこの手のことが知られ、魔獣と断定された時に、シルヴィアを育てたばあやが傍にいたら、迷惑がかかるかもしれない。かつてシルヴィアと、塔での生活を強要されていたように……

『……私はここで、とても幸せに暮らしています。ばあやもミヨンで、家族と幸せに暮らしてください』

結局、そう締めくくった。

ここは隔離された塔ではない。あの時、ハロルドが手について覚えていなかったのは、むしろ幸運と思うべきだ。

だがこの幸せは、今にも踏み抜かれそうな薄氷の上に成り立っている。

――シルヴィアが指輪の先に見ていた相手が乳母と判明してから、半月経った。

「お芝居、ですか？」

差し出されたチケットを前に、シルヴィアがキョトンとした顔で問い返す。

「そ、そうだ……」

彼女と並んで寝台に腰掛けたハロルドは、必死で頷いた。

今日は夕食に間に合うほど早く帰宅できたのだから、もっと前に言おうと思っていたのだ。なのに躊躇《ためら》っているうちに寝床へ入る時間になってしまった。

何とか目的を遂げ、無愛想にそっぽを向いてしまいそうになるのを、懸命に堪《こら》える。

何しろ明日は、領地に帰ってから初めて休暇が取れることになったのだ。

あれ以来、ハロルドはどんなに遅くなっても、きちんと館に帰るようにしていた。時にはくたびれ切って、眠っているシルヴィアの隣へ倒れ込んで少しだけ睡眠を取り、彼女が目覚める前に起きて出かけることもある。

それでもハロルドにしてみれば、妻の寝顔を見れるだけで満足だし、彼女もまた、日中に城や中庭で見かければ、遠くからでも嬉しそうに微笑んでくれる。

兵達にニヤニヤと視線を向けられるのには閉口したが、信じられないほど幸せだ。

その上ついに昨日、連続火災の犯人を捕らえたのだ。

行商人を装っていた魔獣使いが、ポケットに隠した超小型ドラゴンを使って、放火と火事場泥棒を繰り返していたのだ。

男が宿での食事中、うっかり胡椒《こしょう》の瓶を落として、ポケットの中のドラゴンにかけてしまい、くしゃみをされてコートに引火……という、なんとも間抜けなばれ方だった。極小の火噴きドラゴンは、大騒ぎの最中に踏み潰されてしまった。魔獣使いの方は、息こそあるが全身大火傷《おおやけど》を負い、口もきけない状態。取り調べは回復を待ってのこととなり、早くとも数週間は後になりそうだ。

滞在していた宿で荷物などを調べた結果、犯人はごく小さな魔獣組織に所属している者と判明し、一緒に来た仲間などはいないようだった。

まだ気は抜けないが、それでも一安心だ。頑張った部下達に休暇を取らせようとしたが、補佐官から、ずっと休みを取っていないのはハロルドだけだと言われ、やや強引に明日は休暇と決められたのだ。

さらには公演中の人気芝居を教えられ、美味しいケーキの店や、美しい樹氷の楽しめる公園の穴場などを記した『女性に好評のデートコース冬版』などという、急ごしらえの冊子まで渡されてしまった。

シルヴィアを誘って出かけろという無言の圧力が、ヒシヒシと伝わってくる。

「……そういうことでな。急な話で、あまり良い席は取れなかったが……それに……」

つい、俺はどうしても行きたいわけじゃない、と言いそうになるところを何とか堪《こら》えた。

こんなお膳立てをされなくたって、休暇が取れたらシルヴィアと一緒に過ごしたいと、ずっと考えていたのだ。

「……せっかくの貴重な休みだ。出来れば一緒に出かけたい」

顔は背けてしまったが、何とか正直な気持ちの方を口にすると……

「行きます!!!!」

驚くほど大きな声で返事をされた。振り向くと、シルヴィアが頬を染めて何度もコクコクと頷いている。

「お芝居、嬉しいです！　あ、嬉しいのはお芝居ではなく……いえ！　嬉しいのですが……な、な、なんと言えばいいのか……ハロルド様が、誘ってくださるなんて……」

しどろもどろで慌《あわ》てふためくシルヴィアが可愛くて、自然と笑いが零れた。

身体中の強張りが、嘘のように和らいでいく。

「俺も、明日が楽しみだ」

素直にそう告げると、シルヴィアがふわりと微笑んだ。

（あ……）

今も毎日密かに内ポケットに入れているスケッチ画と、同じくらい幸せそうな笑みだった。

穏やかで幸せそうな……どこか少しだけ、寂しそうな陰を残している笑み。

「シルヴィア……」

愛《いと》しい妻を抱き締めて、艶《つや》やかな銀髪を撫《な》でた。

出会ったばかりで怯《おび》え切った表情しか向けられなかった頃は、スケッチ画と同じくらいの笑みを貰えればと望んでいた。

それが叶ったはずなのに、どこかまだ不安なのだ。シルヴィアが自分を愛していると言って、それをこんなに可愛らしく表現してくれているのに。

それは、未だに彼女が手袋を外さないからだろうか。ハロルドと嬉しそうに会話をしながらも、ふとした拍子に、とても悲しそうな表情を見せるからだろうか。

それに、一緒に眠るようになって数日後に気づいたが、シルヴィアはよく、夢でうなされているのだ。夢の中で何度も何度も、繰り返しハロルドに謝っている。揺り起こして尋ねても、彼女は目尻の涙を拭って、覚えていないと言い張るだけだ。

「……とても、楽しみです」

手袋を嵌《は》めた手が、おずおずとハロルドの背中に回された。どうしようもないほどの愛しさがこみ上げてきて、そのまま押し倒した。唇を重ねて、夢中で貪《むさぼ》る。

彼女が何か秘密を抱えているとしても、もう二度と無理に探るまいと、改めて心に誓った。

冬の長いフロッケンベルクでは、芝居や歌劇などの室内娯楽が盛んだ。

シシリーナでも観劇は一般的だが、当然ながらシルヴィアには無縁で、今日の前に広がる二階席のある大きな劇場も、仮面や衣装をつけた役者も全てが珍しい。

何より今日は、ハロルドと二人だけで外出しているのだ。イルゼやメイド達は大喜びで、シルヴィアの髪を綺麗に結ってドレスを着せつけ、観劇用に身支度を整えてくれた。

やがて照明が落とされて、劇場内は暗くなる。隣に座っているハロルドの横顔は、ぼんやりと見えるだけだ。

ここ最近、ハロルドが無愛想になってしまう癖を必死に直そうとしているのがよく分かる。昨夜もチケットを渡す時に、随分と苦労していたようだ。

自分ももう慣れてきたから気にしなくて良いのにとも思うが、言えなかった。自身の欠点を認めて、懸命に克服しようとする姿が、とても素敵だったから。

それに引きかえ自分は――

（ハロルド様……ごめんなさい）

抱える罪悪感からか、最近よく悪夢を見る。ハロルドの目の前で、全身が銀鱗に覆われた、醜《みにく》い怪物となる夢だ。

昨夜もうなされ、どんな夢を見たのかハロルドに聞かれたが、忘れたとしか言えなかった。

やがて芝居はクライマックスを迎える。

「——う、ぐすっ……とっても素敵なお話でした」

えんじ色の幕が下りた後も、シルヴィアは感激が冷めやらずにハンカチで涙を拭った。

姫と騎士が切ない恋の末、引き裂かれたと思いきや、最後の最後で驚愕のどんでん返しがあり、無事に結ばれて大団円となった。シルヴィアは他の客達とともに、ハンカチを握ったまま夢中で拍手をする。

しかし隣のハロルドを見上げると、彼は口元をきつく引き結んで目を瞑《つむ》り、これでもかというほどのしかめっ面をしていた。

「あ、あの……気に入りませんでしたか？」

ハロルドのような軍人男性は甘い恋物語など好まないのかと、シルヴィアが不安になっていると、

「っ……い、いや……そうじゃない……」

低い震え声が返ってきた。目を開いたハロルドは、その鉄色の両目いっぱいに涙を浮

かべている。

「くっ……一時はどうなることかと……っ、あの二人が幸せになって……良かった！」

袖口で涙を懸命に拭うハロルドに、シルヴィアは急いで予備のハンカチを差し出した。

「す、すまない。呆れただろう……芝居は好きだが、これだから滅多に見れないんだ」

赤くなった目元を押さえ、ハロルドが気まずそうに呻《うめ》く。シルヴィアはそれこそ可笑しくなって、首を振った。

好きな人と同じものを見て、同じように感じることが出来たのだから、呆れるわけがない。


翌日、ハロルドはまた早い時間から城に行ってしまったが、シルヴィアは温かいドレスコートとマフラーを身につけてブーツを履き、外出の支度を整えた。

空は晴れているが、今日の空気は一際冷たい。昨日の夜に降った雪で館の玄関は完全に塞がり、庭師は窓から出て雪かきをしていたくらいだ。

今日は、幼い錬金術師《れんきんじゅつし》シャルロッティが領地での研究を終えて、王都に帰ってしまう日だ。

あれからシルヴィアが彼女の部屋を訪ねたことはなかったが、たまたま城の薬草園の見学中に顔を合わせたり、そのまま館で昼食やお茶を一緒にしたこともある。

随分と風変わりで、およそ子どもらしくないシャルロッティに、シルヴィアは最初こそ戸惑っていたものの、いつも堂々と我が道を行く彼女が今ではとても好きになった。

「……でも、王都への道は、冬の間通れないのでしょう？」

城の正門に続く小道を歩きながら、シルヴィアはチェスターに尋ねる。

バルシュミーデ領から王都へと続く道は幅が狭く、冬になれば雪で完全に埋まってしまう。現在ハロルドが指揮をとって、冬でも通行可能となる新たな広い街道を作っている途中であることは聞いていた。

しかし、森が豪雪に覆われている今の時期は作業が出来ず、新街道が完成するまで、まだ二、三年はかかると言う。その間冬に森を通り抜けられるのは、フロッケンベルク軍の精鋭部隊くらいだと聞いていたが……

「〝普通〟なら、狼の群れと氷雪が怖くて通らないね」

赤毛に毛糸の帽子を被ったチェスターは、微妙な言い方をした。シャルロッティを心配している様子は微塵《みじん》もない。

確かに、彼女は『普通』という言葉からはだいぶかけ離れた子どもだが……とシルヴィアが考えていると、正門の前にはすでに人だかりが出来ていた。

チェスターが声をかけると、他の人達が道を空けてくれた。彼らに礼を言って、シルヴィアはシャルロッティのもとに行く。

「おーい、シャル！」

「あら、シルヴィア様。わざわざ見送りに来てくれたの」

小さな身体を防寒具でガッチリと固め、顔の半分をゴーグルで覆い隠した彼女は、大きなソリに乗っていた。しかし、ソリを引く馬はどこにも見えず、馬具の類《たぐい》すらついていない。御者台《ぎょしゃだい》の中央に、なめし革を貼ったお盆ほどの大きさの輪が取りつけられているだけだ。後部座席には、トランク類が厳重にロープでくくりつけられている。

「シャル……本当にこれで、王都まで行くの？」

珍妙な乗り物を前にさすがに心配になり、シルヴィアはつい尋ねてしまった。

「ええ。私が造ったの。狼よりずっと速く走れるし、雪にも沈まないのよ」

「でも、これじゃ……いいえ、その……一人では危ないんじゃないかしら？」

「大丈夫よ。行きもこれで来たんだもの。まだ一度もぶつかってないわ」

胸を張って答えたシャルロッティは、近くに集まっている人々をくるりと振り返る。

「一緒に行きたい人はいる？　あと二人くらいなら乗れるわよ」

途端に人々が、ざっと後ずさる。手を上げかけた男の子は、母親に慌《あわ》てて止められていた。

「いやいやいやっ、遠慮しておく！」

「ホ、ホホホ……気をつけてね、またいらっしゃい！」

女子どもだけでなく屈強な男性も、まるで恐ろしい拷問具に乗るかと聞かれたような反応をする。

「……こういう反応されちゃうのよね。チェスターはどう？」

シャルロッティに尋ねられたチェスターも、笑って首を振った。

「残念だけど、俺は仕事中だよ」

「あら、断る理由があって良かったって、顔に書いてあるわよ」

シャルロッティは口を尖らせると、不意にシルヴィアの方を向いてゴーグルを持ち上げた。二色の瞳がシルヴィアを見つめる。

「私、貴女《あなた》が好きよ。何か相談する気になったら、いつでも王都の錬金術《れんきんじゅつ》ギルドに来てね」

その声は、ほんの少し残念そうに聞こえた。まるで、シルヴィアがもう一度研究室に来るのを期待していたとでも言うように……

「……ええ」

シルヴィアは頷き、無意識に両手を握り合わせる。シャルロッティは、口元に幼児らしくない皮肉げな笑みを浮かべ、ゴーグルを引き下ろした。

「頼んでおいた森までの人払いは済んでるわね!?　みんな離れて!!」

シャルロッティが大声で怒鳴り、人々が一斉に飛びのく。シルヴィアもチェスターに促《うなが》されて、急いで脇に避難した。

城の正面からは、森までまっすぐに続く広い道がある。いつもは往来する人々で賑わっているが、今日は誰も歩いていない。大勢の領民が道の両脇に立ったり、家の窓から顔を突き出したりして、興味深そうに奇妙なソリに注目している。

シャルロッティが御者台《ぎょしゃだい》の輪を握り、右足元の板を踏み込むと、後部に取りつけられた奇妙な金属筒の中が、低い唸《うな》りとともに青く光り始めた。

音と光が大きくなってきたところで、シャルロッティが左足元の板も踏む。途端に金属筒から凄まじい風が吹き出し、ソリを一気に前に押し出した。ソリを引く動物は、一頭もいないのに。

いや、どんな名馬が引いても、こんなに凄まじい速さで走るのは不可能だろう。

猛烈な雪煙が舞い上がり、人々は両手で頭を覆う。ようやく視界が晴れた頃には、すでにソリは視界から消え去っていた。

「……あんなのに乗ったら、王都に着くまでに心臓が止まっちまうぜ」

はるか遠くで響く轟音《ごうおん》を聞きながら、群衆の一人がボソッと呟《つぶや》く。

「まったく。あの速さで、森の木をどうやって避けてるんだか……」

「勘で避けてるんですって。それを聞いたら、絶対に乗れないわよ」

「それでも、冬に行き来できるのは便利だよなぁ、新街道が早く出来れば良いのに」

ぞろぞろと退散していく人々の声を聞きながら、シルヴィアは心の中で深く頷いた。

（ハロルド様の作られている街道は、本当に大勢の人のためになるのね。だって――）

――あの乗り物に乗るには、確かに〝普通〟ではない勇気が必要だ。

7　雪祭り

そして、雪祭りの日がやってきた。今朝のバルシュミーデ領は、まだ暗いうちから賑やかだった。

家々の煙突からは煙が立ち昇り、灯りのついた家の中からは楽しげな笑い声が聞こえてくる。

館の皆も今朝はいつもより早起きをし、忙しいと騒ぎながらも楽しそうに支度をしている。シルヴィア達が作ったバザーの品はすでに木箱に詰められ、朝早くに馬車で広場に運ばれていった。

シルヴィアも楽しかったし、これから実際に祭りが始まるのだと思うと余計にワクワクする。だが、心の一部がどうしても重苦しい。

数日前、ばあや宛の手紙を届けに行ってくれた騎士から、鷹便《たかびん》で便りが届いた。

チェスターはシルヴィアからの断片的な情報で、見事にばあやの住んでいた街を捜し当てたのだが、ばあやはそこにいなかったのだ。

近隣の人に聞いたところによると、確かに一度はこの街に戻り、生家にたった一人残っていた兄と暮らしていたのだと言う。

だが高齢だった兄も、奉公に行ったきりだった妹の元気な姿を見てほっとしたのか、まもなく亡くなったそうだ。それを看取ったばあやは、兄の残した家でそのまま暮らすと思ったのに、急にまた街を出ていったらしい。近所に丁寧な挨拶はしたが、どこに行くかは誰にも言わなかったそうで、それからの消息は不明とのことだった。

シルヴィアは心配だったが、ハロルドは引き続き人を使って捜すと約束してくれたし、本当は隊商の人間だと言うチェスターも、隊に戻ったら出来る限り捜すと申し出てくれた。

シルヴィアに出来るのは、ばあやが無事に、幸せでいてくれることを祈るだけだ。

「──シルヴィア様、用意できた!?」

戸口でチェスターが陽気に叫ぶ。

ハロルドは警備の指揮もあり、早朝から広場に行っているが、雪祭りは基本的に領民主導で行われるので、将軍夫人が行うような公務はなく、シルヴィアは一般の参加客として普通に祭りを楽しめるのだ。

「ええ！　今、行くわ」

シルヴィアは外出用の厚いドレスコートを着て、白い毛皮の帽子を被り、マフラーを首に巻いた。手にはもちろん、毛糸の手袋を嵌《は》めている。忘れないように手提げ袋をしっかりと持ち、玄関へと急いだ。

空は真っ青に晴れ、太陽が輝いている。澄んだ空気はとことん冷たいが、バルシュミーデ領で新たに作ってもらった衣服はとても温かい。革のブーツも縫製《ほうせい》がしっかりしており、雪道でも平気だ。

道の両脇には、除《よ》けられた雪が大人の腰丈ほどまで積まれていた。そこかしこでユニークな雪だるまも作られている。

シルヴィアとチェスターは、馬車には乗らず歩き出した。城から広場までは近いし、今日は馬車に乗ってしまったらもったいない。城と広場を繋ぐ通りは、リボンやリースで綺麗に飾りつけられ、屋台の列が並んでいる。賑やかな雪祭りは、ここからすでに始まっているのだ。

「火元には十分に気をつけるように！　不審者はすぐに教えてくれ！」

雪の中でも素早く動けるような軽装備をした兵が、あちこちで声を張り上げている。それとは別に街を巡回している兵の数も多い。

というのも、半月前に放火犯が捕まったはずなのに、その後もまた何件か不審な火事が起きているからだ。警備はさらに強化され、領民にも十分に注意するよう警告されているが、今度の犯人は未だ捕まっていない。

道行く人々は、誰もが寒さから手を守るために、しっかりと手袋をつけていた。なんとなくほっとした気分で、シルヴィアは自分の手袋を見る。

この白い毛糸の手袋は、イルゼが編んでくれたものだ。一緒に編んで教えてもらいながら、自分でも一組、ハロルド用の黒い手袋を編んだ。

雪祭りの日には、女性が好きな人に、自分で編んだ手袋を贈る習慣があると聞いたのだ。仕上がったのは今朝だったから、広場で会った時に渡そうと手提げ袋に入れて持ってきた。

（ハロルド様、気に入ってくださるかしら？）

ハロルドの好きな色や物、苦手な食べ物など、小さなことでも一つずつ知るたびに嬉しくなる。とても幸せだ。

しかし、幸せになればその分だけ、秘密を抱えている罪悪感も強くなっていく。少しでも気を抜けば押し潰されてしまいそうで、シルヴィアは手提げ袋を強く抱き締めた。

「……シルヴィア様は、もっと自信を持ってもいいと思うな」

唐突に、チェスターが静かに話しかけてきた。驚いて隣を見ると、こげ茶色の目がシルヴィアのずっと深い部分まで見透かすように見つめてくる。

「自信……？　もっと持てればいいけれど、私は皆さんに助けてもらわなければ、お務めだってとても……」

将軍の妻の務めと言っても、兵達に顔を見せて挨拶したり、他の領主がバルシュミーデ領に立ち寄った際に食事でもてなしたりするくらいだ。ここに来てから二度ほど、フロッケンベルク貴族の訪問があったが、チェスターやイルゼ達のそつない手助けがあってこそ、何とか無事にこなせたのだ。とても自分一人でやったと胸は張れない。

「そうじゃなくてさ……シルヴィア様はいつも、一人で何か悩みを抱えているみたいだ」

チェスターの声と表情には、珍しくかすかな苛立ちが含まれていた。

シルヴィアは彼を凝視《ぎょうし》し、息を呑む。一瞬、手袋の下を知られているのかと思った。

しかしチェスターは深く息を吐き、かぶりを振る。もう一度シルヴィアを見た時には、もう先ほどの苛立ちは消えており、代わりに少し悲しそうな笑みを浮かべていた。

「俺に何でも打ち明けろなんて、図々しいことは言わない。でも、ハロルド兄は信用してやってよ」

「え、ええ……」

「ごめん、変なこと言って。……うわっ！　もうこんな時間だ。ハロルド兄が待ちくたびれてるよ！」

街の時計台を見上げ、すっかりいつもの調子に戻ったチェスターが、おどけた声をあげる。シルヴィアも転ばないように注意しつつ、凍った道を急ぐ。まだ速い心音を静めようと、手提げ袋をしっかりと胸元に押しつけた。

広場の中央では雪像のコンテストが開かれていた。参加者は大きなスコップで雪を積み上げて形を整え、天使や動物、植物など、あらゆる形をした雪像を造り上げる。

バザーの屋台も盛況で、大勢の人が買い物に押し寄せていた。マフラーやキルトといった手芸雑貨の他に、クルミ、チーズ、砂糖かけビスケット、クッキー、キャンディーなど、食べ物も豊富だ。ちょうどすれ違った女性の手には、シルヴィアの作ったポーチもあった。

「ハロルド兄は……あ、いた」

広場をきょろきょろ見回していたチェスターが、雪像群の方を示す。

大きな雪だるまの傍らで、ハロルドが子ども達に囲まれていた。どうやら崩れてしまった雪だるまを直してあげていたようだ。

「ほら、しっかり固めたぞ」

背の高いハロルドは、子ども達が届かない高い部分をせっせと押し固めている。青い軍服の上に黒い厚手のコートを着て、腰に剣を佩《は》いただけという軽装だった。

「すげー！　しょうぐん、そんなとこまでとどくんだ！」

「いっぱい食べたら、オレも大きくなれる？」

いかにもヤンチャ盛りといった男の子が数人、わぁわぁと騒いでいる。ハロルドも楽しそうに笑い、突進してくる男の子を抱え上げたりしていた。

「ハロルド様」

遠くからかけたシルヴィアの声はそう大きくなかったのに、ハロルドは凄まじい勢いで振り向いた。

「あ、しょうぐんの、あいさいさまだ」

シルヴィアを見て子どもの一人が言うと、他の子どもが首を振った。

「さいあいのおくがたさま、だろ。母ちゃんが言ってたぞ」

思いがけぬ言葉にシルヴィアは顔を赤くしたが、寒さですでに赤くなっていたハロルドの顔にも、見る見るうちに赤みが増す。

「ちっ、違……っ!!　いや、違わないが……っ、そういうことを言うのは早い!!」

子ども達は歓声をあげて逃げ去ってしまい、それと入れ替わるように騎士の一人が大股で近寄ってきた。アルブレーヌ領にシルヴィアを迎えに来た時にいた騎士だ。

「将軍、ここは私が交代しますので、奥様と休憩なさってください」

大きな熊を思わせる彼は、シルヴィアに笑いかけると敬礼して言った。ハロルドが照れくさそうに頷く。

「ああ、頼む」

「それじゃ、ごゆっくり。後で迎えに来るよ」

チェスターも手を振って、さっさと屋台の方に行ってしまった。

ハロルドと人の少ない広場の片隅に移動し、シルヴィアは黒い手袋を差し出した。

「私が編んだのですが……」

ハロルドが目を見開き、マジマジと手袋を見つめる。そしてすっかり濡れてしまった手袋を外してポケットに突っ込むと、シルヴィアの編んだ手袋を嵌《は》めた。

「……この日に手袋をもらったのは、初めてだ……ありがとう」

気恥ずかしそうにしながらも、まっすぐにシルヴィアを見て言う彼に、嬉しくなった。

「良かったです……ばあや以外の人に贈り物を作ったのは初めてなので、喜んでもらえるか心配でした」

そう言うと、ハロルドは首を振り、今度は別のポケットを探った。

「初めてではないだろう。これも大好評だったぞ。最後の一個を何とか買えた」

取り出された水色のポーチに、シルヴィアは驚いて声をあげた。

「え!? で、でも、これは、バザーの品ですし……なぜハロルド様が……」

「バザーの品は、誰が買っても自由だ。夏に王都へ行く時、王妃様への土産に加えようと思う」

「そんな……っ」

畏《おそ》れ多いにも程があると思ったが、ハロルドは本気のようだ。

「俺の妻が作ったものと知れば、王妃様はきっと喜んでくださるだろう。あの方も俺の悪癖《あくへき》をご存じだから、この結婚話のことで随分と心配かけてしまったようだしな」

彼は苦笑してポーチを大切そうにしまった。そして自分の手袋をじっと眺める。

「破れたドレスや一本の毛糸から、こんなに良いものを作り出せるなど、シルヴィアの手は素晴らしいな……」

シルヴィアに向けたというより、独り言のような呟《つぶや》きだったが、それはやけに深くシルヴィアの心に突き刺さった。

「い、いいえ。たいしたことでは……それに、とても醜《みにく》い手ですし……」

手袋を嵌めた上からでもハロルドの目に晒したくなくて、両手を後ろに隠す。

「もう無理に見ようとはしないから、そんなに怯《おび》えないでくれ」

ハロルドが困ったように微笑む。そして、少し躊躇《ためら》った後で付け加えた。

「……重要なのは見た目よりも、それを使って何をするかだと思う」

「え……？」

「いくら美しくても、悪事に染まって多くの人を泣かせる手は、好きになれない。だが、どんな傷があろうと、シルヴィアの手なら……俺は好きだ」

最後の方はとても早口に言い、ハロルドは顔を逸らしてしまった。シルヴィアは立ち尽くしたまま、自分の心音が速まる音を聞く。

「本当に……そう思いますか……？」

「ああ」

ハロルドはそっぽを向いたまま、やや無愛想な声で答える。冬の陽光に照らされた横顔は耳まで赤い。本心で言っているのだと、痛いほど分かった。

だがシルヴィアはズキズキと痛む心の中で叫ぶ。

（貴方《あなた》は、これが火傷《やけど》だと信じているから、そうおっしゃるけれど……!!）

この手を見ても愛してくれたのは、ばあやだけだった。

秘密が露見するのは身震いするほど恐ろしくて、今ではハロルドに見られるくらいなら、死んだ方がマシだとさえ思う。

ようやく気づいた。それは、ハロルドを心の底から信じていないからなのだ。いや、ハロルドだけでなく、ばあや以外の誰も信じていない。

いつでも脳裏には、化物と罵《ののし》る父の声が響き、父の侮蔑《ぶべつ》の眼差しと、一瞬で笑顔を嫌悪に染めた城医師の顔がこびりついている。

誰に優しくされようと、どれほど親しくなろうと、銀鱗を見せればあのように蔑《さげす》まれると決めつけている。だから、表面的には楽しく過ごしながらも、いつもどこか孤独なまま、ビクビクと怯えて暮らすしかなかった。

シャルロッティが別れ際に見せた残念そうな視線、ついさっきチェスターから向けられた悲しそうな顔……それにハロルドの言葉が、頭の中をグルグル回る。

(でも……ハロルド様なら……もしかしたら……)

何度もこの人を誤解したけれど、今ではとても優しくて誠実な人だとちゃんと知っている。

——貴方《あなた》なら、このおぞましい銀鱗を見ても、変わらずに愛してくれますか?

「ハロルド様……」

震える声で呼びかけると、ハロルドがこちらを向いた。シルヴィアが覚悟を決めて手袋を取ろうとした時——

「将軍!!　魔獣使いの襲撃です!!」

雪を散らして広場に駆け込んできた騎馬兵が、緊迫した声で叫んだ。

「ヒュドラ三体他、多数の魔獣を従えた一団が、領地の門に向かってきます！　率いているのはゾルターンです！」

人々が唖然として見守る中、騎馬兵は慌《あわ》ただしく報告をした。

一方、ハロルドは表情を引き締めたものの、驚きはしなかった。こういう浮かれた日は、殊更狙われやすい。そのため門の警備兵も増やし、全兵に十分警戒するように言ってある。

「分かった。城へ行き、待機兵へすぐに向かうように伝えてくれ」

伝達の騎馬兵にそう言いつけ、広場の兵達には民の避難誘導をするよう指示をする。

「全員、城に避難しろ！　分かっているだろうが、慌てて押し合うなよ！」

兵の誘導で、広場に集まっていた領民達が、城を目指して移動を始める。顔に不安と恐怖を浮かべつつも、避難する領民達も慣れたもので、他人を押しのけて駆け出す者はいない。

「シルヴィアは、ここにいてくれ。チェスターが様子を見て、すぐに戻ってくるはずだ」

傍らで不安そうな表情を浮かべているシルヴィアに声をかけた。先ほど、彼女は何か言おうとしていたようだが、後にしてもらうしかない。

「ハロルド兄！」

駆けつけてきたチェスターが、城の北口に続く広場の裏門を指差す。

「民の誘導は上手くいってる。シルヴィア様、俺達はあっちから行くよ」

「え？」

民は広場の正門から城に移動していくのに、と訝《いぶか》しげなシルヴィアに、ハロルドは説明する。

「あれは南口の避難所に行く列だ。城の北口の方が、兵の待機所には近い。城についたら俺はすぐに兵の指揮をとって領門に向かうが、シルヴィアはチェスターと北口に残る兵に守ってもらう」

それから、シルヴィアの手を取って引き寄せる。あまり言いたくはなかったが、厳しい現実を告げることにした。

「……俺の妻は、特に狙われる可能性が高い。貴女《あなた》は皆と離れて個別に守られている方が、結局は民も巻き込まれずに済むんだ」

「は、はい……」

ここに来るまでの旅路で襲われた時のことを思い出したのか、シルヴィアは身を震わせて頷いた。

広場の裏門から城の北口までは、林の中を通る遊歩道で繋がっていた。背の高いモミの木や、樹皮が薬になる木など、植えられている木の種は様々だ。春にはかぐわしい花が咲き、夏には涼しい木陰が出来、秋には木の実がそこかしこに落ちるので、目立たない裏手にあっても、この遊歩道と林はいつも子ども達や散歩を楽しむ人々で賑わう。

冬の今は、凍《い》てつく大気が木々を凍りつかせ、遊歩道の左右に広がる雑木林には、幻想的な樹氷が美しく煌《きら》めく。雪かきもきちんとされていた。

だが、シルヴィア達三人にはその光景を楽しむ余裕はない。曲がりくねった遊歩道は、まったくの無人だった。作業員も慌《あわ》てて避難したのか、積み上げられている雪山には雪かきスコップが突き立てられたままになっている。

ハロルドは片手で抜き身の剣を持ち、もう一方の手でシルヴィアを抱いて、急ぎ足に遊歩道を進む。

不意に、氷の砕ける音がいくつも響いた。樹氷の後ろから、ありふれた旅装束の男達が数人、剣を手に飛び出してくる。魔獣は連れておらず、腰の鞭《むち》もなかったが、その顔には見覚えがあった。ゾルターンの部下達だ。

「……なるほど、領門は陽動か」

シルヴィアを後ろにかばい、ハロルドは呟《つぶや》いた。

先週からすでに領地の門は警戒を厳重にし、入る者も出る者も厳しくチェックするようにしていたが、彼らはおそらく、それよりもっと前に侵入していたのだろう。薬草栽培の盛んなバルシュミーデ領には、病気の長期療養のために滞在する者も多数いる。魔獣を連れずに変装して、宿でひたすら静かにしていれば、静養中として誤魔化すことも可能だったろう。

「ハロルド兄。これくらいなら俺に任せてよ」

無言で白刃を構える男達を前に、チェスターが不敵に笑う。いつの間にか彼は、途中にあった雪かきスコップを肩に担《かつ》いでいた。

「ああ、任せた」

ハロルドが頷くと、シルヴィアは目を見開いた。

「で、ですが……向こうは大勢で剣を……」

戸惑う彼女の手を引いて走り出す。男達は声もあげず、一斉に剣を振りかざして三人に襲いかかってきた。

ハロルドは、自分の正面を阻《はば》もうとしてきた一人だけを、一合も打ち合わずに斬り捨てた。白い雪に赤が飛び散り、シルヴィアが短い悲鳴をあげる。だがその声は、背後で鳴り響く激しい金属音にかき消された。

シルヴィアが転ばないよう、ほとんど小脇に抱えるようにして走りながら、ハロルドは忠告した。

「絶対に振り向くなよ。雪かきスコップを見るたびに、震え上がる羽目になる」

あれは、使い様によっては、剣以上に物騒な武器となり得る。

そして何よりもチェスター自身が、フロッケンベルク王家の最高の隠し武器、バーグレイ商会の次期首領だ。

止まぬ金属音が響く中、ハロルド達は遊歩道をさらに走り続ける。

城まであと半分ほどというところに来ると、道は大きなカーブを描いていた。頭上にせり出した枝から地面までを分厚い雪と氷で繋いだ天然の衝立《ついたて》が視界を阻む。

その裏に回った瞬間、空気を切る音が唸《うな》った。ハロルドはとっさに軍靴《ぐんか》の踵《かかと》を踏みしめて止まり、シルヴィアの手を放して背中に隠す。

ハロルドの鼻先を掠《かす》めたそれは、凍りついた地面をしたたかに打ち鳴らした。

「あーぁ、そう簡単には当たらないか」

長い鞭《むち》を手にした若い男が、呑気に呟《つぶや》く。茶色の防寒具に身を包んだ襲撃者は、孤を描いた糸のように細い目をしており、笑っているようにも見える。

次の瞬間、男は軽業師《かるわざし》よりも素早く宙返りをして飛びのき、ハロルドが突き出した剣を避《よ》けた。

「あ、はじめまして。俺は……」

「手配書で知っている。グランツ将軍、リュディガーだろう」

実際に本人を目にしたのは初めてだが、ハロルドは剣を向けたまま、特徴的な糸目をした青年の名を当てる。

「お前の組織まで、首を突っ込んだのか」

リュディガーは、ゾルターンとは別の組織に与《くみ》する魔獣使いで、その組織は現存する魔獣組織の中では、ゾルターンのそれとトップを争うほどの大組織だ。

リュディガーは元々、どこかの国で暗殺を生業《なりわい》としていたという噂も聞くが、素性ははっきりしない。ただ、異様に気まぐれで残虐な気質を持ち、魔獣組織でもそこそこ高い地位にいるのに、部下もつけずに一人で動くと聞いていた。部下を連れて戦うと、そっちまでつい殺してしまうらしい。

「ゾルターンのおっさんが、門の襲撃で注意を集めた隙に、将軍の奥さんを人質に取るなんて計画を立ててくれたからさぁ。こっちは美味しいとこだけいただこうと思って」

遠くから鳴り響く刃《やいば》の音に顎《あご》をしゃくって、リュディガーがにやつく。細い目が嫌な光を帯びて、ニタリとシルヴィアを見た。

「だからさぁ、奥さんを、ちょっと貸してくれない？　殺さないよう気をつけて持ち帰るって、約束するよ？」

ハロルドは呆れて溜め息をついた。

「俺が素直に渡すと思うなら、お前は頭の医者にかかった方がいい」

改めて剣を構えるハロルドを前に、リュディガーが左手に鞭《むち》を持ったまま、右手で長剣を抜いた。

「それなら勝手に持ち帰るさ。鋼将軍とは、一度戦ってみたいと思ってたしさぁ」

薄気味悪い視線を向けられ、シルヴィアの全身に悪寒が走った。

（怖い……）

「後ろに下がっていろ」

ハロルドの低い声に従い、シルヴィアは慎重に後ずさる。ハロルドとリュディガーは、互いに武器を構えたまま微動だにしない。張り詰める緊張の糸が見えるようだった。

その緊張が不意に破られたのは、まったく予想外の者によってだった。

リュディガーの足元近くで、雪を被ったササの茂みが揺れたかと思うと、黒い子犬が姿を現した。見るも哀れなほどにやせ細って、あばらもくっきり浮き、小さな四つ足は、今にも倒れそうにふらついている。

子犬はリュディガーを見ると、ビクッと震えて背を丸めたが、すぐに目をぎらつかせて唸《うな》り声をあげた。

ピンと立った子犬の尻尾が、毛ではなく黒い鱗《うろこ》に覆われているのに、シルヴィアは気づく。と同時に子犬が大きく口を開けた。

轟音《ごうおん》とともに、子犬の口から凄まじい炎が噴き上がる。

「おっと」

リュディガーが飛びのくと、さっきまで彼のいた空間を紅蓮《ぐれん》の蛇のように猛火が舐めた。

背後にあった氷と雪が溶けて、大量の水となって流れていく。

リュディガーの手首が翻《ひるがえ》り、鞭が子犬を直撃した。

「ギャン！」

激しい打撃音とともに、続けて炎を吐こうとしていた子犬から悲鳴があがった。

鞭の強打を喰らった子犬は、シルヴィアのすぐ近くまで弾き飛ばされ、気絶したまま

ピクピクと痙攣《けいれん》を繰り返す。

「駄犬《だけん》が。こんな北まで逃げてたのかよ」

リュディガーが冷ややかに吐き捨てた。そしてすかさず跳躍《ちょうやく》し、一閃《いっせん》したハロルドの剣を避ける。

「火炎犬《そいつら》が逃げた事件は、お前が原因だと聞いたが？」

ハロルドの声に、リュディガーは嘲《あざけ》るような笑い声で返した。

「そうそう、あの失敗を許す代わりになんか手柄立てて来いって言われちゃってさぁ。うちの組織、人使いが荒いんだよ。この馬鹿犬も、わざわざ回収しなきゃならねーの！」

しゃべりながら、リュディガーも素早く剣を振るう。二本の剣が旋回し、雪の上に火花が散る。刃がこすれて耳障《みみざわ》りな金属音が立ち、シルヴィアは思わずしゃがみこんで、両腕で頭を抱えた。

（う、嘘……この、子犬が……？）

声も出ないまま、目の前で倒れている子犬を腕の間から眺める。信じられない気分だが、このいかにも貧弱な子犬が猛火を吐き出す様《さま》を、確かに見たのだ。

ここ最近の火事は、火炎犬の仕業だったのか。兵器と聞いて、恐ろしい大型犬だと思い込んでいたが、こんなに小さいのならなかなか見つからないのも頷ける。

その合間にも男達の激しい攻防は続いていた。圧倒的に力強いハロルドの斬撃をリュディガーは素早くかわし続けるが、やがて鞭《むち》を半分に斬られて投げ捨てた。

「あーぁ、愛用品だったのに……さすがに甘く見てちゃヤバそうだ」

唇をペロリと舐め、剣だけを手にしたリュディガーが、今度は一転して攻撃に集中し始める。

シルヴィアの目では、とても追えない剣舞《けんぶ》だ。ハロルドの剣が金属音とともに、立て続けにそれらを受け止める。

あまりに自分とはかけ離れた光景を、シルヴィアは恐怖すら忘れて呆然と見つめた。と、視界の隅でひっそりと動くものがある。

気絶していた子犬が、うずくまったまま顔だけを上げている。視線の先にあるのはちょうど、リュディガーと必死で攻防を続けているハロルドの背だ。

火炎犬にとっては、人間であれば誰でもいいのだろう。尖った鼻先に皺《しわ》を寄せて小さな牙を剝《む》き出し、炎を吐き出そうと口を大きく開ける。

「だめっ!!!!」

気づけばシルヴィアは、自分でも信じられないほどの素早さで地面を蹴り、火炎犬の前に飛び出していた。

子犬の喉の奥でチリチリ弾ける火花と、その気配を察して振り向くハロルド……

何もかもが、とてもゆっくりに見えた。

シルヴィアが子犬の口に両手を押し当てた瞬間、猛火が噴き出す。

紅蓮《ぐれん》の炎が、あっという間にシルヴィアを包んでいく。

「シルヴィア!!!」

轟々《ごうごう》と耳元で唸《うな》る炎の向こうから、ハロルドの叫び声が聞こえた。

手袋も、コートもその下の衣服も、全て燃えていた。首から下げた布袋も燃え上がり、真っ赤に熱された指輪が地面に落ちる。

それでも、熱さも痛みも感じない。炎が皮膚を舐めるにつれ、そこに銀の鱗《うろこ》が現れる。

今や銀鱗は、シルヴィアの爪先から頭まで全てを覆い尽くしていた。髪を結んでいたリボンも、帽子も焼けた。だが腰まで散らばった銀髪は、一本残らず炎に包まれながらも燃えはしない。

(大丈夫、平気よ……熱くないもの……)

全身で猛火を受け止めながら、必死で自分に言い聞かせる。だが、視界を覆い尽くす炎の揺らめきには、それ以上の恐怖を覚える。

銀鱗は熱で増えるが、今まで腕の他に火を当てられたことはない。ましてやこんなに全身をくまなく火で覆われたのは初めてだ。

熱が引けば増えた銀鱗は消える。それは何度も繰り返して分かっていたが……

（ここまで変わっては、もう戻れないかもしれない……）

喉の部分を中心に、明らかな違和感があった。銀鱗に覆われた全身は、熱も、凍《い》てつく寒気も感じないのに、他の感覚は異常に研ぎ澄まされている。

両目は銀鱗の合間でわずかな切れ目ほどになり、耳も塞がっているのに、全身の銀鱗が聴覚や視力を補うのが分かる。

はるか頭上ではばたく小鳥の動きも、背後でリュディガーとハロルドが打ち合いを中断して、変わり切った自分を凝視《ぎょうし》しているのも、はっきりと感じとれた。

「ハ……ぉル……ド……サ、マ……ゴ……メンナ……サ……ミナ……イ、デ……」

唇も銀鱗に覆われたせいなのか、声が上手く出せない。喉から出るのは、錆《さ》びついた車輪が軋《きし》むような、耳障《みみざわ》りな声だけだ。

火炎犬までが炎を吐くのを止め、驚愕と怯《おび》えの目でシルヴィアを見上げていた。

大きな黒い瞳に、銀鱗の塊《かたまり》となった自分が小さく映っている。

シルヴィアの目はその姿をはっきり認識した。

かろうじて輪郭は女性の形をしているが、全身はくまなく銀の鱗《うろこ》に覆われ、目と口の部分には暗い裂け目のようなものがあるだけだ。

何度も繰り返し見た悪夢が、現実となったのだ。

ハロルドの目の前で、銀鱗に覆われた奇怪な化物になってしまった。

「ギャウッ！」

恐怖で完全に錯乱状態となった子犬が、また猛火を吐き出そうとする。シルヴィアはとっさにうずくまり、火炎犬を抱え込んだ。再び吐き出された猛火の中、銀鱗に覆われた額と、黒い子犬の額がぶつかる。

──テキ……ダ……

不意に、頭の奥に響くような声が聞こえた。

「……エ？」

──バケモノ、バケモノ……ソウヨブ、ゼンブ、テキダ!!

自分と同じ軋《きし》んだ声は、耳ではなく、触れ合った額から直接流れ込んでくる。同時に、大量の映像も雪崩《なだ》れ込んできた。

やけに低い視線から見上げる世界は、シルヴィアが腕に抱えている火炎犬の目から見たものだった。

──魔獣組織の飼育小屋で生まれ、餌《えさ》と寝床の代償に、絶対服従を強《し》いられた。

大半の魔獣はたいした知能を持たず、餌と鞭《むち》で簡単に手なずけられる。

だが魔獣使い達がぼやくには、火炎犬のように高い知性を持つ魔獣は、商品としては高値がつくものの、飼育に手間がかかるらしい。

そのせいか、少しでも魔獣使いに逆らう素振りを見せれば、服従心を植えつけるための徹底的な調教が施《ほどこ》される。中毒性のある薬草を使われることも多い。

薬漬けにされた仲間を見たという母からは、魔獣使いには逆らうなときつく言い聞かされた。

嫌な気分だ。でも、みんながいる。お母さんも、兄弟も。

火炎犬は、魔獣使い達が思っているよりも、ずっとずっと賢く我慢強いのだ。ここで生きるためには服従しかないけど、いつか逃げて自由を得るという希望だけは捨てない。

だから、わたし達は耐える。自分を守るため、従順さを演じる。

ある日、飼育係が誰かに殺されて、偶然に仲間達と逃げ出すことが出来た。

でも、逃亡した外の世界も、魔獣には優しくなかった。化物犬として追われ、次々と仲間は捕らえられ、あるいは殺されたりする。

ひたすら逃げ惑う日々の末、気づけば独りぼっちになっていた。

特に困ったのは餌だ。乳は上手く飲めたのに、固形物を噛もうとすれば、反射的に炎を噴き出して消し炭にしてしまう。

同情して餌《えさ》を分けてくれた野良犬もいたが、やがて所詮は化物と見捨てられ、追い払われた。

悲しくて辛い。普通の犬になりたい。

たまに民家に忍び込み、台所や食料庫を漁《あさ》った。運良くスープがあれば炎を吐かずに飲めたが、そう都合よくは見つからない。空腹に負けて肉をかじろうとし、何度か火事を起こして必死に逃げた。

ひたすら逃げて歩き続け、雪と氷に覆われたこの地にたどり着いた。とても寒い。お腹が減った。雪を火炎で溶かした水を飲んだけれど、力が出ない。スープが欲しい。

また、何軒かの台所に忍び込んだ。でも、もう頭がおかしくなりそうなほど空腹で、食べ物を見ると、すぐに火を吐いてしまう。

燃え尽きた灰を舐めたら、苦くてまずかったけれど、何とかまた歩けるようになった。

物陰に潜んでいると、あちこちから魔獣使いと、逃げ出した火炎犬を罵《ののし》る声が聞こえてくる。

化物！　化物！　あんなもの、造られなければよかったのに‼　……と。

でも、もう悲しくも辛くもない。

わたしを化物と嫌い蔑《さげす》む、こんな世界、全部敵だ。獲物だ。火炎だけが、わたしの味方。この苦い灰を食らって生き延びて、全部、残らず、焼き払ってやる!!

（これが、あなたの生きてきた世界なのね……）

たった一瞬のうちに子犬の溜め込んできた苦しみが、激しい憤《いきどお》りや悲しみまでもが全てシルヴィアの中に雪崩《なだ》れ込んできた。

――ハナセ!!　オマエモ、テキダ！　ヒトノカタチノ、ギンノ、バケモノ!!!

脳裏に子犬の声が激しく響く。銀鱗に狭《せば》められた目の奥が熱くなり、涙が溢れるのを感じた。

（やめて!!　化物なんて呼ばれたくないの……辛いの、嫌なの……あなたは、それを誰よりも知っているでしょう!?）

どうやればいいのか分からなかったが、子犬に伝えたいことを精一杯に伝える。

憎悪に狂った火炎犬は、まるで自分そのものに思えた。

シルヴィアだって、ばあやがいなくなった後で、ハロルドのように優しい結婚相手に恵まれず、周囲を誤魔化すことも出来ずに、この姿で蔑《さげす》まれ続けていたとしたら……

自分の手を見ると、指の形までも変わっていた。いつもなら肌に鱗《うろこ》が生えるだけなのに、今は太く膨らんで硬くなり、わずかに曲がった先端は鋭く尖っている。まるでドラゴンの鉤爪《かぎづめ》のようだ。

もしも、この子犬のように独りきりになって蔑まれ続けていたら、何でも引き裂けそうなこの手は、人を殺《あや》め、傷つける手になっていたかもしれない。

目から零れた雫《しずく》は、新たに噴きつけられた炎を受け、たちまち蒸発していく。

シルヴィアは、今度は自分の記憶を子犬に伝えていく。

十八年の幽閉生活。父からの蔑み。思いがけず開《ひら》けた世界で、幸せと背中合わせにつきまとった罪悪感。いつ正体が知れるかもという不安を、たった一人で抱える孤独……。

そして最後に、自分の手を見て『重要なのは、それを使って何をするかだ』と言ったハロルドの姿を伝えた。


――ウソダ！　コイツ、オマエノ、コノスガタ、ミテイナイカラ、イエタ‼


(ええ……そうかもしれないわね……)

シルヴィアは素直に認めた。

手だけならまだしも、ここまで異形《いぎょう》となってしまえば話は別だろう。

やけに晴れ晴れとした気分は、ようやく諦めがついたせいだ。もし、元に戻れたとしても意味はない。この姿はすでに、ハロルドの記憶に焼きついているはずだ。シルヴィアはなおも子犬に伝える。

(それでも……あなたがその炎を悪いことに使わないなら、私だけは絶対に、あなたを化物と呼ばない……それに……）

一瞬だけ躊躇《ためら》いそうになったが、心の中でハロルドへ別れを告げた。

（……これからはもう、あなたを独りにしないと、約束するわ。あなたと一緒に行く）

子犬の大きな黒い瞳に、動揺が走る。

――ウソ！　ウソ!!　オマエモ、テキ！

（本当よ。私も、もうここにはいられないもの）

何度、同じ言葉のやり取りを繰り返しただろう。

実際にはほんの一瞬なのに、直接に伝え合う意識は、驚くほどの大量の想いを互いに届ける。

そしてついに、まだ疑いを残しつつも、確かめるような声が頭に響いた。

――……ホント？　ワタシト、イッショニ、イテ、クレル？

子犬の激情が静まるとともに、火炎も消えていく。銀鱗の表面に残った炎の残滓《ざんし》も、細い煙を上げて次第に消えていった。

「っ!?」

次の瞬間、銀鱗がゾワリと悪寒を感じ取り、シルヴィアに背後の危険を知らせた。

驚愕から醒《さ》めたリュディガーが、袖口から五本の細い刃物を引き抜き、シルヴィアの背に投げつけたのだ。

子犬を抱えたまま、シルヴィアは身を翻《ひるがえ》して地面を転がる。普段のシルヴィアからは考えられないほど敏捷《びんしょう》な動きだったが、ちゃんと避けられたのは二本。一本は肩をかすって銀鱗を削《そ》いだ。残り二本も、ハロルドが剣で叩き落としてくれなければ当たっていただろう。

「シルヴィア……」

呻《うめ》いたハロルドの視線が、銀色になった妻の肩へと向けられている。

鱗《うろこ》を削がれた肩口には薄く血が滲《にじ》んでいたが、痛みは感じなかった。たちまち新たな銀鱗が現れて傷を塞ぐ。

「うわっ、何コイツ！　こんな化物、初めて見た！」

リュディガーの声は、珍しい玩具《おもちゃ》を前にはしゃいでいる子どものようだった。

「アルブレーヌ伯爵の娘は化物だって噂が本当だったなんてさぁ……その様子じゃ、将軍も知らなかったんだろ？　すっかり奥さんに騙《だま》されてたわけだ」

残酷な言葉に、シルヴィアは息を呑む。事実なだけに、リュディガーの声は刃物よりもはるかにきつくシルヴィアを痛めつけた。

糸目の男は、ニタニタと喜色《きしょく》を浮かべてハロルドに向き直る。

「はい、提案！　ちょっと休戦して、取引しようよ！」

「……取引？」

「せっかく娶《めと》った貴族の妻が化物だったなんて俺に言いふらされたら、将軍としてはマズイんじゃない？　爵位が欲しいから結婚したのに、ブチ壊しだ。こんな化物が貴族だなんて、どこの国も認めやしない」

「……」

押し黙って睨みつけるハロルドに向かって、ケラケラとリュディガーは笑った。

「でも、この化物をくれるなら、黙っててやってもいいよ。面白そうだからさぁ、コイツを飼ってみたいんだ」

リュディガーは剣先で、シルヴィアを指す。

「コイツを俺に寄越して、後で似た女の死体を代わりに葬《ほうむ》れば、万事上手くいく。妻が死んでも、アンタ自身は縁戚のままだからさぁ。自分がシシリーナ貴族になるのも、後妻を取って、子どもに爵位を継がせるのも可能なはずだ」

気味の悪い猫撫《ねこな》で声で、リュディガーはハロルドに囁《ささや》いた。

「だからさ……コイツを捕まえるのを手伝ってくれよ」

ハロルドの後ろで、シルヴィアは子犬と素早く額をぶつけ、意思を伝える。

(ごめんなさい……一緒に行きたかったけれど……あなただけでも、早く逃げて……)

――ナンデ!? イッショニ、ニゲヨウ!

(……ごめんなさい。ハロルド様を騙《だま》していた、償《つぐな》いをしなければ)

そっと、子犬を後ろにやった。しかし、子犬は逃げようとはせずシルヴィアの傍らで唸《うな》り、いつでも火炎を噴き出せるように、リュディガーに対して身構えている。

シルヴィアは深く息を吸い、震える両足でゆっくりと立ち上がる。

魔獣として飼われるなんて、嫌に決まっている。この残虐そうな男に、どんな目に遭わされるか分からない。

それでも……ここで自分が逃げてしまえば、困るのはハロルドだ。貴族令嬢として娶《めと》った妻は化物だったと、こんな男に言いふらされることになる。

今までハロルドを騙していた罪は、シルヴィアの身をもって償わなければ。

リュディガーへ向けて、開きにくい口をゆっくりと動かした。

「アナタ、ノ……イウ、コト……キキ、マス……ダカ、ラ……ハロル、ド……サマ……コマ、ラセ……ナイ、デ……」

口元の裂け目から漏れるのは、やっぱり錆《さ》びついた車輪が軋《きし》むような声だ。とても人間が発する音とは思えない。

「シルヴィア……？　何を……」

掠《かす》れた声で問うハロルドを見ることが出来ず、俯《うつむ》いてまた軋んだ声を出した。

「ズット、ダマ……シテ……ゴメ、ン、ナサ……イ……」

リュディガーが噴き出した。

「あっはっは!!　コイツ、何言ってんだ？　化物の分際で、今さら謝っても遅……」

鈍《にぶ》い音がした。続いてリュディガーの口から絶叫があがる。

ハロルドが凄まじい速度で駆け寄り、油断し切っていたリュディガーの剣を弾き飛ばすと、その頬骨《ほおぼね》を拳《こぶし》で砕いたのだ。

唖然としているシルヴィアと子犬の前で、ハロルドはリュディガーの胸倉を掴み、引き起こした。

「……非常に残念だ。お前を斬るわけにいかない理由がある」

怒りに満ちた声音は恐ろしいほど低く、強靭《きょうじん》な意志でかろうじて殺意の爆発を抑えているのが、明らかだ。

「お前に情報を吐かせるためと、それからもう一つ。どうしても聞かせたいことがあるからだ。死体に何を言っても、理解できないだろう？」

「う……っ、ぐ……っ！」

リュディガーは痛みに呻《うめ》きつつ袖口から何かを取り出そうとしたが、あっさりと腕を掴まれ阻《はば》まれる。そのまま嫌な音を立てて、腕の骨がへし折られた。

「ぐっ！　があああ!!!!」

「……叫んでないで、よく聞け」

血泡を噴く魔獣使いを睨み、鋼将軍は一言一言、はっきりと言い放った。

「俺は、シルヴィアを、愛している」

——斬り捨てられても、当然だと思っていたのに……

シルヴィアは自分の耳が信じられなかった。

呆然と立ち尽くしたまま、ハロルドが気絶したリュディガーを剥《は》ぎ取った上着で素早く縛り、その身体を地面に放り捨てる様子を見つめていた。

不意に、鋼《はがね》のように強い腕に抱き締められて、ようやく我に返る。

「……やっと思い出した。酔って手袋を取った時、手の甲に銀の鱗《うろこ》を見たんだ」

銀鱗に覆われたシルヴィアを、いつもと変わらず抱き締めながらハロルドが告げる。

「夢だと思っていたが……それでも綺麗だと思った」

「ハロルド様……っ!?」

思わず出した声が、普通のものに戻っているのに気づいた。

「あ、あの、わたしの、からだ……」

全部戻っているか確かめたくて、きつく抱き締める腕の中で、一生懸命もがいた。ところが解放されるどころか、ますます強く抱き締められる。よしよしと、手袋をした手で髪を撫《な》でられた。

「ああ、何も言わなくていい。少しくらい外見が変わっても……ずっとこのままでも、シルヴィアの中身は変わっていないんだからな。皆は、俺が説得する」

「ハロルド様……っ」

「隠し事をしていたのは俺も同じだ。貴女《あなた》を妻にして伯爵位を継がせ、フロッケンベルクとアルブレーヌの間に友好関係を築くのが、俺に命じられた役割だった」

「……え？」

思わぬ告白に驚いて動きを止めたシルヴィアに、ハロルドは静かに続ける。

「だが……もしも、ここの皆がシルヴィアを受け入れなかったら、俺と一緒にこの国を出て、どこかでひっそり暮らそう」

その言葉に、息が止まりそうになった。少し苦しそうで、しかし真摯《しんし》な言葉が、頭上からシルヴィアに降り注ぎ、染み通る。

「陛下には、まことに申し訳ないが……どちらかを選ばなくてはいけないなら、俺はフロッケンベルクの将軍よりも、シルヴィアの夫でいたい」

「で、ですが、ハロルド様っ！　私の身体、戻っているかもしれないのです‼」

必死に叫ぶと、ようやく腕が放された。

「っ⁉　鱗《うろこ》が………」

ハロルドがシルヴィアを凝視《ぎょうし》して呟《つぶや》く。

頬を触ると、銀鱗はすでに消えていた。手足や身体も、見る見るうちに普通の皮膚へと戻っていく。凍りついた地面に触れる足が、空気に晒されている部分が、徐々に冷気を感じ始める。

「つ、冷た……っ」

思わず悲鳴をあげると、ハロルドに慌《あわ》てて抱え上げられ、コートで包まれた。瞬《また》く間に全身から銀鱗が消え去り、両手の甲にだけ、いつもと同じ銀鱗が残る。

「出たり消えたりするのか……」

「はい。ですが、あれほど変わったのは初めてで……それから……ごめんなさい。ずっと火傷《やけど》だなんて嘘を……」

ポロポロと涙が零れ、肌色の頬を滑り落ちていく。シルヴィアは銀の鱗が残ったままの両手で目尻を擦《こす》った。

この銀鱗を、ハロルドは本当に綺麗だと言ってくれていたなんて。

「ああ。これからはもう誰にも、手を隠す必要はない……」

ハロルドが言い、そっと唇が重なった。その足元で、火炎の子犬が小さく鳴く声がした。

言葉は伝わらないけれど、シルヴィア達を祝福しているのだけはちゃんと伝わってきた。


シルヴィア達のもとへ襲撃者を残らず片付けたチェスターが追いつくのと、異変に気づいた兵が駆けつけてきたのは、その直後だった。

それからは、非常に慌ただしく事が進んだ。

彼らは倒れているリュディガーと、ハロルドの足元にいる火炎の子犬に驚いたが、シルヴィアが子犬を攻撃しないでくれと頼み、子犬の方でも大人しくして見せたので、そのまま任せてもらえることになった。

ハロルドは兵を率いて未だ混乱の収まらぬ領地の門へ向かい、シルヴィアはチェスターと城へ一緒に避難した。もちろん火炎犬も一緒だ。

城の一室でシルヴィアは衣服を整えてから、チェスターに銀鱗を見せて、全てを話した。

自分でも驚くほどすんなりと打ち明けられたのは、全ての恐れをハロルドが取り払ってくれていたからだ。

「……なるほどね」

銀鱗をしげしげと眺めるチェスターにも、シルヴィアは謝った。

「ごめんなさい。ずっと嘘をついていて……」

「いいさ。その代わり、俺のことも怖がらないでくれる？」

そう言ったチェスターの衣服は、返り血であちこちが汚れている。彼が武器にした鉄製の雪かきスコップは、もう使えまい。すっかり折れ曲がり、柄《え》まで真っ赤に染まっていた。

陽気で人当たりの良いこの少年が、見た目よりも平凡でないことは分かっていたが、さすがに今日は驚いた。ハロルドの忠告通り、もし振り向いていたらさぞ恐ろしい光景を目《ま》の当たりにしていただろう。

でも、たとえどんな一面を持っていても、彼はシルヴィアの大切な友達だ。

「ええ、もちろん」

シルヴィアはニコリと頷いた。

やがて陽が沈む頃、ハロルドは無事に帰ってきた。短いが苛烈《かれつ》を極めた戦闘の末に、ゾルターンを含む多数の魔獣使いを捕らえることが出来たそうだ。

領民は歓喜に沸き、負傷兵の治療や炊き出しに大忙しだ。

城の玄関ホールは大混乱で、ハロルドも騎士達と事後処理に忙しそうだったが、シルヴィアを見ると、遠くから穏やかに笑いかけてくれた。それで十分心が温かい。

「シルヴィア様！」

大声とともに、一人の騎士が玄関ホールに駆け込んできたのは、その時だった。

旅装の騎士は、シルヴィアがばあやに宛てた手紙を持って、ミヨンに赴《おもむ》いてくれた人だ。太く逞《たくま》しい腕には、誰かを毛皮のマントにすっぽり包み、大切そうに抱えている。

何事かと皆が注目する中、抱えられていたマントの中から、困惑の声があがった。

「も、申し訳ありませんが……歩けますので、降ろしていただけますでしょうか」

年老いた声が、丁寧なシシリーナ語を紡ぐ。

彼女の顔が露《あらわ》になる前に、シルヴィアは叫び、駆け出していた。

「ばあや!?」

マントの中から出てきたばあやに、両手を広げて飛びつく。痩せた小柄な身体は、驚くほどしっかりとシルヴィアを抱き止めてくれた。

「ど、どうして!?　本当に、ばあやがいるのよね!?　夢じゃないわよね!?」

嗚咽《おえつ》交じりに尋ねると、昔いつもしてくれていたように、背中を優しく撫《な》でられた。

「ええ、ええ。本物のばあやですとも。親切な騎士様のご厚意に甘えて、連れてきていただきました」

ばあやに見上げられた騎士が、照れくさそうに頭をかいた。

「もしや乳母殿は、シルヴィア様の安否を確かめに行ったのかと思い、ここまで帰る道中でも捜してきたのですよ。幸いにも一人旅の年配女性など珍しいですから、すぐ手前の都市で見つかりました」

その言葉にシルヴィアは驚いて、ばあやをまじまじと見つめた。

「ばあや……私を心配して、そんなに長い旅に出たの？」

「ええ。旅費のために、あの指輪を売ってしまいましたが……」

ばあやは頷き、空《から》になった小さな布袋を見せる。シルヴィアと揃いで作られた袋には、シルヴィアのものと同じくらい高価な指輪が入っていたはずだった。

シルヴィアの亡き母は、自分が幼い頃からずっと母親代わりに尽くしてくれたばあやにも、『本当に必要な時に売れる、ただの指輪』を残していたのだ。

「……実は、シルヴィア様の嫁《とつ》ぎ先を知ることが出来たのは、貴女《あなた》の家庭教師が、私に手紙をくださったからなのです」

空の袋をしまい、ばあやは美しい文字で宛先が書かれた、一通の手紙を差し出した。

「あの人が……？」

今日、何度目かの信じられない思いに、シルヴィアは目を見開く。

「はい。騎士隊長から私の住所や名前を聞き、シルヴィア様がご出立した直後に、家庭教師の最後の務めとして書かれたそうです。ご結婚相手は立派な方で、シルヴィア様も淑女教育を十分にこなされたので、安心するようにとのことでしたが……」

そこまで言うと、ばあやは俯《うつむ》いて言葉を詰まらせた。細い肩が震えている。

「ですが……やはり、あの残虐で身勝手な伯爵が金銭目当てに仕組んだ結婚と思うと、私はどうしても心配でたまりませんでした……お金などで、よくも私の大切な孫を……」

「孫……？」

シルヴィアは首を傾げて呟《つぶや》いた。すると、ばあやはハッとしたように顔を上げ、急いで首を振る。

「申し訳ございません。勝手ながら私は、シルヴィア様を実の孫も同然に思っているのです……」

ばあやは何かを誤魔化すように大きく咳払いをして、言葉を続けた。

「シルヴィア様のお手紙も拝見いたしました。そこにも、幸せに過ごしておられると書かれていたのに……歳をとると、どうにも頑固で心配性になってしまうようでして……」

ばあやの視線が、シルヴィアの手袋へそっと向けられる。

「ばあや……わたしの手を、心配してくれていたのね……」

シルヴィアは呟き、いつの間にか傍らに来ていたハロルドを見上げた。

愛《いと》しい夫が頷いてくれる。

一瞬、目を瞑《つむ》って心を静め、それから思い切って手袋を取った。

ホールにひしめく人々の目前に、銀鱗の輝く手が晒《さら》される。何人かが驚きの声をあげたが、気にならなかった。ハロルドに、後ろからしっかりと抱き締められているから。

だから驚くばあやに、笑顔で告げることが出来た。

「もう大丈夫。私、何もかも打ち明けたの……今日、本当に幸せになったの……」

8　鋼将軍の銀色花嫁

――三ヶ月後。

今日は気温が低いが天気はよく、青空と白銀の大地の組み合わせが美しい。気持ち良い冬の日のお手本といった風景だ。

チェスターと買い物から帰宅したシルヴィアは、雪に覆われたバルシュミーデ城の中庭で、口元をほころばせる。

シルヴィアが『ファミーユ』と名づけた火炎の子犬は、中庭でちょうど食事中だった。

「完璧だな、ファミーユ。偉いぞ」

イルゼの夫である庭師が、美味しそうに骨つき肉をかじる黒い雌《めす》の子犬を撫《な》でた。子犬は老庭師を見上げ、リボンを結んだ蛇のような尾を元気いっぱい振り、「くぅん」と可愛らしく鳴く。

庭師のおじいさんが動物にも詳しいのは知っていたが、まさか火炎犬の飼育まで出来るだなんて意外だった。しかしその腕前は確かだったし、ファミーユ自身も大層賢く、庭師が丁寧に教える火炎の制御を、ぐんぐん覚えていった。

最初は氷漬けにした肉の塊《かたまり》で訓練していたが、すぐに火炎を吐かずに咀嚼《そしゃく》するコツを覚えた。

今ではやたらに火炎を噴くこともなくなった上、火の勢いを器用に調整することも出来る。毎日、館でかまどや暖炉の火をつけるのに大活躍だ。

「ただいま、ファミーユ！」

シルヴィアが雪の上に膝をついて両手を広げると、黒い子犬はまっしぐらに走ってくる。毛並みはつやつやし、三ヶ月前の骨と皮ばかりだった姿が嘘のようだ。身体は決して大きくないが、聞けば火炎犬というのは、もともと小型な種らしい。戦場で敵陣に忍び込ませ、糧食を焼かせたりするのだそうだ。

ファミーユはシルヴィアに飛びつき、頬をペロペロ舐めて甘える。

あれから何度額を合わせても、この子犬としゃべることは出来なかった。どうやらあの姿にならなくては無理のようだ。

でもファミーユはとても賢いから、シルヴィアが普通に話しかけても大抵は分かるようだし、シルヴィアの方でも、表情や仕草から子犬の言いたいことが何となく分かる。

「ファミーユ、俺にもお帰りは？」

傍らのチェスターが催促《さいそく》すると、子犬はシルヴィアの手から離れ、赤毛の少年にも飛びつく。

手の空いたシルヴィアは、館の窓からニコニコと庭を眺めているばあやを見つけ、元気に手を振った。

「ばあや！　ただいま！」

シルヴィアの手には、赤い毛糸の手袋が嵌《は》められているが、これは純粋に防寒用だ。

あの大騒動の日から、もうシルヴィアは防寒と社交マナー以外の目的で手袋を身につけることはなくなった。

「ファミーユ！　仕事の時間だ」

ひとしきり子犬を遊ばせてから庭師が呼びかけると、ファミーユはチェスターの手から飛び降りた。そして誇らしげに尻尾をパタパタ振り、庭師の後をついていった。台所以外でも、飼育小屋の凍りついた飲み水を溶かしたり、凍った屋外のドアを開くようにしたりと、彼女はなかなか忙しい。

「すっかり名コンビだな」

服についた雪を払い落としながら、チェスターが陽気に笑う。それから買ってきた品の入った袋を抱え直す彼に、シルヴィアは街で気になったことを尋ねた。

「……いったい、どうしてあんな噂がたったのかしら？」

今日はチェスターに付き合ってもらい、刺繍糸《ししゅういと》とお菓子作りの材料を買いに行ったのだが、ぜひその銀鱗を触らせてもらいたいと、何人もの領民から頼まれたのだ。

聞けば、この銀鱗はとても縁起のよいもので、シルヴィアがずっと手袋で隠していたのは、故郷で触らせてくれと頼まれすぎて困ったせいだ……という噂が流れているからしい。

「さーぁ？　誰かが適当に言ったんじゃないの？　変に悪い噂がたつよりいいじゃん」

そう言ったチェスターは、口元に意味深な笑みを浮かべていた。

「ええ……」

はぐらかされた気はしたが、確かにチェスターの言う通りなので、シルヴィアも頷いておいた。この少年はきっと、シルヴィアよりもはるかに隠し事が上手なのだ。

館の玄関ポーチに足をかけた時、城の正門から二人の騎兵が雪を跳ね上げて駆け込んできた。

「グランツ将軍が、ただいまお戻りになりました！」

領地の門からの伝令兵は、辺り一面に大声を響かせた。

衛兵達が一斉に喜びの声をあげ、シルヴィアも顔を輝かせる。

三ヶ月前に捕らえたリュディガーとゾルターンから情報を吐かせ、彼らの属する大きな二組織の本部や、盗品の詳しい搬入ルートを知ることが出来たのだ。

ハロルドは王都へ緊急の伝達を出し、フロッケンベルクは総力をあげて二組織の壊滅に臨むことになった。ハロルドも兵を率いて領地を出立してから、もう一ヶ月以上になる。

先々週にはすでに組織の壊滅に成功したと、伝達が来た。盗品や魔獣の材料として誘拐された子どもの大半も取り返すことが出来たそうだ。

もっとも被害者はフロッケンベルクの民だけではなかったので、ハロルドや主だった将軍は、各国との間に生じた複雑な事後処理のため今の今まで帰還することが出来ずにいたのだ。

「チェスター！　お迎えに行っては駄目かしら？」

一刻も早くハロルドの無事な姿を見たくてシルヴィアが尋ねると、赤毛の少年は笑って正門に目を向けた。

「その必要はないと思うな。向こうのがずっと速いだろうし」

塀のはるか向こうから馬蹄《ばてい》の音が聞こえ、それは瞬《また》く間に近づいてくる。やがてシルヴィアの目に、黒毛の大きな愛馬にまたがり飛ぶように駆けてくるハロルドの姿が映った。

「シルヴィア!!」

自分の名を愛《いと》しげに叫ぶ夫に向かって、シルヴィアは凍った道を駆けていく。しかし、急ぎすぎたせいでツルツルと滑る氷に足を取られ、転びそうになった。

「きゃあ！」

悲鳴をあげたが、したたかに身体をぶつけなくて済んだのは、ハロルドが馬から飛び降りて支えてくれたせいだ。

「あ、ありがとうございます……」

抱き締められたまま見上げると、ハロルドが片眉を上げて苦笑した。

「そんなに慌《あわ》てるな。俺が無事に帰ってこられても、シルヴィアが怪我をしては意味がないだろう」

ハロルドはもう、シルヴィアに対し無愛想にはならないものの、生来の照れ屋までは直せなかったらしく、さっさと腕を離されてしまう。が、その間際に、とても小さな声で囁《ささや》かれた。

「……会いたかった」

「あ……」

胸の奥からとても温かいものがこみ上げて、思わず手を伸ばしてハロルドのマントを掴んだ。

「ん？」

振り向いたハロルドに、「おかえりなさいませ」と言おうとしたのに、上手く声が出ない。

顔中に嬉しさが広がって、そのまま見上げていると、ハロルドが軽く目を見開いた。

不意に、もう一度、抱き締められた。周囲に、館の使用人や城の兵達が大勢いること
も忘れたかのように、ハロルドはシルヴィアを抱き締めて、幸せそうに呟《つぶや》く。

「あの画《え》よりも、綺麗に笑うようになったな……」

何のことか分からなかったが、大きな身体にギュウギュウと抱き締められる幸せの前
に、小さな疑問は消え失せてしまった。


――そして夜。

寝所でハロルドと並んで寝台に座り、念のため、銀鱗の噂について話してみた。

「ああ、別に問題はないだろう。噂などいい加減なものだ。悪い影響がないなら放って
おけばいい」

ハロルドもそう言い、この話はこれで終わりだというように、シルヴィアを抱き寄せた。

優しく唇を重ねられるうちに思考が蕩《とろ》け出して、不思議な噂の出所など、どうでもよ

くなってくる。

シルヴィアも両手を回して抱きつき、渇望していたぬくもりを、思い切り味わう。

ハロルドがシルヴィアの手を取り、銀鱗へ唇を寄せた。

「ここは感覚がまるでないのか?」

「はい。痛くもないし、熱いのも冷たいのも感じないのです。でも……」

少し恥ずかしかったが、別に悪いことではないから、心臓の辺りを押さえて正直に言った。

「ハロルド様に触れられると、ここがドキドキします」

言い終わった瞬間、視界がくるんと上向く。押し倒されたのだと分かった時には唇を塞がれ、激しく貪《むさぼ》られていた。

「……あまり不用意に煽《あお》らないでくれ。ずっとシルヴィアに飢《う》えていたんだぞ。手加減できなくなるだろうが」

唇と唇のわずかな隙間で囁《ささや》かれ、背筋をゾクリと快楽が駆ける。

「わ、私も……んっ!」

言いかけた唇を再び塞がれ、鼻から抜けるような声が零れた。何度も短く啼《な》きながら、絡まる舌に翻弄される。誘われるまま、シルヴィアも舌を動かして応えた。

薄皮を剥《は》ぐように夜着が脱がされた。露《あらわ》になったシルヴィアの肩へ、胸元へ、柔らかな口付けが落とされる。大きな手が肌を滑り、そこからじんわりと熱が生まれていく。

シルヴィアも手を伸ばし、ハロルドの身体に触れた。鍛えられた身体のあちこちに、戦場でついた大小の傷跡が残っている。縫合痕《ほうごうあと》も、刀痕《とうこん》も、火傷痕《やけど》もあった。それらの全てを、さらには傷のない部分も、上がった体温も、直に手のひらで感じていく。

こうしてハロルドに触れるのが、触れられるのが、どうしようもなく幸せ。

シルヴィアはうっとりと目を閉じ、身をすり寄せる。

互いに肌をまさぐり、足を絡ませるうちに、次第に呼吸が荒くなっていく。

「はっ……ん……」

胸の先端を吸われ、仰《の》け反《ぞ》った背が浮く。久しぶりでも、幾度も重ねた身体はすぐに男女の行為を思い出し、そこかしこが疼《うず》いて過敏に反応する。

硬く尖った先端を熱い舌でこねられると、胸の奥からたまらない感覚がこみ上げる。

身悶《みもだ》えするシルヴィアの上体を、ハロルドがしっかりと押さえて、執拗《しつよう》に舐めしゃぶる。こんな風に押し倒されても、もう少しも恐ろしくない。銀鱗が覆う手で、鉄色の短い髪をかき抱き、『もっと』と胸に押しつける。

胸への愛撫《あいぶ》に反応し、細い腰が震えた。教え込まれた快楽を期待して、奥が勝手に蠢《うごめ》き、蜜を零し始める。

「は、ぁ……はぁ……」

大きく喘《あえ》いで身を捩《よじ》ると、身体を起こしたハロルドの指に、唇をなぞられた。大きくて無骨な指がとても愛《いと》しくて、舌を伸ばして舐めてみた。

「っ……」

ハロルドが眉を軽くひそめて呻《うめ》いた。嫌なのかと思い離そうとしたら、そのまま口の中にそっと指を入れられ、柔らかく口内をくすぐられる。続いてもう二本入れられ、シルヴィアはその口腔を犯す指を従順にしゃぶり愛撫した。

触れられてもいないのに秘所が熱く疼《うず》き、頭が痺《しび》れたようにぼうっとしてくる。

「シルヴィア……とても可愛くて、綺麗だ」

ハロルドが呟《つぶや》き、熱に浮かされた視線で見つめてくる。

唾液で十分に濡れた指が口内から引き抜かれ、内腿《うちもも》を滑った。下着の紐が解かれ、すでに蜜で濡れていた布が剥《は》ぎ取られる。

「あ……」

外気に晒された部分がヒクリと震え、溜め息のような声を漏らしてしまった。

ほころびかけていた花弁をかき分けて、濡れた指が潜《もぐ》り込む。唾液が蜜と混じり合い、粘つくような音が立った。

指を増やされてもそこはもう違和感など覚えず、三本まで突き入れられた指に待ち焦がれていたかのごとく吸いつく。

「あっ、あ、んん……」

秘所をくすぐる指に、シルヴィアはきつく目を瞑《つむ》って喘《あえ》いだ。身体の外も中も、感じる場所はとうに知り尽くされている。着実に溜まっていく快楽に、身体にはしっとりと汗が滲《にじ》む。

もう少し、あと少し……そのもどかしさに、火照《ほて》った顔を左右に振り、突っ張った内腿をブルブルと震わせる。

不意に、埋め込む指はそのままに、親指の腹で花芽を柔らかく押された。

「──っ、あ、あ、あ!!」

甲高い悲鳴とともに、シルヴィアはガクガクと身体を震わせ、達したことをハロルドに知らせた。

くたりと敷布《しきふ》に身を落とし、荒い呼吸を繰り返していると、慈《いつく》しむような口付けを額に落とされる。さらに過敏になった脇腹を撫《な》でられ、ピクリと身体がひきつった。

「ハロルド、様……もう、大丈夫……ですから……」

無意識に腰を揺らし、両腕をハロルドの首に絡めてねだった。

達したばかりで貫かれるのは、快楽が強すぎて辛いと分かっていても、早く欲しい。奥まで全部、満たしてほしくてたまらない。

「驚いた……今日は本当に、積極的に誘ってくれるんだな」

囁《ささや》かれ、耳朶《みみたぶ》を甘く噛まれた。

「あっ……や……そんな……」

シルヴィアはピクリと身をすくませ、両手で顔を覆う。さっきから自分がとても淫《みだ》らになっていたのに気づき、羞恥《しゅうち》に全身を染める。

「あ、呆れてしまいましたか……?」

恐る恐る尋ねると、顔を隠している手をそっと引き剥がされた。そして額に丁寧な口付けをされる。頬にも瞼《まぶた》にも、大切な宝物を愛《め》でるかのように唇が落とされた。

「いいや、嬉しくてたまらない」

太腿《ふともも》をぐっと押し広げられ、蕩《とろ》けた花弁に熱い先端が触れた。

湿った音を立てて、たぎった先端が埋め込まれる。シルヴィアは軽く眉をひそめた。

この交わりの瞬間だけは、いつも緊張する。反射的に強張った背に、大きな片手が添えられた。

「ん、あああっ!!」

一息に突き入れられ、快楽交じりの悲鳴をあげてしまった。身体の中で脈動している熱を締め上げ、ハロルドに縋《すが》りついて浅い呼吸を繰り返す。

久しぶりに埋め込まれた熱に、蜜壁が目一杯広げられる。十分に慣らされたはずなのに、体内を満たす圧迫感に、息が詰まりそうになった。

それでも、軽くゆすり上げられただけで、壁を擦《こす》られる感触に腰が砕けそうになる。

「……シルヴィアが優しいから、調子に乗りたくなった」

不意にハロルドが囁《ささや》き、シルヴィアの腰を掴んで、繋がったまま引き起こした。

「えっ!? あ、あう！」

動いた拍子に先端が内壁を強くえぐり、目が眩《くら》んだ。向かい合った姿勢で、ハロルドの腰の上に座らされる。戸惑うシルヴィアの頬を撫《な》で、ハロルドが笑った。

「自分で動いてくれるか？」

「え……？」

シルヴィアは驚いて、潤《うる》んだ目を見開く。いつもハロルドに全てを委《ゆだ》ねていれば良かったのに……。

「は、はい……」

恥ずかしくてたまらなかったが、頬を染めつつも頷いた。とはいえ、どうやれば良いのかよく分からず、恐々と身体を前後に揺らしてみた。

「ん……ぅ……」

厚い胸板に、乳房が押しつけられて形を変える。先端が擦れて痺《しび》れが湧き上がり、その痺れは密着している箇所へも伝わっていく。

「はっ、ん、ん……」

目を閉じ、眉をひそめて不器用に上体を揺すっていると、深く繋がった結合部から、次第に火照《ほて》りともどかしさがこみ上げ、自然と腰が揺れ始める。

溢れ出した蜜が、動きに合わせて淫らな音をたて、滴《したた》り落ちては互いの腿《もも》を濡らす。

「自分で動いても、気持ちいいだろう？」

囁かれ、夢中で頷く。自分から積極的にハロルドを求めて良いのだと思うと、幸せでたまらない。

「はぁ……きもち、い……です……あ、あぁぁっ！」

はっきりと口に出すと、いっそう全身の快楽が増した。反らして喘《あえ》いだ喉を、強く吸われる。陶酔感に眩暈《めまい》がした。

ハロルドに抱きついて身体を揺らしながら、陶然《とうぜん》と囁き返す。

「ふ、あ……あ、あ……ハロルド様、も……きもちいい、ですか……？」

「ああ、気持ちよすぎて、どうにかなりそうだ」

ハロルドの声も、快楽に掠《かす》れていた。彼も気持ちよくなっているのだと思うと、いっそう快楽が増す。

低い声が腰の奥に響いて、蜜洞がキュウと締まった。内壁が淫らにざわめき、雄に絡みついて放すまいと愛撫《あいぶ》を繰り返す。下からも軽く突き上げられ、身体の熱が増していく。

「あ……ぁふ、は……あ、あ……ハロルド様……わたし、もう……」

激務からやっと帰ってきたハロルドを気持ちよくしたかったのに、自分の方が身を焦がす快楽に耐え切れず、大きく腰を揺らしたと同時に達してしまった。

脳裏が白く霞《かす》み、何も考えられなくなる。

「シルヴィア……っ」

ハロルドが唸《うな》り、再び敷布《しきふ》に組み敷かれた。絶頂の余韻が覚めやらぬうちに腰を掴まれ、そのまま激しく打ちつけられる。

乱れた息遣いには余裕がなく、壊れそうなほど揺さぶられる。急激に内部を擦《す》り上げられ、足が勝手に跳ねた。繋がった部分から溶け合って、混ざり合うような感覚がこみ上げる。

「あっ！　あ！　ハロルド、さま……あぁ……好き……好き、い……あ、あああ‼」

混濁した意識で何度も告げ、繋がったまま唇を合わせた。舌を絡ませ、唾液を交換する。気持ちいい。頭が真っ白になるほど、何の心配もなく満たされる。

「……」

律動が速まり、一際深く突きこまれた奥で、熱が爆《は》ぜる。

注ぎ込まれる液の熱さに喘《あえ》ぎ、シルヴィアも同時に絶頂を貪《むさぼ》った。

両手足をハロルドに絡めて抱きついたまま、ヒクヒクと全身を震わせ、やがて力の抜けた四肢をくたりと敷布に落とした。

大きく息を吐いたハロルドが、片手でシルヴィアを抱き締めながら、もう片方の手でゆっくりと散らばった銀髪を撫《な》でる。

手を取られ、両手の指をそれぞれ絡められた。目を開けると、鉄色の瞳と視線が絡まる。

しっかりと手のひらを合わせたまま、ハロルドの指先が、シルヴィアの手に燦然《さんぜん》と輝く銀鱗を大切そうになぞった。

「シルヴィア……貴女《あなた》を妻に出来た俺は、きっと世界で一番、幸運な男だ」

――やがて季節は移り変わる。

氷雪が解け、新芽が顔を覗かせ、北国に初夏の兆《きざ》しが見られる頃、シルヴィアはハロルドに連れられ、フロッケンベルクの王都に初めて足を踏み入れた。

今はまだ、夏しか外部に開かれない王都は、帰還した大勢の錬金術師《れんきんじゅつし》や傭兵、それに隊商の馬車で大混雑だった。

赤いレンガの家々からは楽しげな笑い声が聞こえ、出稼ぎから帰った家族を迎えている。

一方シルヴィア達は、従者の役目を終えたチェスターと、王都の広場で別れることになった。広場は隊商の馬車で埋め尽くされており、彼の実家である隊商『バーグレイ商会』の馬車も、まもなく訪れるはずだと言う。

「お世話になりました。グランツ将軍、シルヴィア様」

片膝をついて敬礼し、かしこまった口調で告げるその様子が、余計に別れを実感させた。

「ああ、最高の仕事ぶりだった」

頷くハロルドの隣で、シルヴィアは目尻に涙を浮かべていた。

「来年の夏には、また会えるのよね?」

バーグレイ商会は、毎年バルシュミーデ領にも必ず寄るとは聞いていたが、つい確認してしまう。

チェスターがいなくなってしまうのは、言い尽くせないほど寂しかった。

「うん……必ず行く。一年間も従者生活なんて耐えられないと思ってたのに、楽しすぎてあっという間だったよ」

普段の口調に戻ったチェスターが不意にシルヴィアの手を取り、一人前の騎士のような仕草で手袋の甲に口付けた。

シルヴィアも今日は、将軍夫人としての王都への正式な訪問ということで、あらたまったドレスを着て髪を結い上げ、ちゃんと白い手袋も嵌《は》めているのだ。

チェスターが顔を上げ、悪戯《いたずら》好きな子どもの表情でニヤリとする。

「そんな可愛い顔しないでよ。従者だから我慢してたのに、本気でシルヴィア様を口説きたくなっちゃうじゃない」

「こら！　目の前で妻を口説くな‼」

ハロルドの拳骨を素早くかわし、チェスターは手を振って大声で笑った。

「じゃあね、ハロルド兄！　俺に獲《と》られないように、ちゃんとシルヴィア様を捕まえててよ！」

そして赤毛の少年は、あっという間に雑踏の中へと消えてしまった。

シルヴィアとハロルドは少しの間顔を見合わせていたが、不意に可笑《おか》しくなって笑い転げる。来年の夏が楽しみだ。

それから次の大事な用事を果たすために、二人はまた馬車に乗る。

石畳の道を揺られ、やがてフロッケンベルクにおいて王宮と並ぶほどの重要施設、錬金術《れんきんじゅつ》ギルドの本部に到着した。

広大な敷地は瀟洒《しょうしゃ》な鉄柵に囲われていて、幾棟もの研究棟や倉庫が立ち並んでいる。

そしてここには、シャルロッティの研究室もあった。

シルヴィアは事前に、領地から彼女へ全ての顛末《てんまつ》をしたためた手紙を送っており、そこに切り取った銀鱗も一枚同封していた。

もう逃げて隠れて怯《おび》えるのは止めよう。きちんとこの銀鱗と向き合うのだ。


「……素晴らしい建物ですね」

五階建ての荘厳な建物を見上げ、シルヴィアが感嘆の声をあげる。

下手な貴族の屋敷よりもはるかに大きく、部屋は一体いくつあるのかも分からない。

窓枠や門柱には優美な彫刻が施《ほどこ》され、大きな窓ガラスは決して曇らない特殊素材だそうだ。

ここに部屋を貰える錬金術師は限られているし、普通の診察なら他の棟で受け付けているため、ハロルドもこの棟には数えるほどしか来たことがなかった。

広い受付で名を告げると、若い職員が案内をしてくれた。階段を上がって着いた先の扉には『シャルロッティ・エーベルハルト』と記されたプレートがかかっている。

「お久しぶりね。グランツ将軍、シルヴィア様。私の発明品に乗ってくれたら、もっと早くお会いできたのに」

扉を開けたシャルロッティは、開口一番にそう言った。薄手のブラウスに空色のスカートといった子どもらしい夏服の上に、相変わらず大きすぎる白衣を羽織っている。

シルヴィアが楽しそうな笑い声をあげ、ハロルドも苦笑した。

この小さな錬金術師《れんきんじゅつし》が奇妙な乗り物でバルシュミーデ領地にやって来た時には、さすがのハロルドも目を疑ったものだ。もちろん彼としても、あれに乗るのは断固としてご免《めん》こうむる。

「せっかくだが、一日も早く街道を作ることにす……っ!?」

室内に目を向けたハロルドは、驚きのあまり声を詰まらせた。

クリーム色の壁紙が張られた部屋には、大きな机や薬品がぎっしり入った棚や奇妙な機材がところ狭しと置かれている。その合間に、一人の青年が静かに立っていた。

「お久しぶりです、グランツ将軍」

二十代半ばとおぼしき青年は、流麗な声で挨拶をした。仕立ての良いシャツとベストに、シャルロッティと同じような白衣を着て、きっちりと巻いたタイには錬金術師の身分を表すブローチをつけている。

濃いグレーの髪に、両目は氷河のようなアイスブルー。信じられないほど整った顔立ちは、こうして並ぶとシャルロッティによく似ていた。

間違いない――自分にこの結婚を勧めてきた軍師だ。

ハロルドは「軍師殿！」と、声をあげそうになるのを必死に堪《こら》えた。去年の初夏にこの奇妙な軍師と面談した帰り際、彼から個人的なお願いをされたからだ。

『僕が軍師であることは、周囲に知られたくないのです。ですから、もし今後どこかで僕に会ったとしても、決して軍師としては扱わないでくださいね。お願いいたします』

秀麗な顔に浮かぶ笑みはにこやかで、言葉も丁重そのものなのに、逆らうことを決して許さぬ空気を纏《まと》っていた。

ハロルドは釘どころか、凍《い》てつく氷の槍を刺して念押しされた気分だった。

「――グランツ将軍。領地では、我が弟子シャルロッティがお世話になりました」

軍師……いや、青年錬金術師が、ハロルドを前に完璧な仕草で礼を述べた。

「ハロルド様？」

驚愕の表情でパクパクと口を開け閉めしているハロルドに、シルヴィアは首を傾げる。

「将軍とは、以前に別件で顔を合わせておりますので……。それより、シルヴィア様にも、娘がお世話になりましたことをお礼申し上げます」

青年錬金術師《れんきんじゅつし》はサラリと説明すると、シルヴィアにも丁重な礼を述べる。

「まぁ、シャルロッティ嬢のお父様でしたか……」

「ええ。お師匠様兼お父様。そして私は未成年だから、正式な診察には、師の監督が必要なのよ。必要ないと思ってくれても良いのに……」

シャルロッティは少し不満そうに若い父親を見上げる。

「君が賢いのは認めますが、すぐに自惚《うぬほ》れる悪癖《あくへき》も知っていますのでね」

にこやかな笑みを浮かべ、青年がキッパリと言う。シャルロッティはすかさず顔をしかめて頬を膨らませたが、言われるだけの心当たりがあるのか、気まずそうに咳払いをした。

「……まぁ、規則だから仕方ないわね」

二人のやり取りには紛れもない親愛の情が篭《こも》っていて、シルヴィアは微笑んだ。

シャルロッティは表情を改めると、シルヴィアとハロルドに客用の椅子を勧め、自分も机の傍にあった椅子に掛けた。青年は窓際で静かに立っている。

二色瞳の小さな錬金術師は、シルヴィアに対して採血や各種の質問を手際よく行い、いくつかの薬品反応を見る。そしてシルヴィアとハロルドが固唾《かたず》を呑んで待つ中、銀鱗についての説明を始めた。

「この銀鱗は、火炎犬の開発に使用されたドラゴンと、ほぼ同じものだわ。だから、火炎犬との意思の疎通が出来たんでしょうね。あの種のドラゴンの口は、言葉を発するには向かないから、仲間同士のコミュニケーションは伝心でするのよ」

「で、では……私はやはり、魔獣なのですか？」

シルヴィアが尋ねると、シャルロッティは首を傾げた。

「少なくとも現存する魔獣の製造記録には、貴女《あなた》のような例は載っていないし、造れるとも思えないわね。人とドラゴンを掛け合わせる技術は、現代ではまず不可能なの」

そういえばリュディガーも、シルヴィアを見て驚いていたことを思い出す。シルヴィアはまた尋ねた。

「私の両親は、普通の人間でしたのに……なぜ私にだけ鱗《うろこ》が？」

するとまた、きっぱりした返答が来た。

「ごく稀《まれ》に、そういうことがあるのよ。身分や国籍を問わずに、人間の両親から鱗や翼を持つ子どもが生まれたり、成長するにつれて人狼《じんろう》と分かるケースもあるわ」

「え……？」

　驚くシルヴィアとハロルドの前で、シャルロッティは物憂《ものう》げな表情を浮かべた。

「もちろん、錬金術《れんきんじゅつ》ギルドが把握しているのは、ごくわずかな一部よ。異形《いぎょう》の子は、生まれてすぐに存在ごと消されることが多いの」

　呆然としているシルヴィアに、小さな錬金術師は語り続ける。

「けれど、中には運良く生き延びて、子孫を残せる人もいる。その子どもは、大抵が普通の人間の姿をしていて……また何代か経て、同じような子どもが生まれるの。先祖が記録書などをしっかり残しておいたおかげで、周囲に受け入れられた例もあるわ」

「先祖の……」

　ふと、シルヴィアは思い当たる節《ふし》がいくつもあることに気づいた。

　そもそも何か決定的な理由がなければ、父が異形の娘を自分の子と認め、塔に幽閉しつつも生かしておくなど、あり得なかっただろう。

　医師が銀鱗の除去に失敗するたびに、何度も先祖の一人を忌々《いまいま》しげに罵《ののし》っていた父の姿を思い出す。それに、シルヴィアの手を斬れと命じた時にも、言い訳のように呟《つぶや》いていた。

『お前を虐《しいた》げるのではない。呪われなどしない』と。

手の甲に輝く銀鱗を眺め、シルヴィアは最後の質問をした。

「誰も造れるはずがないのなら……この鱗《うろこ》は自然なものなのですか?」

すると幼い錬金術師は、初めて困ったように眉を下げた。

「申し訳ないけれど、それは分からないわ。突然変異で片付けるには疑問が残るし、かといって現在の技術では鱗の人工移植は不可能なことも確かなの。そもそも魔獣製造の歴史は、曖昧《あいまい》な部分が多いのよ」

ちらりと、二色の瞳が壁際の青年へと向けられる。青年はずっと黙って見ているだけだったが、ようやく口を開いた。

「……誠に申し訳ございませんが、現時点で錬金術ギルドの研究は、異形の子が生まれる理由を判明するまでに至っていないのです。ただ、この広い世界には、一般的に知られているよりはるかに様々な種が生息しているというだけのことです」

結局この銀鱗は、特に害はないが、除去も不可能という診断結果が下された。

ハロルドはずっと青年に何か言いたそうな顔をしていたが、シャルロッティがもう一つ、別の診断結果を言い渡すと、それも吹き飛んでしまったらしい。

「し、失礼する!」

驚くシルヴィアをしっかりと抱きかかえ、ハロルドはあたふたと部屋を出て行った。

　仲むつまじい将軍夫妻が帰り、シャルロッティは父と並んで窓辺に立ち、背伸びをして外を眺めた。グランツ将軍が妻を抱きかかえ、正面玄関の石段を下りている。まるで、妻を一歩でも歩かせたら大変なことになるとでも言うような剣幕だ。

　シャルロッティはクスリと笑い、窓から離れて机を片付け始める。父は部屋を出て行くと、ほどなく茶器を載せた盆を手に戻ってきた。

「シャル、お疲れさまでした。お茶にしましょう」

　錬金術師《れんきんじゅつし》ヘルマン・エーベルハルトが、優雅に微笑む。シャルロッティが壁の時計を見上げると、やはり正確に休憩の時間を示していた。シャルロッティの師であり父親であり、この国の軍師という非公式の顔も持っている彼は、いつだって腹が立つほど完璧でそつがない。

　香りの高い紅茶が、手際よく注がれていく。錬金術師の親子は、それぞれ自分のカップを手に取った。

「良い夫妻ね。火炎犬のことや、奥様の姿があそこまで変貌するのは予想外だったけれど、もう大丈夫だわ」

　シャルロッティは頷き、薬品棚の引き出しに目を向ける。その中には、シルヴィアの銀鱗サンプルが入っていた。

ただしそれは、彼女自身から送られたものではなかった。

ヘルマンはアルブレーヌ領のレアメタル採掘権を手に入れるために、以前から入念な準備を整えてきたのだ。

彼は何度か密かにアルブレーヌ領に赴《おもむ》き、伯爵令嬢のスケッチ画とアルブレーヌ領の細かな情報、そしてなぜシルヴィアが幽閉されているかも突き止め、銀鱗サンプルまでも一枚持ってきた。

この父が木か何かに登り、望遠鏡を覗きながら、せっせと伯爵令嬢の顔をスケッチしている姿をぜひ見てみたかったものだ。銀鱗は、おそらく塔へ忍び込み、シルヴィアが眠っている隙にでも切り取ったのだろう。

自分の妻以外の女性には欠片《かけら》も興味を持たない人だから、不埒《ふらち》な真似はしなかったはずだが、我が父ながら、実に品のない犯罪者である。母にこの件を黙っておいてあげるのは、娘としての優しさだ。

そしてヘルマンは国王に全てを話し、婚姻政策を取り決め、国中の有望株の中からシルヴィアの夫候補の人選を開始した。

その結果、独身で年齢も釣り合い、人材として能力が高く、国王への忠義も篤《あつ》い、かつ銀鱗を知っても変わらずに妻を愛せそうな男という厳しい条件の下に残ったのは、たった一人――それがハロルドだ。

ヘルマンは二人の性格や好みを細かく調べ上げ、恋愛下手なハロルドの助けにチェスターを投入したりと、非常に気を配っていた。

シャルロッティがバルシュミーデ領に行ったのも、薬草研究というのは建前で、本当はシルヴィアの銀鱗がもっと早くばれた時に備えてのことだった。もし突然ばれたとしても、一流と名高い錬金術師《れんきんじゅつし》が『あれは無害だ』と説明すれば上手く収められる。

実のところ、シャルロッティは、初めてシルヴィアの来訪を受けた時に、さっさと銀鱗について打ち明けてくれないかとやきもきしていた。そうすれば、ハロルドへ銀鱗のことを上手く説明して、二人の間にある溝《みぞ》を手早く埋め、さらにはシルヴィアから絶大な信頼を勝ち取ることが出来ただろう。

しかし、シルヴィアは思ったよりも頑固で、なかなか打ち明けてくれなかった。

その後、将軍夫妻が打ち解けていく様子を密かに見守るうちに、もう自分が下手に口を挟む必要もなしと判断し、王都に帰還することになったのだ。

シャルロッティと父は、銀鱗がどのようにばれるか、百パターンもの予想を立てて対処案を練っていたが、そのうちの最悪なものよりも、はるかにひどい状態で事は露見した。だが、それでもハロルドは妻を受け入れたのだ。

一部始終を知った時は、さすがのシャルロッティも柄《がら》にもなく涙ぐんでしまった。

「……とにかく、これでひと段落ね。あとは現伯爵が亡くなって、シルヴィア様が爵位を継ぐのを、気長に待つの？」

ついまたホロリときそうになり、シャルロッティは慌《あわ》てて話を進めた。ヘルマンは気づいているのかいないのか、口元にいつもと同じ微笑を浮かべて頷く。

「ええ。もっとも、それほど長くは待たずに済むはずです。もってあと半年……そろそろ自覚症状が出てもおかしくありません」

「何かの病気なの？」

シャルロッティは首を傾げた。

あれほど周到に準備を重ねたヘルマンだが、現伯爵については「放っておきます」の一言で、これまで何もしなかったのだ。

「伯爵は健康そうですが、白目に薄い斑点《はんてん》が浮かび、身体も左右のバランスがわずかにとれなくなっているようです。何もないところで、よくつまずいておりました」

事もなげに、ヘルマンは恐ろしい病《やまい》の初期症状を告げる。

「……もしかして、腐《くさ》り病？」

その名の通り、生きながら身体中が腐っていく病《やまい》だった。

潜伏期間が長く、初期は自覚症状がほとんどない。最初の兆候は白目の斑点だが、よほど注意深く見なければ気づかない。

そして、〝ある特徴〟が現れた時は、すでに手遅れだ。死毒は身体中を侵しており、数日で身体が動かなくなる。

しかし、そこからすぐに絶命することは滅多になく、長くて半年の間、腐乱し悪臭を放つ身体で生き続けるのだ。もちろんそれは、患者に壮絶な苦痛を与える。

腐り病の患者は、ほぼ全員が病では死なない。その前に苦痛に耐えかね、周囲に頼み自ら命を絶つのだ。

「間違いないでしょう。ご本人には伝えませんでしたがね」

ヘルマンは娘の予想を淡々と肯定する。

「どうして放っといたの？　採掘権と引き換えに治療薬を売りつけてやれば、手っ取り早かったのに」

腐り病の原因は未だに特定できないが、フロッケンベルクには特効薬がある。ただし、それが効くのは潜伏期間中に限り、自覚症状が現れてからでは、もうどんな薬も治療も効かないのだ。

ヘルマンがわずかに口端《こうたん》を吊り上げた。その口元に浮かんでいるのは、不要品を容赦なく切り捨てる、氷河よりも冷ややかな笑みだ。

「薬を飲むか否かは患者の自由ですよ。伯爵は錬金術《れんきんじゅつ》ギルドの品がお嫌いなのですから、僕はお勧めしませんでした。何か問題が？」

シャルロッティは首を振った。

「ないわ。無料の治療薬を自分で捨てたオバカさんには当然ね」

愚かな男だと思う。娘の異質な手を握ってやっていれば、それだけで助かったのに。

あの耐火性に優れた銀鱗には、もう一つの能力がある。ごく弱いが、触れた者の病や傷を癒やすのだ。

もっとも、即座に傷が塞がったり病が完治するわけではなく、どんな生物にも備わっている、生まれながらの治癒能力をわずかに高める程度だ。

それでも、何度も握ればそれは継続する。腐り病さえも、ごく初期からあの手を握っていれば、かかったことすら知らないうちに完治していたはずだ。

シルヴィアの年老いた乳母が、最たる例だ。湿気の多い幽閉塔で十八年も暮らしていたというのに健康そのもの。きっと乳母は、銀鱗の手を恐れることなく何度も握り、慈《いつく》しんだのだろう。

「……シルヴィア様の最大の幸運は、優しいお祖母さんがいたことね」

シャルロッティは呟《つぶや》いた。

ヘルマンは、塔で一緒に暮らしている乳母の声や目元が、シルヴィアとよく似ていることに気づき、念のために乳母のことも徹底的に調べた。母の代から仕えていたにしても、やけに献身的すぎることも気になったからだ。

そして乳母が若い頃、奉公先の商家で主人に手を出されて、女児を産んだことを探り出したのだ。

婚姻に厳しいシシリーナの国法では、夫の不義で出来た子は、妻が望めば死刑にすることも出来る。しかし、ほぼ同じ頃に死産していた商家の妻は、以前から跡継ぎを産まねばならないという重圧に苦しんでおり、無事に子を産んだという実績を欲しがっていた。

そこで、産んだ子どもを許してくれと乞《こ》う奉公女に、決して実母と名乗らないことを約束させて、死産した子と入れ替えた。奉公女は乳母として、実の子どもを育てることになったのだ。

その子がシルヴィアの母……つまり、乳母はシルヴィアの実の祖母にあたる。

もっとも乳母がそう名乗ることは、この先もないだろう。今は亡き商家の妻——死人との約束でも律儀に守る女性だ。何より名乗らずとも、シルヴィアと乳母は実の身内も同然に信頼し合っている。

「それにしても……お父様、そろそろ教えてくれても良いんじゃないかしら？」

いい加減、じれったくなってきたので尋ねた。どうせなら自分で推理し、父の鼻を明かしてやりたいところだが、どうしても分からないのだ。

「何をですか？」

娘の催促《さいそく》に、ヘルマンがすっとぼけた答えを返す。

「領地を現伯爵でなく、シルヴィア様から適正価格で借りれば、確かに今回の費用は数十分の一に抑えられる。でも、たかがその程度のお金のために、お父様がここまで苦労するとは思えない」

「たかがと言いますが、長い目で見れば……」

「がめつい軍師様にとってみれば『たかが』よ。その程度の金額で、グランツ将軍に軍師の顔まで見せるなんて、あり得ないわね」

父が軍師としての顔を他人に明かすことをどれほど拒否しているか知っているシャルロッティは、キッパリと断言する。

「さ、軍師様。まだ何か隠しているんじゃなくて？」

「おやおや、随分な評価をされていますね。まぁ、事実ですから否定はしませんよ」

ヘルマンは整った口元に、優美でしたたかな笑みを浮かべた。

「……では、僕からも一つ、質問させてもらいますよ。シャルはシルヴィア様へ、銀鱗に癒しの力があるとなぜ教えなかったのですか？」

シャルロッティは紅茶のお代わりを一口飲み、率直に答えた。

「だって彼女は、私やお父様と違って、優しい頑張り屋さんだもの」

銀鱗の癒す力は、ごくごく弱く中途半端なものだ。しかし、そういった力があると知られれば、周囲には能力以上の期待をされるし、彼女もそれに応えようと悩み苦しむだろう。そしていずれ潰れてしまう。

あの純粋でほわほわしたお姫様は、シャルロッティやヘルマンとは違う。何もかもは救えないと、割り切ることが出来ないタイプだ。

だったら最初から何も知らず、彼女に他意なく触れる者だけ癒やしている方が、よほど幸せというもの。

空《から》のカップを置いたヘルマンが、満足気に頷いた。

「合格。ご褒美に、アルブレーヌ領の価値をもう一つ教えますよ」

「え？」

「現在、錬金術《れんきんじゅつ》ギルドでは、蒸気機関車の試作をしております。シャルはそちらの管轄でないから、見落としていたのでしょうがね」

「ああーーっ!!」

悔しくてたまらないとばかりに、シャルは悲鳴をあげて足をジタバタさせた。

「遅くとも二十年後には、実用化された鉄道計画がシシリーナ国へも及びますよ。何種類かのルートが提案されるでしょうが、どれであってもアルブレーヌ領が主要地点になります」

ヘルマンがニヤニヤと、性格の悪そうな笑みを浮かべている。

「さて、がめつい人見知りの軍師は、満足すると思いますか？」

「……それくらいあれば、何とかかね」

いつかこの父の鼻を明かしてやると、シャルロッティは不貞腐《ふてくさ》れて頬杖をつく。

新たな交易ルートの中心地ともなれば、巨万の富も同然だ。アルブレーヌの荒地は、レアメタルを思い切り採掘した後で、とことん活用されることになる。

もっとも、フロッケンベルクだけが富を得るのではない。貧困に喘《あえ》ぐアルブレーヌの住民も、土地の活性化で潤《うるお》うだろう。

悔しがる娘を眺め、ヘルマンが緩やかに笑った。

「それから、街道を作らせてみて分かりましたが、グランツ将軍の指揮能力は、ああいう土木事業においても優れたものです」

「ええ……技師達の話もよく聞いて意見をまとめるし、士気の上げ方も上手いわね」

「時機が来ましたら、彼にはアルブレーヌ領を中心に、鉄道事業の指揮もとっていただこうと思いましてね。この際、さっさと顔を合わせる機会を作った方が良さそうだと判断したのですよ」

「なるほどね……」

つまりハロルドは、この国の軍師から最高評価を受けたのだと、シャルロッティは心の中で頷く。

そしてふと、窓の外へ視線をやった。さっきまで晴れていたのに、いつの間にか夕立を予感させる雨雲が空一面を覆っている。

こういう鉛色《なまりいろ》の空を見るたびに思う。この世界をパレットで表現すれば、きっとこんな色になるんじゃないかと。現実は、善悪で白黒はっきり割り切れるおとぎ話とは違う。完全な正義も完全な悪もない、何もかもがごった煮になった鉛色の世界だ。

「シャル、どうしました？」

「……ちょっと、考え事」

シャルロッティはニッコリと笑うと椅子から降り、父親の膝によじ登って顔を見上げる。

「ところで、グランツ将軍夫妻を見たら、恋愛も悪くないって気がしてきたわ。私の結婚式には、お父様の泣きっつ……いえ、涙ぐむ姿が見られるかもしれないと思うと、特にね」

そう言った途端、いつも取り澄ました笑みを浮かべている父の顔が、わずかにひきつった。

「男女交際は、君にはまだ早すぎます。くれぐれも友達以上の関係を越えないように」

ヘルマンは、やけに真剣な声でピシャリと言った後、少々気まずそうな咳払いをした。

「成人したら、とやかく言いませんよ。ただし、君を妻にしたいという輩《やから》が来たら、僕の屍《しかばね》を越えるくらいの苦労はしていただきますがね」

「……不老不死のくせに、無茶を言わないでよ。お父様」

シャルロッティは呆れて父親を睨む。

二百年以上も昔、この国の王子に生まれながら、禁断の魔術で不老不死となり、それからずっと、軍師として陰から国を守り続けている父を。

どうやら自分に夫候補が出来たら、共に死に物狂いでこの困った父に立ち向かう羽目になりそうだ。

将来の苦労を覚悟しながら、仲むつまじい将軍夫妻の姿を思い出す。

この鉛色《なまりいろ》の世界が、自分は決して嫌いではない。この色がけっこう好きだ。父の髪と同じ色だし、父の中身もきっと、こんな色だから。

けれど、たまには夢を見たいお年頃だ。

時にはあんな奇跡を……鉛色の中でも錆《さ》びず、研ぎ澄まされた鋼《はがね》の剣のように輝く銀色の奇跡を見るのも、悪くはない。

シャルロッティがクスリと笑うと、その白銀の髪を、鉛色の髪をした父親が愛《いと》しそうにそっと撫《な》でた。


同じ頃――

アルブレーヌ伯爵はカーテンを閉めた書斎で一人、酒を呷《あお》っていた。揺らめくランプの黄色い灯りが、壁にかけられた先祖達の肖像画を照らす。

妻を亡くしてから随分と経つが、彼は未だに後妻を娶《めと》らず、愛妾《あいしょう》も囲わなかった。

それは亡き妻への愛情からではない。美しく従順な女だったが、娶ったのは裕福な商家の一人娘だからで、向こうは貴族との縁戚関係を、こちらは事業への出資を期待してのことだ。その妻の実家も今は絶えている。

伯爵が独り身を貫いているのは、ひとえに恐怖からだ。恐ろしかったのだ。再び妻を娶り、また異形《いぎょう》の子が生まれてしまったらと……

あんな化物は一人で十分だし、それも体《てい》よく厄介払いできた。幸いにもそれが借金解消に役立ったのは、十八年間も化物娘の存在に苦しめられた自分への、当然の褒美だと思っている。

シルヴィアの秘密を知った城医師も、先日ワインに毒を混ぜて殺した。乳母は大丈夫だろう。あの化物娘に肩入れしている老女は、余計なことなど決してしゃべるまい。

もう何も心配いらないはずだ。

「……っ!!」

それなのに、何杯酒を呷っても骨身に染み込んだ恐怖と憂鬱《ゆううつ》が消えない。

伯爵の血走った目が肖像画の列に向き、一つだけ不自然に開いた空間を睨む。そこにあった肖像画は、シルヴィアが生まれた夜、この手で暖炉に投げ込んでやった。

生まれた異形の手を持つ娘を見て、いくら自分と同じ髪と目の色をしていたとしても、こんなおぞましい化物が自分の子であるはずがないと宣言した。妻は絶対に貴方《あなた》の子だと言い張っていたが、逆に悪魔と不貞を働き化物を産んだ女と罵《ののし》ってやった。

しかし、書斎へ駆け込み、二人を斬り殺そうと壁から家宝の剣を外した時に、隣にかけてあった肖像画が落ちたのだ。

何代も前の当主の古い肖像画の裏には、同じくらい古い文書の束が隠されていた。紙はすっかり変色し、所々に虫食いがあったものの、判読は出来た。

それは肖像画の主が、子孫に宛てた手紙だった。

『……狩りで怪我を負った私を、森の奥に一人で住んでいた銀髪の少女が助けてくれた。私は彼女に心を奪われ、何度も妻になってくれと頼んだが、聞き入れてもらえない。三年も通い続け、彼女はようやく私に、手袋に隠した秘密を打ち明けてくれた。彼女の手には銀の鱗《うろこ》があり、娘が教会に処刑されるのを恐れた両親に、人里離れた場所で育てられたそうだ。

私はそれでも彼女を愛すると誓い、正式な妻とした。

その後、妻と私の間には息子と娘が授かり、幸いどちらにも銀鱗はなかった。妻は安堵したが、それでもかすかに不安が残るようだ。自分の両親にも祖父母にも銀鱗はなかったのだから、銀鱗はいつか子孫に現れてしまうかもしれないと嘆《なげ》く。

私は心配ないと励まし、事実、孫にも銀鱗は誰一人として現れなかった。

それでも妻は死の間際までずっと、アルブレーヌ伯爵家の血に、自分の呪われた血を入れてしまったと後悔していた。

妻が亡くなった後で、私は自分の身勝手さにようやく気づいた。彼女を愛しているのなら、遠縁にでも家督を譲り、伯爵家の方を捨てるべきだったのだ。

しかし、もう私の身体は老齢で思うように動かず、家督は息子が継いでいる。私が出来るのは、この手紙で子々孫々に伝えることだけだ。

アルブレーヌの子孫達よ。もしも、一族に銀の鱗を持つ者が現れても、決して異端と害してはならない。そのような真似をすれば、私は死霊となってでも復讐に来るだろう。銀鱗はアルブレーヌ家の血筋を引く、紛れもない証《あかし》だ。それを決して忘れないように』

この手紙が、どういう経緯で伝えられることなく隠されてしまったのかは、今はもう知る由《よし》もない。だが、やはり一族の誰かが、化物を妻とした先祖の罪を恥じたのだろう。

肖像画が落ちて手紙を発見したのは偶然だといくら思おうとしても、先祖の恐ろしいほどの執念を感じずにはいられなかった。

発作的に肖像画と手紙を暖炉に投げこんでも、自身に染みついた恐怖までは燃やし尽くせなかった。

結局、妻と共に必死で命乞いする老いた侍女に、秘密を守りシルヴィアと塔で暮らすことを誓わせ二人の命だけは助けた。数日後に死んだ妻の死体も、吐き気を堪《こら》えて普通に埋葬した。

十八年間、シルヴィアに必要最低限の食べ物や生活用品を与えたのは、先祖の呪いが恐ろしかったからだ。

領内で将軍に化物と気づかれたら斬り捨てると脅《おど》したが、本当はその度胸もなかったから、無事に領外へ出たと報告を受けた時は、心底安堵した。

溜め息とともに、もう一杯酒を呷《あお》る。

――酔いが回ってきたのか、視界がやけに揺れる。

そしてふと視線を落とした時、その指先に紫の斑点《はんてん》が小さく浮かんでいるのに気づいた……

エピローグ

「ハロルド様、大丈夫ですから」

錬金術《れんきんじゅつ》ギルドの建物から続く広い石階段を、横抱きで馬車まで運ばれる間、シルヴィアは困惑の声をあげる。

「駄目だ。踵《かかと》の高い訪問靴なんかで歩いて、転んだらどうする」

ハロルドが唸《うな》った。

「貴女《あなた》は身重なんだぞ！　……いや、軽いが……とにかく、貴女一人の身体ではないのだから！」

今日の検査ついでに、なんとシルヴィアの妊娠が判明したのだ。まだごく初期だというので、ここで検査をしなければ分からなかっただろう。

慎重にシルヴィアを馬車に乗せた時、ハロルドの服から一枚の畳んだ紙がひらりと落ちた。

シルヴィアの膝に着地したそれは、もう随分とよれよれになっていて、自然と開く。

そこに現れた少女の似顔絵にシルヴィアは目を見張った。

「私……？」

スケッチ画には、塔の窓辺で頬杖をつき、遠くの景色を眺めているシルヴィアが、くっきりと描かれている。

「こ、これは……っ！」

慌《あわ》てふためいたハロルドに、スケッチ画はたちまちひったくられる。

「ハロルド様……どうしてそんな絵を……？」

描かれた覚えのない肖像画に、シルヴィアは首を傾げる。

狭い馬車の中、ハロルドは大きな身体を縮め、クッションを頭から被ってプルプルと震えていた。まるで、アルブレーヌを発《た》った時のシルヴィアのように。

「っ……その……ああ……っ!! もう誤解はうんざりだ！」

ハロルドはクッションを放り出し、覚悟を決めたと言うようにスケッチ画を差し出す。

「詳しくは言えないが、結婚が決まった後で、ある人からこれを見せられ……その場で絵の中の貴女《あなた》に一目惚れをした」

「そうだったのですか……」

ハロルドがスケッチ画を眺めて、溜め息をつく。

「だから、初対面から無愛想な態度を取ってしまったわけだが……貴女《あなた》の中身も知らないで、容姿だけに惹かれたなど……考えて見れば、それこそ不誠実だな」

「……ハロルド様……でも……」

シルヴィアはそっと、夫の腕を取る。

この結婚は確かに、純粋な愛情ではなく、政略的な意味合いで仕組まれたものらしい。

ハロルドはフロッケンベルク国のためにアルブレーヌ伯爵令嬢を妻にし、最初に惹かれたのもシルヴィアの見た目だと言う。

でも……シルヴィアが銀鱗に覆われた奇怪な姿になった時でさえ、彼は愛していると言ってくれた。地位よりも祖国よりも、シルヴィアの夫であることを望んでくれた。

あの瞬間、鋼将軍は銀色の花嫁を、本当の意味で受け入れてくれたのだ。

胸が詰まって上手く説明が出来ない。

だから代わりに、愛《いと》しい夫をそっと抱き締め、彼がくれたのと同じ短い言葉で、紛れもない本心を告げることにした。

「私も、ハロルド様を、愛しています」

――後日。
館の壁にかけられたシルヴィアの肖像画は、このスケッチ画に替えられることになる。

書き下ろし番外編

シルヴィアの宝探し

――これは、シルヴィアがハロルドに銀鱗を打ち明けた、数ヶ月後の話である。


五月のバルシュミーデ領は、暖かな春の腕に包まれていた。

大森林にはまだ残雪があるものの、冬の間は停止していた新街道の工事も再開される。

街道の工事指揮や領地の警備に、細々と出てくる用事と、ハロルドは忙しくも平穏で幸せな日々を過ごしていた。

この平穏は、長年にわたり領地へ甚大な被害を及ぼしていた、魔獣組織の二強を壊滅させられたことが大きい。

そして、胸の中をじんわりと温めてくれる幸福は、なんといっても愛妻シルヴィアの存在である。

彼女が父から受け続けた仕打ちを考えれば、誰にも秘密を打ち明けられなくなるだろうと、容易に理解できる。

それでも彼女は、ハロルドを助ける為に己を火炎に晒《さら》した。銀鱗の秘密が知られるという恐怖を超えて、夫を守ってくれた。

そんな妻に、いっそう惚れ抜いてしまうのは当然だろう。

シルヴィアを生涯にわたって大切にしたい。彼女に、たくさんの喜びをあげたい。胸の奥からこみ上げるこの想いを……

「――ハロルド兄。なんか、うっとりしてる所を悪いけど、そろそろシルヴィア様の誕生日プレゼントは決まった？」

目を潤《うる》ませて、妻への愛を胸中に呟《つぶや》いていたハロルドを、チェスターの声が現実に引き戻す。

「う、いや……それがまだ……」

我に返り、ハロルドは慌《あわ》てて目の前の棚へと意識を移した。

リボンやレースで飾られた白木の棚には、ウサギやリスの愛くるしいぬいぐるみがズラリと陳列されている。

ここは、バルシュミーデ領に最近できた大きな雑貨屋だ。

女性客をターゲットにした店で、造花のミニブーケや愛らしい刺繍《ししゅう》を施《ほどこ》したハンカチ、ぬいぐるみにバッグといった品を、溢れんばかりに取り揃えている。

ハロルドは今、昼の休憩時間を利用して、シルヴィアの誕生日プレゼントを選びに来ていた。

以前から、シルヴィアにはとびきりの誕生日プレゼントを贈りたいと考えていたものの、悩んではかりでなかなか決まらず、ついに誕生日が来週に迫ってしまったのだ。

新しくできた話題の店なら、良いものが見つかるかも知れないと思ったが、女性客ばかりの可愛い店に一人では入り辛すぎる。

そこで、チェスターに付き合ってもらったのだが……

——シルヴィアが喜びそうな品……喜びそうな……っ!!

焦りで顔を強張らせ、クマのぬいぐるみを思い切り睨みつけるハロルドを、他の客や店員が遠巻きに眺めている。

「きゃあっ。そんな敵陣に切り込む五秒前みたいな顔しないで？　もっと気楽に楽しく選びましょうよ」

妖精の指人形をはめたチェスターが、おどけた作り声でたしなめてきた。それから普通の声に戻り、励ますように言う。

「シルヴィア様は、ハロルド兄からのプレゼントなら、大抵のものは喜ぶと思うよ」

「そ、そうだな……。きっと、何でも喜んでくれるとは思うのだが……」

ハロルドは眉間に寄った皺《しわ》を指でぐりぐりと撫でてほぐし、砂糖菓子みたいに甘くて可愛いシルヴィアの笑顔を脳裏に浮かべる。

ハロルドとて、たまには妻へちょっとした贈り物をするくらいの甲斐性はある……というか、イルゼやチェスターたちに色々とお説教されて、その辺の気遣いも学んだ。

お菓子や髪飾りに本。部屋を飾る小さな置物など、どれもシルヴィアは目を輝かせて喜んでくれた。

もっとも、よほど珍妙な品物を渡さない限り、シルヴィアは喜んでくれるのではないかと思う。

生まれた時から塔に隔離され、非常に狭く制限された少女時代を送ってきた彼女は、何にでも興味を示すし、いつだって自分なりの楽しみ方を見つけるのがとても上手だ。

だから今まで、シルヴィアへの贈り物はいつも慎重に選んではいたものの、深く悩みすぎる事もなかったのだが……

「しかし、俺たちが……ふ、夫婦になってから、初めて祝う誕生日なんだぞ？　やはり特別な記念日として、良い思い出を作りたいだろうが！」

小声で力説して棚を見渡すと、ついまた敵陣を睨むような顔になってしまった。

「……ハロルド兄のそういう乙女心なら、この店の誰にも負けないんだけどな」

チェスターはボソッと呟《つぶや》いて肩をすくめたが、ふと、何か思いついたような声をあげた。

「あ！　だったら、こんなのはどうかな？」

ひそひそと耳打ちをされた内容に、ハロルドは驚いたものの、何度も頷いた。

やはりチェスターは頼りになる。

うまくいけば、シルヴィアの誕生日を素晴らしいものに出来そうだ。

＊＊＊

——誕生日の朝、目を覚ましたシルヴィアは、寝台にハロルドの姿がないのに気づき、少しがっかりした。

時計を見れば、いつもの起床時間より早いくらいだが、傍らの籠《かご》に、彼の脱いだ夜着が置かれているので、もう起きてどこかに行ったということなのだろう。

今日はシルヴィアの誕生日を祝うため、ハロルドは久しぶりに丸一日の休みをとってくれたのだ。朝からゆっくり一緒に過ごせると期待していたのだが……

（あら……？）

枕の横に置かれたカードに気づき、シルヴィアはパッと顔を輝かせる。

可愛らしい花模様のカードには、ハロルドの字で『食堂で待っている。＊任務＊　途中でいくつかのプレゼントを探し出してくるように』と、書かれていたのだ。

「探す……？」

ピンと気づいて、彼の羽根枕を持ち上げると、細長い小さな箱があった。包装用の綺麗なリボンには、ハロルドの名前の書かれたカードが挟まっている。

箱の中身は、花模様の銀細工がついたペンダントで、シルヴィア好みの、とても可愛らしいデザインだった。派手すぎず、かといって安っぽくもない。ちょっとしたお洒落をする時に、使いやすそうだ。

「宝探しね、素敵！」

シルヴィアは思わず歓声をあげた。

プレゼントを普通に渡されても嬉しいけれど、こんな風に見つけるのは、胸がワクワクと高鳴っていっそう興奮する。

異形《いぎょう》の手を持ったがゆえに幽閉されていた狭い塔の中で、どれほど外の世界に憧れたことか。

ばあやの他に、そんなシルヴィアを慰《なぐさ》めてくれたのは、絵本の中の登場人物たちだった。彼らと共に、空想の中でさまざまな場所を冒険した。

灼熱の砂漠、巨大な植物の茂る密林、氷に閉ざされた北国……どこまでも広い海では船に乗り、宝島を目指した。

そうして、空想の仲間たちと共にした数々の冒険は、どれも素晴らしかった。けれど、塔から出た本当の世界は、もっともっと素敵だ！

寝室の隅にある衣装棚にも、ピンク色の包みが置かれていた。細い毛糸で編まれた春物のショールは、ばあやからだった。

シルヴィアは素早く着替えて銀細工のペンダントを身につけ、新しいショールを羽織ると、部屋を一通り探してから廊下に出た。

廊下はしんと静まりかえり、いつもなら朝一番で部屋に来るイルゼの姿や、メイドたちが朝食の準備をしている気配もない。

けれど、階段の手すりの陰や花瓶の後から、次々とシルヴィアはプレゼントを見つけ出す。

添えられたカードにはどれも、贈り主の名前と、お祝いのメッセージが書かれていた。

廊下に飾られた古風な全身鎧が、なんだか変だと思ったら、似た色の紙で包んだプレゼントが貼り付けられていた。こんな凝《こ》った隠し方をしたのは、やはりチェスターだった。

点々と宝物を拾い集め、たくさんの包みを両腕に抱えたシルヴィアは、最後に食堂の扉にリボンが結ばれているのを見つけた。

ドキドキしながら扉を開けると、割れんばかりの拍手と歓声が中から沸きあがる。

「お誕生日おめでとう！」

食堂には、ハロルドを先頭に、館の全員が揃っていた。ファミーユも尻尾をブンブン振りながら、嬉しそうな鳴き声で祝ってくれている。

「ありがとう……本当に……」

食堂の入り口に立ち尽くしたまま、シルヴィアは涙声で答える。

塔の中でも毎年、ばあやが誕生日をちゃんとお祝いしてくれたけれど、こんなに大勢の人に祝ってもらうのは初めてだ。

この手の銀鱗を知っていても、ここにいる人たちは皆、シルヴィアの誕生を祝福してくれる。

幸せすぎて涙が目尻に浮かぶシルヴィアに、ハロルドが大股で近寄ってきた。少し緊張しているらしく、赤みのさした頬が強張っている。

「俺から、シルヴィアにもう一つ誕生日プレゼントを用意したんだが、朝食が済んだら付き合ってくれるだろうか？」

「え？　は、はい！」

シルヴィアは頷きつつも、驚いた。こんなにたくさんの素敵なプレゼントを貰ったのに、まだあるなんて！

料理係は、誕生祝の晩餐《ばんさん》を楽しみにしてくださいと言ったが、朝食だっていつもより豪華で、飾りつけも可愛かった。

しかし、賑やかで美味しい朝食を楽しむ間も、シルヴィアはハロルドが何を用意してくれたのかが、気になってしかたない。

食事が済むと、イルゼがてきぱきと外出の支度を整えてくれた。淡いピンク色のドレスの上に、若草色の刺繍《ししゅう》が入った白いコートを羽織る。

外の常識全般に疎《うと》かったシルヴィアは、当然ながら自分で仕立て屋を呼んだこともない。だが、ハロルドから依頼を受けた仕立て屋さんが、定期的に来ては季節に合う服を作ってくれるので、慣れぬ北国の気候に困ることもなかった。

この春用のコートも先週に作ってもらったばかりで、着るのは初めてだ。

「とってもよくお似合いですわ。それに、これから行く場所にピッタリの色合いでしょう？　ハロルド様」

そう言うイルゼは、どうやら行先を知っているようだ、

「あ、ああ」

彼女から催促するような視線を受けたハロルドが、少し赤面してコホンと咳払いをする。

そして、ややギクシャクした調子で片腕を差し出した。

「行こうか」

「はい」

シルヴィアは頷き、逞《たくま》しい腕にそっと自身の腕を絡める。俯《うつむ》いてしまうのは、幸せなあまり口元が弛《ゆる》んでどうしようもないからだ。

外に出ると、もうチェスターが馬車を門の前につけており、御者台《ぎょしゃだい》から手を振っていた。

シルヴィアはハロルドと一緒に馬車に乗りこむ。

(どこに行くのかしら?)

馬車に揺られながら、やや顔を強張らせて窓の外を眺めているハロルドを、そっと眺める。

冬の間、ハロルドは魔獣組織のことにかかりきりだったし、それが片付いたあとは街道工事の再開に忙しかった。こうして馬車に乗って二人で出かけるのは、いつかの観劇以来だ。

春のうららかな陽光の中、馬車は軽快な音をたてて石畳の道を抜けていく。

平和で賑やかなバルシュミーデ領の町並みは、昔読んだ絵本に出てきた、幸福な人だけが住むという街のように見えた。

（ここが私の、幸福の街だわ）

そんな事を考え、シルヴィアは口元をほころばせる。

思えば、故郷を発ったばかりの時には、ハロルドと馬車に二人きりなのがとても恐ろしかったのに、今では幸せで仕方がない。

これからどこに行くにせよ、ハロルドと出かけられること自体が嬉しいのだ。

馬車は進み続け、ついに市街地を抜けてしまった。薬草温室の並ぶ地区も通り過ぎ、高い石塀に囲われた領地の外《はず》れへと近づいていく。

（もしかして……？）

ふと思い浮かんだ行先に、シルヴィアはドキドキと胸を高鳴らせる。

門の前で警備兵が馬車を止め、ハロルドに敬礼をしてから一歩下がった。

再び動き出した馬車が、重厚な門を潜《くぐ》り抜ける。

門を抜けたその先には、可愛らしい花をつけたリンゴの木が、見渡す限り一面に広がっていた。白と淡いピンクの花は、ちょうどシルヴィアの着ているコートと同じ色合いだ。

「たしか以前、ここの花を見たいと言っていただろう。今日は俺も一緒だし、そろそろ一番良い季節だからな」

「……」

シルヴィアは窓の外を、声も出ないまま見つめ続けた。

「ど、どうだろうか？　なかなか綺麗だと思うのだが」

不安そうに尋ねられ、はっとしてハロルドの方を向く。

「すごく、すごく綺麗です！　あんまり綺麗で……」

感激に声を詰まらせて、春風にそよぐ美しいリンゴの木々へと、また視線を移した。

シルヴィアがバルシュミーデ領に来た時、ここはすでに雪に覆われた銀世界だった。その景色も素敵だったが、春にリンゴの花が咲き乱れる風景は、最高に素晴らしいものだと領地の人々から聞き、一目見てみたいといつかハロルドに話したのだ。

しかし、この果樹園はバルシュミーデ領の一角でも、堅固な領門の外になる。近くに番兵がいるとはいえ、盗賊や魔獣組織に狙われる危険は、どうしても領内よりも高い。そして鋼将軍の妻である以上、シルヴィアはそういう輩《やから》にとって垂涎《すいぜん》ものの獲物だ。特別な用がない限りは、領門の外へ出ないように言われていた。

少々残念だったが、城の近くだって綺麗な景色はたくさんあるし、リンゴの木も公園や城の庭に生えている。

だからシルヴィアは、ここに来たいと、その後は特に言わなかったのに……

開いた窓から流れ込む芳香を胸いっぱいに吸い込み、風に舞う小さな花びらにうっとりと見惚れた。

「ありがとうございます。ハロルド様は、ちゃんと覚えていてくださったのですね……」

「い、いや……実はチェスターの発案だ。情けない話だが、特別な誕生日プレゼントを贈りたいと思ったものの、自力ではなかなか思いつかなくてな……」

ハロルドがうろたえて両手を振ると、御者台にいるチェスターの声が、窓から飛び込んで来た。

「何言ってるのさ！　俺はただ、特別な記念日にしたいなら、贈り物を凝るよりも楽しい遊びの企画を加えてプレゼントしたらどうかって言っただけだよ。宝探しも、ここの散策も、全部ハロルド兄の考えじゃん！」

「あの宝探しも、ハロルド様が考えて下さったのですか！」

「あ、ああ……シルヴィアに以前、冒険ものの本を贈ったら、すごく喜んでいただろう？　宝探しの旅に憧れると言っていたから、ああいうのも悪くはないかと……」

シルヴィアはもう堪《こら》えきれず、向かいの席から飛び出すようにして、ハロルドにぎゅっと抱きついた。

「シ、シルヴィアっ⁉」

おろおろした声をあげながらも、ハロルドはちゃんと抱きとめてくれる。

鋼《はがね》のように逞《たくま》しいその胸元へ顔を埋めて、シルヴィアはしゃくりあげた。嬉しすぎて、涙が止まらない。

銀鱗の輝く両手をその背に回し、ハロルドを強く抱きしめた。

「ええ！　私、宝探しの旅にずっと憧れていました。でも……世界中のどの宝物よりも、ハロルド様が一番素敵です！」

歓喜に叫ぶと、シルヴィアを抱きしめるハロルドの手が動いた。片手で彼女の背中を押さえたまま、もう片手で頭の後ろを、埋めた胸元に優しく押し付けられる。

シルヴィアはそのままとても幸せな気分で顔を伏せていた。だから、頭上で真っ赤になったハロルドが、口元を固く引き結んだりニヤニヤ緩ませてたりと忙しかったのに気付く事はなかった。

ISBN978-4-434-21063-1

本書は、2014年12月当社より単行本として刊行されたものに書き下ろしを加えて文庫化したものです。

RB

レジーナ文庫

鋼将軍《はがねしょうぐん》の銀色花嫁《ぎんいろはなよめ》

小桜《こざくら》けい

2016年2月20日初版発行

文庫編集－橋本奈美子・羽藤瞳
編集長－塙綾子
発行者－梶本雄介
発行所－株式会社アルファポリス
〒150-6005 東京都渋谷区恵比寿4-20-3 恵比寿ｶﾞｰﾃﾞﾝﾌﾟﾚｲｽﾀﾜｰ5階
TEL 03-6277-1601（営業） 03-6277-1602（編集）
URL http://www.alphapolis.co.jp/
発売元－株式会社星雲社
〒112-0012東京都文京区大塚3-21-10
TEL 03-3947-1021
装丁・本文イラスト－小禄
装丁デザイン－ansyyqdesign
印刷－株式会社暁印刷

価格はカバーに表示されてあります。
落丁乱丁の場合はアルファポリスまでご連絡ください。
送料は小社負担でお取り替えします。

ISBN978-4-434-21609-1 C0193